W0388399

DROEMER

IAIN REID

ENEMY

PSYCHOTHRILLER

Aus dem kanadischen Englisch von
Anke und Eberhard Kreutzer

DROEMER

Die amerikanische Originalausgabe erschien 2018 unter dem Titel
»Foe« bei Scout Press / Simon & Schuster, New York.

Besuchen Sie uns im Internet:
www.droemer.de

FSC
www.fsc.org
MIX
Papier aus verantwortungsvollen Quellen
FSC® C083411

Deutsche Erstausgabe Februar 2019
Droemer Taschenbuch
© 2018 Iain Reid
© 2019 der deutschsprachigen Ausgabe Droemer Verlag
Ein Imprint der Verlagsgruppe
Droemer Knaur GmbH & Co. KG, München
Alle Rechte vorbehalten. Das Werk darf – auch teilweise – nur mit
Genehmigung des Verlags wiedergegeben werden.
Covergestaltung: Sabine Kwauka
Coverabbildung: getty images / John Fedele; shutterstock /
Krivosheev Vitaly, Anon Muenprom, jaboo2foto
Satz: Adobe InDesign im Verlag
Druck und Bindung: CPI books GmbH, Leck
ISBN 978-3-426-30620-8

2 4 5 3 1

Für Ewan

Man wähle mit Bedacht, was man mitnimmt,
Wenn man für immer geht.
—Leonora Carrington, *Das Hörrohr*

AKT EINS

ANKUNFT

Zwei Scheinwerfer. Das Licht hat mich geweckt. Seltsam, wegen der außergewöhnlichen grünen Tönung. Nicht die weißen Scheinwerfer, die man üblicherweise kennt. Ich erspähe sie durchs Fenster, am Ende der Zufahrt. Ich muss eingedöst sein – ein Nickerchen nach dem Abendessen, vom vollen Magen und von der abendlichen Hitze. Ich blinzle ein paar Mal, um einen klaren Kopf zu bekommen.

Es gibt keine Vorwarnung, keine Erklärung. Aus dieser Entfernung kann ich das Auto auch nicht hören. Ich mache die Augen auf und sehe einfach nur diese grünlichen Lichter. Sie kommen scheinbar aus dem Nichts. Und reißen mich aus dem Schlaf. Heller als die meisten Scheinwerfer, die ich kenne, blitzen sie zwischen den beiden toten Bäumen am Ende der Zufahrt auf. Ich weiß nicht genau, wie spät es ist, aber es ist dunkel. Es ist spät. Zu spät für Besuch. Nicht, dass wir viel Besuch bekämen.

Wir bekommen keinen Besuch. Nie. Nicht hier draußen.

Ich stehe auf, strecke die Arme über den Kopf. Ich habe einen steifen Rücken. Ich schnappe mir die geöffnete Flasche Bier, die neben mir steht, rappele mich aus dem Sessel auf und bin mit wenigen Schritten am Fenster. Wie des Öfteren am Abend habe ich das Hemd aufgeknöpft. Bei dieser Hitze fällt einem nichts leicht. Alles kostet Überwindung. Ich warte, um zu sehen, ob das Auto, wie ich annehme, kurz anhält, wendet, zur Straße zurückkehrt und gefälligst weiterfährt und uns gefälligst in Ruhe lässt.

Tut es aber nicht. Der Wagen bleibt, wo er ist; die grünen Scheinwerfer sind auf mich gerichtet. Und dann, nach langem Zögern oder Sträuben oder Schwanken setzt sich der Wagen wieder in Bewegung, zu unserem Haus.

Erwartest du jemanden?, rufe ich laut nach oben.

»Nein«, ruft sie zurück.

Natürlich nicht. Keine Ahnung, wieso ich frage. Um diese späte Stunde ist hier noch nie jemand aufgetaucht. Niemals. Ich nehme einen Schluck Bier. Es ist warm. Ich beobachte, wie der Wagen die letzte Strecke bis zum Haus fährt und neben meinem Truck einparkt.

Also, du kommst wohl besser, rufe ich wieder. Da ist Besuch.

Ich höre, wie Hen die Treppe herunterkommt und ins Zimmer tritt. Ich drehe mich um. Sie war wohl gerade unter der Dusche. Sie trägt Cut-off-Shorts und ein schwarzes Tanktop dazu. Ihr Haar ist noch feucht. Sie sieht schön aus. Wirklich. Sie könnte nicht natürlicher und besser aussehen als gerade jetzt, wie sie so dasteht.

Hallo, sage ich.

»Hey.«

Einen Moment lang bleibt es dabei, bis sie das Schweigen bricht. »Ich wusste nicht, dass du da bist, ich meine, im Haus. Ich dachte, du wärst noch draußen in der Scheune.«

Sie greift sich mit der Hand ins Haar, spielt damit auf diese charakteristische Weise, indem sie es sich um den Zeigefinger wickelt und dann glatt zieht. Eine Marotte von ihr. Sie tut es, wenn sie sich konzentriert. Oder wenn sie durcheinander ist.

Da ist jemand, wiederhole ich.

Sie steht da und starrt mich an. Ohne zu blinzeln, scheint mir. Ihre Haltung ist steif, reserviert.

Was hast du?, frage ich. Alles in Ordnung?

»Ja«, antwortet sie. »Nichts weiter. Ich wundere mich nur, dass wir Besuch bekommen.«

Zögernd tritt sie näher. Auf mehr als Armeslänge

bleibt sie stehen, trotzdem kann ich ihre Handcreme riechen. Kokosnuss und noch irgendwas. Pfefferminze, glaube ich. Es ist ein ungewöhnlicher Duft, für mich unverkennbar Hen.

»Kennst du jemanden mit so einem schwarzen Wagen?«

Nein, sage ich. Sieht nach Dienstfahrzeug aus, amtlich, oder?

»Kann sein«, sagt sie.

Die Scheiben sind getönt. Ich kann nicht hineinsehen.

»Er muss irgendein Anliegen haben. Wer auch immer das ist. Er ist da. Er ist den ganzen weiten Weg hier herausgekommen.«

Nach geraumer Zeit öffnet sich eine Tür, aber niemand steigt aus. Zumindest nicht gleich. Wir warten. Schätzungsweise fünf Minuten – in denen wir nur dastehen und hinausblicken, um zu erfahren, wer aus dem Auto steigt. Vielleicht sind es aber auch nur zwanzig Sekunden.

Dann sehe ich ein Bein. Jemand steigt aus. Es ist ein Mann. Er hat langes blondes Haar. Er trägt einen dunklen Anzug, das Hemd darunter mit geöffnetem Kragen, ohne Krawatte. Er hat ein schwarzes Köfferchen dabei. Er schließt die Wagentür, streicht sich das Jackett glatt und kommt zur Eingangstür. Ich kann ihn auf den alten Holzplanken hören. Er braucht eigentlich nicht anzuklopfen, weil wir ihn beobachten und er uns durchs Fenster sieht. Außerdem wissen wir, dass er da ist. Trotzdem warten wir, was er macht, und irgendwann klopft es dann auch.

Geh du, sage ich und schließe die mittleren Knöpfe an meinem Hemd.

Hen antwortet nicht, sondern dreht sich um, geht aus dem Wohnzimmer in den Flur zur Tür. Sie zögert es hinaus, blickt sich noch einmal zu mir um, holt Luft und macht dann auf.

»Hallo«, sagt sie.

»Hallo. Entschuldigen Sie die späte Störung«, erwidert der Mann. »Ich hoffe, ich komme nicht allzu ungelegen. Henrietta, nicht wahr?«

Sie nickt und blickt auf ihre Füße. »Terrance mein Name. Ich würde mich gerne kurz mit Ihnen unterhalten. Drinnen, wenn das möglich wäre. Ist Ihr Mann da?«

Das übertriebene Lächeln steht ihm unverändert im Gesicht, seit sie ihm geöffnet hat.

Worum geht's?, frage ich, während ich aus dem Wohnzimmer in die Eingangsdiele trete. Dicht hinter Hen bleibe ich stehen. Ich lege ihr die Hand auf die Schulter. Sie zuckt unter meiner Berührung zurück.

Der Mann wendet sich mir zu. Ich bin größer als er, kräftiger gebaut. Und ein paar Jahre älter. Unsere Blicke kreuzen sich. Er sieht mich eine ganze Weile an, für meinen Geschmack länger als normal. Das Lächeln ist jetzt auch in seinen Augen, als sei er über das, was er vor sich sieht, hocherfreut.

»Junior, stimmt's?«

Verzeihung, aber kennen wir uns?

»Gut schauen Sie aus.«

Worum geht's?

»Ist das aufregend.« Er wendet sich an Hen. Sie meidet seinen Blick. »Auf dem ganzen Weg hatte ich Schmetterlinge im Bauch, und es ist schließlich ein gutes Stück Fahrt von der Stadt bis hierher. Es ist großartig, Sie endlich so vor mir zu sehen. Ich komme, um mit Ihnen zu reden, mit Ihnen beiden, nichts weiter«, sagt er. »Ich denke, Sie werden hören wollen, was ich Ihnen zu sagen habe.«

Worum geht's, wiederhole ich meine Frage.

Irgendetwas stimmt nicht mit diesem unerwarteten Besuch. Hens Unbehagen ist nicht zu übersehen. Mir ist nicht wohl bei der Sache, weil Hen nicht wohl dabei ist. Wird Zeit, dass er uns sagt, was er will.

»Ich komme im Auftrag von OuterMore. Haben Sie schon von uns gehört?«

OuterMore, sage ich. Das ist die Organisation, die sich mit –

»Ob ich wohl kurz reinkommen dürfte?«

Ich halte ihm die Tür auf. Hen und ich treten zur Seite. Selbst wenn dieser Fremde in böser Absicht kommt, habe ich genug gesehen, um zu wissen, dass Terrance keine Bedrohung für uns darstellt. Nicht viel dran an dem Mann, schmächtig gebaut, man sieht ihm den Bürohengst an. Im Gegensatz zu mir, jemandem, der körperliche Arbeit gewohnt ist. Als er erst mal drinnen, in der Diele ist, schaut er sich um.

»Schön haben Sie's«, sagt er. »Geräumig. Rustikal, schlicht, auf geschmackvolle Weise. Sehr hübsch.«

»Setzen wir uns ins Wohnzimmer?«, fragt Hen und geht voraus.

»Danke«, erwidert er.

Hen knipst eine Lampe an und nimmt in ihrem

Schaukelstuhl Platz, ich in meinem Sessel. Terrance setzt sich uns gegenüber in die Mitte des Sofas. Er legt seinen Koffer auf den Couchtisch. Ihm sind die Hosenbeine hochgerutscht. Er trägt weiße Socken.

Ist noch jemand im Wagen?, will ich wissen.

»Nein, ich komme allein«, antwortet er. »Mit diesen Besuchen bin ich betraut. Hab ein bisschen länger hierher gebraucht als gedacht. Sie wohnen wirklich weit vom Schuss. Daher die späte Stunde. Nochmals, tut mir leid. Aber es ist wirklich schön, da zu sein. Und Sie beide zu sehen.«

»Ja, es ist wirklich schon spät«, sagt Hen. »Sie haben uns gerade noch vor dem Schlafengehen erwischt.«

Er ist so ruhig, so entspannt, als sei er schon hundert Mal bei uns gewesen und habe hier auf diesem Sofa gesessen. Seine übermäßige Gelassenheit hat die gegenteilige Wirkung auf mich. Ich versuche, mit Hen einen kurzen Blick zu tauschen, doch sie sieht nur geradeaus und wendet keine Sekunde den Kopf. Ich komme wieder zur Sache.

Was führt Sie her?, frage ich.

»Richtig. Ich wollte nur nicht mit der Tür ins Haus fallen. Wie gesagt, komme ich im Auftrag von OuterMore. Wir sind eine Einrichtung, die vor sechzig Jahren gegründet wurde. Angefangen haben wir mit autonomem Fahren. Unsere Flotte selbst fahrender Autos war die leistungsstärkste und sicherste auf dem Weltmarkt. Im Lauf der Jahre hat sich unser Schwerpunkt verlagert, und mittlerweile ist er sehr spezifisch. Nach dem Fahrzeugsektor haben wir uns der Forschung und Entwicklung im Bereich der Luft- und Raumfahrt zugewandt. Derzeit haben wir die nächste Übergangsphase im Blick.«

Die nächste Übergangsphase, wiederhole ich. Also den Weltraum? Kommen Sie im Regierungsauftrag? Das da draußen ist ein Wagen des öffentlichen Dienstes.

»Ja und nein. Falls Sie die Nachrichten verfolgen, ist Ihnen vielleicht bekannt, dass OuterMore ein Joint Venture ist. Eine Partnerschaft. Wir haben einen staatlichen Sektor, daher der Wagen, und unsere Wurzeln in der Privatwirtschaft. Ich kann Ihnen ein kurzes Einführungsvideo über uns zeigen.«

Er holt ein Screen aus seinem schwarzen Köfferchen. Er hält es mit beiden Händen hoch, die Vorderseite uns zugewandt. Ich werfe Hen einen Blick zu. Sie nickt und gibt mir zu verstehen, dass ich es mir ansehen soll. Er spult ein Video ab. Es erscheint mir typisch für staatliche Werbespots – übertrieben enthusiastisch und forciert. Wieder werfe ich einen verstohlenen Blick zu Hen. Sie wirkt desinteressiert. Sie zwirbelt sich eine Haarsträhne um den Zeigefinger.

Auf dem Screen wechseln die Bilder rasant, zu rasant, um auf Einzelheiten achten zu können oder auch nur die Botschaft zu verstehen, die der Spot vermitteln will. Lächelnde Menschen, Leute bei Gruppenaktivitäten, Leute, die miteinander lachen und miteinander essen. Alle sind glücklich. Es folgen mehrere Aufnahmen vom Himmel, dann von einem Raketenstart, von reihenweise Metallbetten im Kasernenstil.

Als das Video zu Ende ist, verstaut Terrance das Screen wieder in seinem Köfferchen. »Also«, sagt er.

»Wie Sie sehen, arbeiten wir schon seit geraumer Zeit an diesem Projekt. Länger, als den meisten bekannt ist. Es gibt immer noch viel zu tun, aber die Dinge kommen voran. Der technologische Fortschritt, der da zu verzeichnen ist, kann sich sehen lassen. Eben jetzt haben wir wieder beträchtliche Investitionen zu verzeichnen. Es ist so weit. Ich weiß, dass sich in letzter Zeit auch die Medien für unser Projekt interessieren, aber ich darf Ihnen verraten, dass die Sache viel weiter gediehen ist, als es die Berichterstattung vermuten lässt. Es ist alles von langer Hand geplant.«

Ich versuche, seiner Logik zu folgen, bring's jedoch nicht ganz auf die Reihe.

Nur damit es keine Missverständnisse gibt: Wenn Sie sagen, »Es ist so weit«, was genau meinen Sie damit? Wir verfolgen die Nachrichten nicht regelmäßig, nicht wahr?, sage ich und wende mich dabei an Hen.

»Nein«, bestätigt sie, »normalerweise nicht.«

Ich warte darauf, dass sie noch etwas hinzufügt, vielleicht ihrerseits eine Frage stellt, irgendetwas anmerkt, doch sie schweigt.

»Ich spreche von der ersten Expedition«, sagt er. »Zur Installation.«

Zur was?

»Installation. Die erste Welle, eine Umsiedlung auf Zeit, als Pilotprojekt, läuft an.«

Umsiedlung. Sie meinen, außerhalb der Erde? Im All?

»Genau.«

Ich dachte, das wäre eher hypothetisch, eine Fantasievorstellung, entgegne ich. Deshalb also sind Sie hier?

»Es ist sehr real. Und ja, das ist der Grund meines Besuchs.«

Hen atmet hörbar aus. Es klingt eher wie ein laut vernehmliches Stöhnen, ob aus Unsicherheit oder Verärgerung, kann ich nicht sagen.

»Entschuldigen Sie bitte«, sagt der Mann, »aber dürfte ich einen von Ihnen wohl um ein Glas Wasser bitten? Ich komme um vor Durst, nach der langen Fahrt.«

Hen steht auf, dreht sich in meine ungefähre Richtung, ohne mir in die Augen zu sehen. »Möchtest du auch was?«

Ich schüttle den Kopf. Ich hab noch mein Bier, das ich angebrochen hatte, bevor der Wagen eintraf, bevor der Abend für uns diese unvorhersehbare Wendung nahm. Ich greife danach und trinke einen warmen Schluck.

»Nun, da wären wir. Hier wohnen Sie also. Sehr schön. Wie alt ist das Haus?«, fragt er, als Hen in die Küche gegangen ist.

Alt, sage ich, ein paar Hundert Jahre oder so.

»Beachtlich! Ich liebe so was. Sind Sie hier glücklich? Gefällt es Ihnen hier, Junior? Fühlen Sie sich wohl? Nur Sie beide?«

Was soll die Frage?, denke ich.

Wir kennen es ja nicht anders, antworte ich. Hen und ich. Wir sind hier glücklich, zusammen.

Er legt den Kopf schief und lächelt wieder.

»Tja, was für ein Haus. Wie geschichtsträchtig. Diese Wände hier hätten bestimmt eine Menge zu erzählen. Muss schön sein, so viel Platz zu haben, und diese Ruhe. Hier draußen können Sie tun und lassen, was Sie wollen. Weit und breit kein Mensch, auf den Sie Rücksicht nehmen müssten. Gibt es noch andere Farmen hier in der Gegend?«

Nicht mehr, erwidere ich. Früher schon. Jetzt sind es fast nur noch Äcker. Rapsanbau.

»Ja, ich hab die Felder auf der Fahrt gesehen. Wusste gar nicht, dass Raps so hoch wächst.«

Ist er früher auch nicht, erkläre ich ihm, als das Land hier noch den Farmern gehörte. Jetzt gehört das meiste den Konzernen oder ist in staatlicher Hand. Die Konzerne bauen die neue Sorte an. Es ist ein Hybridgewächs, deutlich größer und gelber als die frühere, ursprüngliche Sorte. Braucht kaum Wasser. Diese Pflanzen halten selbst einer langen Dürre stand. Wachsen außerdem schneller. Kommt mir zwar unnatürlich vor, aber so ist es nun mal.

Er beugt sich zu mir vor.

»Das ist faszinierend. Fühlen Sie sich je ein bisschen … hibbelig? Hier draußen so ganz allein?«

Hen kommt mit dem Wasser zurück und reicht es Terrance. Sie rückt ihren Schaukelstuhl näher an mich heran und setzt sich.

Frisch aus unserem Brunnen, sage ich. Solches Wasser bekommen Sie nicht in der Stadt.

Er bedankt sich bei ihr, hebt sein Glas an die Lippen und trinkt es in einem geräuschvollen Zug zu zwei Dritteln aus. Ein Rinnsal läuft ihm am Mundwinkel herunter und übers Kinn. Mit einem genüsslichen Seufzer stellt er das Glas auf den Tisch.

»Köstlich«, sagt er. »Also, wie gesagt, sind wir schon in der Planungsphase. Ich bin bei der PR-Abteilung, als

Kontaktperson. Ich wurde Ihrer Akte zugeteilt. Ich werde eng mit Ihnen beiden zusammenarbeiten.«

Mit uns?, frage ich. Wir haben eine Akte?

»Na ja … erst seit Kurzem.«

Ich bekomme einen trockenen Mund. Ich schlucke, doch es hilft nichts.

Wir haben uns für nichts gemeldet und auch nicht zugestimmt, dass eine Akte über uns angelegt wird, sage ich und nehme einen Schluck Bier.

Er lächelt wieder und zeigt dabei seine strahlend weißen Zähne, Implantate, nehme ich an, wie bei vielen Leuten in der Stadt. »Das stimmt, da haben Sie recht. Aber wir hatten unsere erste Verlosung, Junior.«

Ihre erste was?, frage ich.

»Unsere erste Verlosung.«

»So nennen Sie das also«, sagt Hen und schüttelt den Kopf.

Eine Verlosung? Wie soll ich das verstehen?, will ich wissen.

»Es ist immer ein bisschen schwierig für mich, einzuschätzen, wie viel in der breiten Öffentlichkeit, wie zum Beispiel bei Ihnen, angekommen ist, was Sie sich nach allem, was Sie gelesen und gesehen haben, über uns zusammenreimen. Hier draußen vermutlich nicht viel. Es ist nämlich so: Sie wurden ausgewählt. Deshalb bin ich hier.«

Auch wenn er den Mund geschlossen hat, sehe ich, wie sich Terrance mit der Zunge die oberen Schneidezähne leckt.

Ich spähe zu Hen hinüber. Und wieder blickt sie geradeaus. Wieso sieht sie mich nicht an? Ihr macht etwas zu schaffen. Es ist nicht ihre Art, mir auszuweichen. Das gefällt mir nicht.

»Wir müssen uns das anhören, Junior«, sagt Hen, aber ihr Ton ist seltsam. »Wir müssen versuchen zu verstehen, was er sagt.«

Terrance blickt von mir zu ihr und wieder zu mir. Merkt er, wie gereizt sie ist? Kann er das heraushören? Er kennt uns nicht, weiß nicht, wie wir zueinander sind, wenn niemand dabei ist.

»Bitte entschuldigen Sie, wenn ich es mir bequem mache«, sagt er und steht auf, um sich das Jackett auszuziehen. »Das Wasser hat geholfen, aber mir ist immer noch ein bisschen warm. Bei uns ist es überall klimatisiert. Ich bitte um Nachsicht. Sind Sie sicher, dass Sie nicht auch ein Glas Wasser trinken wollen, Henrietta?«

»Nein danke«, sagt sie.

Henrietta. Er nennt sie bei ihrem vollen Vornamen. Er schwitzt durchs Hemd. Die Schweißflecken, die hier und da entstanden sind, erinnern an kleine Inseln auf einer Landkarte. Er faltet das Jackett zusammen und legt es neben sich aufs Sofa.

Jetzt ist Zeit für weitere Fragen. Er gibt mir die Gelegenheit. Das ist an seiner Körpersprache zu erkennen.

Sie sagen also, ich sei ausgelost worden.

»Richtig«, sagt er, »so ist es.«

Wofür?, frage ich.

»Für die Reise ins All. Die Installation. Wenn auch erst in der Vorrunde; das ist nur der Anfang. Ich muss betonen, dass es sich dabei um die Gesamtliste handelt, freuen Sie sich also nicht zu früh. Andererseits, wer würde sich nicht freuen? Ich freue mich *für* Sie. Diesen

Teil meiner Aufgabe liebe ich mehr als alles andere – die gute Nachricht zu überbringen. Es gibt keine Garantie, das muss Ihnen klar sein. Ganz und gar nicht. Trotzdem ist es bedeutsam. Dies ist ein bedeutsamer Moment.«

Er sieht Hen an. Ihr Gesicht gibt keine Regung zu erkennen.

»Sie würden nicht glauben, was für einen Ansturm an Freiwilligen wir im Lauf der letzten Jahre hatten. Tausende von Menschen brennen darauf, es schon einmal so weit zu schaffen wie Sie. Viele würden buchstäblich alles dafür geben, in diesem Moment dieselbe großartige Nachricht zu bekommen. Also …«

Ich kann Ihnen nicht folgen, sage ich.

»Im Ernst?«, fragt er lachend zurück, schüttelt den Kopf und beruhigt sich. »Junior, Sie haben es geschafft! Sie haben es in die Vorauswahl geschafft. Sie stehen auf der Liste! Für die Installation. Wenn Sie weiterkommen, wenn Sie es in die Endauswahl schaffen, werden Sie das Projekt von OuterMore besuchen. Vielleicht sind Sie sogar schon bei den Ersten dabei. Bei der ersten Welle. Am Ende könnten Sie für immer da oben leben.«

Terrance zeigt zur Decke, auch wenn er es höher meint, durch das Dach bis in den Himmel. Er wischt sich über die Stirn und gibt mir Zeit zu begreifen, was er mir da sagt, bevor er fortfährt.

»Es ist eine Chance, wie sie sich einem nur einmal im Leben bietet. Es ist nur der Anfang. Wir haben schon einmal die erste Verlosung durchgeführt, weil diese … Rekrutierung nach dem Glücksprinzip … ihre Zeit dauern kann.«

Ich nehme noch einen Schluck Bier. Ich glaube, ich brauche noch eins.

Glücksprinzip?

»Ich weiß, das ist erst mal überwältigend«, antwortet Terrance verständnisvoll. »Und ein bisschen viel auf einmal. Aber vergessen Sie nicht, ich kann das nicht oft genug sagen, und ich meine es auch so: Alles verändert sich. Veränderung, Wandel gehört zu den wenigen Gewissheiten im Leben. Menschen machen Fortschritte. Wir können gar nicht anders. Wir entwickeln uns weiter. Wir kommen voran. Wir expandieren. Was weit hergeholt und extrem erscheint, wird normal und ist schon bald überholt. Wir wenden uns dem nächsten Projekt zu, der nächsten Entwicklung, dem nächsten Horizont. Das da oben, das ist nicht wirklich eine andere Welt. Sie ist weit weg. Für unsere Lebenswirklichkeit ist sie außer Reichweite. Dabei rückt sie die ganze Zeit näher. Wir rücken sie näher heran. Verstehen Sie?«

Sein Blick kündet von Zuversicht und Begeisterung. Was liest er wohl in meinem Blick? Jedenfalls empfinde ich keine Begeisterung. Sollte ich wohl. Tue ich aber nicht. Ich sehe Hen an. Sie spürt es, wendet sich zu mir um und lächelt zaghaft. Endlich. Ein Lächeln. Etwas, das uns verbindet. Sie ist bei mir. Sie ist zurück.

Das ist verrückt, sage ich, beuge mich hinüber und berühre Hen am Arm. Weltraum. Das *ist* eine andere Welt. Aber wir haben hier eine Welt. Ein Leben. Hier. Zusammen.

Bei mir regt sich das Bedürfnis, dieses Leben, so, wie ich es kenne und verstehe, zu verteidigen, zu beschützen.

Sie kreuzen hier in meinem Haus auf, sage ich, aus heiterem Himmel, und erklären mir, möglicherweise müsse ich gehen? Unabhängig davon, was ich selber will? Meinen Sie im Ernst, nach all den Jahren, die ich jetzt schon mit Hen hier lebe, könnte man mich gegebenenfalls zwingen, hier wegzugehen? Ich habe nie darum gebeten. Da stimmt doch was nicht.

Wieder lächelt Terrance, dann beugt er sich langsam ein wenig vor. »Hören Sie«, sagt er. »Das hier ist die Vorwarnung.« Er spricht nicht weiter, wechselt die Stellung auf dem Sofa. »Nein, tut mir leid. Das ist das falsche Wort. *Warnung* klingt so negativ. Und das ist es schließlich nicht. Es ist etwas Gutes. Da wird ein Traum wahr. Und ich räume ja ein, dass Sie sich nicht freiwillig dafür gemeldet haben. Nicht direkt. Aber Sie haben schon mal über den Weltraum gesprochen. Unser Algorithmus hat das ermittelt.«

Als sie das hört, wird Hen plötzlich munter. »Demnach haben Sie uns abgehört?«, fragt sie. »Wie lange hören Sie uns schon ab?« Diesen scharfen Unterton kenne ich nicht bei ihr. Er gibt mir ein … keine Ahnung, was für ein Gefühl. Ich weiß nur, dass es mir nicht gefällt.

Terrance hebt beschwichtigend die Hand. »Bitte«, sagt er. »Ich habe mich nur dumm ausgedrückt. Ich habe Ihnen die Sache nicht richtig erklärt. Es handelt sich dabei nicht um Überwachung oder gezieltes Abhören. Die Mikrofone an Ihren Screens sind immer an – das wissen Sie. Es geht hier um das Sammeln von Daten. Das Programm, das wir dafür verwenden, sichtet die Informationen und ordnet es bestimmten Themenfeldern zu. Es erkennt Wörter, die von Interesse sind.«

»Wetten, dass Sie ihn jetzt noch intensiver abhören«, sagt Hen. »Wetten?«

»Ja, das stimmt.«

Hens Gesicht ist mühsam beherrscht und verschlossen.

Wörter, die von Interesse sind? Würden Sie das bitte erklären?, frage ich. Können Sie mir Wörter nennen, die für diese Verlosung erfasst worden sind – eine Verlosung, von der ich, nebenbei gesagt, nichts wusste?

Ich hoffe, das ist die Frage, die Hen unter den Nägeln brennt.

»Für unsere Zwecke gehören dazu alle Äußerungen über Reisen oder den Weltraum oder Planeten oder den Mond. Die würden uns mit Sicherheit nicht durchs Raster fallen. Wir sind auf Informationen angewiesen.« Er verstummt, als überlege er sich, wie viel er verraten soll. »Unser Auswahlsystem ist hochkomplex und nicht leicht zu erklären. Sie müssen uns einfach vertrauen. Überhaupt ist Vertrauen hier das A und O.«

Hen hat die Hände fest zusammengelegt. Sie ist so reglos, so still. Wieso sagt sie nichts? Wieso stellt sie nicht mehr Fragen? Wieso überlässt sie alles mir?

Können Sie uns mehr erzählen?, frage ich. Was habe ich mir unter diesem Siedlungsprojekt vorzustellen?

»In den Anfängen, vor Jahren, gab es für menschliches Leben im All viele Optionen. Glaubten wir zumindest. Auf dem Mond. Dem Mars. OuterMore hat sogar mit dem Gedanken gespielt, einen neu entdeckten Planeten zu besiedeln, der um einen Stern im benachbarten Sonnensystem kreist. Am Ende haben wir beschlossen, uns gleichsam einen eigenen Planeten zu erschaffen, unsere eigene Raumstation.«

Alles, was er sagt – benachbarte Sonnensysteme –, ist für jemanden wie mich schwer zu begreifen. Aber ich muss es wenigstens versuchen.

Wieso?, frage ich. Wieso überhaupt eine Station errichten, wo es schließlich hier gute Orte zum Leben gibt? Und wieso eine ganze künstliche Raumstation, wenn es da draußen fix und fertige, einwandfreie Planeten gibt?

Terrance kratzt sich am Kopf. »Aus vielfältigen Gründen. Wenn Sie zum Beispiel zu einem dieser Planeten gelangen möchten, wären es – selbst bei Lichtgeschwindigkeit, die man aber nicht erreichen kann – ungefähr achtundsiebzig Jahre hin und zurück. Das war eins der Probleme. Wir haben uns dafür entschieden, stattdessen andere Probleme aus dem Weg zu räumen. Wir haben die erste Phase, die Einrichtung, von Anfang an als Pilotprojekt verstanden, als Erkundungsphase. Menschen würden dorthin gehen und dort leben, wir würden das Ganze beobachten, Tests durchführen, umfangreiche Analysen anstellen, und dann kämen sie wieder heim. Für dieses Modell erschien ein eigener Planet am besten geeignet. Es gibt schon Raumstationen da oben. Schon lange. Unsere erste haben wir vor mehreren Jahren gestartet. Seitdem arbeiten wir daran. Die Station ist rasant gewachsen. Inzwischen hat sie gigantische Ausmaße erreicht. Sie umkreist in diesem Moment, während wir hier miteinander reden, die Erde. Sie ist zwar noch nicht fertig, aber sie ist da.«

Wir können es nicht lassen, denke ich, wir müssen immer weiter expandieren, ausschwärmen, erobern.

Und die Regierung weiß von alledem?

»Wir *sind* die Regierung«, sagt er. »Wir sind eine Regierungsstelle; wir sind staatlich, es ist unsere Forschung.«

Ich hab bis heute nicht einmal ein Flugzeug von innen gesehen, bemerke ich. Dasselbe gilt für Hen. Man könnte sie damit jagen. Sie ist noch nie weit gereist. Sie hätte schreckliche Angst davor, ins Weltall zu reisen.

»Ach so«, sagt Terrance. »Das hätte ich gleich klarstellen sollen. Mein Fehler. Hier geht es um Sie, Junior, nur um Sie.«

Und da dämmert es mir. Ich sehe, worauf er hinauswill.

Dann stehen wir nicht beide auf der Liste? Wir sind nicht beide in die Verlosung gekommen?, frage ich.

»Nein, leider nicht. Nur Sie, Junior.«

Hen zeigt keine Reaktion. Sie sagt nichts. Sie seufzt nicht einmal, macht keinen Muckser. Sie sitzt einfach nur da. Ich weiß nicht, wie ich darauf reagieren soll. Ich habe das Gefühl, als liege die Sache nicht bei mir. Und Hen ist nicht gerade von Hilfe.

Und wie geht's weiter?, frage ich.

»Zunächst mal geschieht gar nichts, jedenfalls nichts Plötzliches, Unverzügliches. Die Liste ist immer noch lang, ebenso wie das Verfahren. Stellen Sie es sich lieber wie einen Marathon vor. Es gehört zu unserer Vorgehensweise, Ihnen diese Nachricht persönlich zu übermitteln. Wenn möglich. So können wir am besten eine Beziehung aufbauen. Wenn Sie nicht in die engere Wahl kommen, dann war das hier unser erster und letzter Besuch, aber es könnte auch der Anfang von viel mehr sein.«

Wie lang ist die erste Auswahlliste?

»Bedauerlicherweise, das werden Sie gewiss verstehen, Junior, bin ich nicht befugt, Ihnen weitere Auskünfte zu erteilen, außer, dass Sie draufstehen. Alles Übrige ist unter Verschluss. Ich kann Ihnen nur so viel dazu sagen, dass mit einer Entscheidung erst in ein paar Jahren zu rechnen ist.«

Ein paar Jahre. Gut zu wissen; es hilft mir, mich zu entspannen. Es geht hier demnach um eine entfernte Möglichkeit, so weit entfernt wie die Raumstation selbst, die um die Erde kreist. Vielleicht hat Hen das von Anfang an begriffen. Vielleicht ist sie deshalb so still, so ruhig.

Damit ist die Unterhaltung zu Ende, irgendwie. Tatsächlich redet Terrance weiter und lässt sich noch mindestens eine Stunde lang über die Ziele von OuterMore aus, nur über nichts, was mich interessiert. Wenn ich eine Frage oder eine Bemerkung einwerfe, hält er sich strikt an die Richtlinien des Unternehmens. Vieles von dem, was er von sich gibt, wirkt einstudiert. Ich frage mich, wie lange er diesen Job schon macht. Bestimmt nicht allzu lange. Dafür hält er sich zu ängstlich an sein Skript. Und er zeigt ungeniert seinen Enthusiasmus. Das steht mal fest. An einer Stelle erzählt er uns von einem Forschungsprodukt, das OuterMore entwickelt hat, es heißt Life Gel, eine Art topische Salbe, die dem Körper dabei hilft, sich an die fehlende Atmosphäre zu akklimatisieren. Ein Gel, denke ich.

Ein Gel, das einem dabei hilft, sich an etwas Abwegiges zu gewöhnen. Das ist so bizarr, so abgehoben, dass ich mir nicht wirklich etwas darunter vorstellen kann.

Als Terrance sich entschuldigt, um auf die Toilette zu gehen, sind Hen und ich endlich allein. Zuerst sagt keiner von uns etwas. Wir sitzen in fassungslosem Schweigen da. Dann endlich sieht Hen mich an.

Ich blicke ihr in die Augen. Jetzt, wo sie mich sieht und mir Aufmerksamkeit schenkt, fühle ich mich sofort besser.

»Was meinst du?«, fragt sie.

Wenn ich das wüsste. Ich versuche einfach nur, alles sinken zu lassen, sage ich und schüttle den Kopf. Ich weiß, ich sollte mich freuen, aus dem Häuschen sein über eine Chance, die sich die meisten etwas kosten lassen würden, aber …

»Bist du durcheinander? Hast du Angst? Fühlst du dich überrumpelt?«

Nein, nein, nein, sage ich. Alles bestens.

»Gut«, erwidert sie. »Ist eine Menge auf einmal zu verdauen. Scheiß Life Gel.«

Kannst du laut sagen, scheiß Life Gel, bestätige ich.

Terrance kommt zurück, und so können wir nicht mehr ungestört reden. Er knüpft genau da wieder an, wo er aufgehört hat, ohne Punkt und Komma. Und er beantwortet noch immer keine meiner Fragen, sondern lässt sich über abstrakte Tangenten aus. Er gibt komplizierte algorithmische Details über die Vorauswahlliste preis. Dann zeigt er weitere Videos von neu entwickelten Raketen mit transparenter Schubdüse sowie eins, in dem sie etwas zu erklären versuchen, das sie »Schubkraftverteilung« nennen.

Hen sitzt die ganze Zeit neben mir und hört sich alles an. Dann, nach vielleicht einer halben Stunde, entschuldigt sie sich. Terrance redet noch eine Weile auf mich ein, und endlich scheint ihm der Stoff auszugehen. Ich weiß, dass ich mehr Fragen, mehr Bedenken habe, auf die ich Antworten brauche, aber diese ganze Begegnung war so unerwartet und überwältigend, dass sie mir entfallen sind. Mir geht die Luft aus, meine Neugier ist erschöpft. Ich geleite ihn zu seinem Wagen. Wir schütteln uns die Hand. Als ich ihn hier draußen ansehe und seine Hand in meiner spüre, beschleicht mich zum ersten Mal an diesem Abend das seltsame Gefühl, dass ich ihn von irgendwoher kenne.

Er verstaut seinen Aktenkoffer und überrascht mich damit, dass er sich noch einmal umdreht und zu einer Umarmung an sich zieht. Als er loslässt, tritt er zurück und packt mich bei der Schulter.

»Glückwunsch«, sagt er. »Hat mich so gefreut, Sie hier zu sehen.«

Kenne ich Sie?, frage ich.

Diese Zähne. Dieses Lächeln. »Das ist nur der Anfang. Tag eins. Aber ich habe das bestimmte Gefühl, dass wir uns in Bälde wiedersehen«, sagt er. Dann steigt er ein. »Viel Glück!«

Mit einem dumpfen Geräusch klappt die Tür zu. Ich sehe dem Wagen hinterher, wie er die Zufahrt hinunterrollt und auf die Straße abbiegt. Draußen ist es inzwischen stockduster. Ich höre die Grillen und anderen kleinen Viecher in den Rapsfeldern. Ich sehe mich um.

Hier komme ich her. Hier kenne ich mich aus. Etwas anderes habe ich nie gekannt. Ich werde, habe ich immer gedacht, nie etwas anderes kennenlernen.

Ich blicke in den Himmel – von Sternen übersät. Derselbe Himmel wie immer. Mein ganzes Leben habe ich in denselben Nachthimmel geblickt. All die Sterne. Satelliten. Der Mond. Ich weiß, dass der Mond so weit weg ist. Aber heute Abend sieht es anders aus. Ich hab noch nie drüber nachgedacht, aber ich kann es sehen, alles – diese Sterne und den Mond – ich kann sie von hier aus mit eigenen Augen sehen. Wie ist es möglich, dass sie so weit weg sind?

Als ich wieder reingehe, ist es ganz still im Haus. Hen muss bereits zu Bett gegangen sein. Schon seltsam. Sie ist einfach nach oben gegangen, ohne auf mich zu warten und noch mal mit mir über alles zu reden? Sie ist erschöpft. Das muss es sein. Da taucht wie aus dem Nichts ein Fremder mit einer seltsamen Nachricht bei uns auf. Ich kann verstehen, dass sie müde ist.

Ich knipse die Lampe im Wohnzimmer aus. Ich bringe das Wasserglas und die leeren Bierflaschen in die Küche und stelle sie auf der Arbeitsplatte neben dem Spülbecken ab. Ich öffne den Kühlschrank, sehe hinein, hole aber nichts heraus. Die kalte Luft, die aus dem Kühlschrank entweicht, tut gut.

Ich tappe, ohne Licht zu machen, nach oben und bleibe auf jeder Stufe stehen, um mir die Fotos an der Wand anzusehen. Ich kann mich nicht erinnern, wann ich mir das letzte Mal Zeit dafür genommen habe. Bei der spärlichen Beleuchtung muss ich nah herangehen. Es sind insgesamt drei, gerahmt und auf Reihe gehängt, eins von Hen und mir zusammen, die zwei anderen von ihr und mir allein.

Das von uns beiden ist eine Selfie-Nahaufnahme. Hen hat den Mund geöffnet; sie lacht. Sie ist glücklich. Deshalb hat sie es wahrscheinlich aufgehängt. Auf dem von mir, allein, sehe ich so viel jünger aus. Ich erkenne mich kaum wieder. Hat Hen das gemacht?

Ich gehe weiter nach oben und direkt in unser Zimmer. Die Tür ist zu. Ich sehe keine Notwendigkeit, an die eigene Schlafzimmertür zu klopfen, und so mache ich sie leise auf. Hen ist in unserem Bett, sie liegt auf dem Rücken.

Nach alledem legst du dich einfach schlafen?, frage ich. Willst du denn nicht reden? Das war irre.

Sie fährt sich mit den Händen an die Augen.

»Tut mir leid, aber heute Abend möchte ich nur noch schlafen. Reden können wir morgen früh.«

Alles in Ordnung?, frage ich und trete weiter ins Zimmer. Ich sehe jetzt, dass sie sich nicht ausgezogen hat. Sie ist noch in ihren Sachen.

Sie hebt den Kopf.

»Ehrlich gesagt, fühle ich mich nicht besonders. Weiß auch nicht, ist nichts Ernstes, aber ob du heute Nacht vielleicht im Gästezimmer schlafen könntest?«

Wirklich jetzt?, frage ich.

Ich kann mich nicht entsinnen, je im Gästezimmer geschlafen zu haben. Nein, habe ich auch nicht.

»Ich weiß, das ist ungewohnt, tut mir leid. Es ist nur … wenn ich mich übergeben muss oder so, steckst du dich besser nicht an.«

Ich hab keine Angst, mich anzustecken.

Ist das Gästebett gemacht?, frage ich.

»Ja, ich hab's heute Morgen bezogen. Es ist wirklich nur für diese Nacht. Morgen geht's mir besser. Bestimmt.«

Hast du dich schon heute Morgen nicht gut gefühlt? Du hast gar nichts gesagt.

»Nein. Ich hab das Bett nur so gemacht, aus einer Laune heraus.«

Wir müssen reden, weißt du?, sage ich. Ich dachte, wir setzen uns zusammen, unterhalten uns über alles, was passiert ist, darüber, was Terrance gesagt hat, über die Möglichkeiten, über Terrance selbst … ich meine, was hältst du von dem Kerl?

»Junior, ich bin wirklich müde, wenn du also nichts dagegen hast, werde ich versuchen zu schlafen.«

Sie dreht sich zur Seite, mit dem Rücken zu mir.

Ja, in Ordnung, sicher, sage ich. Wir reden morgen früh.

Ich gehe raus.

Aber auf dem Weg zur Tür ruft sie mir nach: »Junior?«

Ja?

»Kannst du bitte die Tür hinter dir zuziehen?«

Klar, sage ich.

Ich verkneife mir den Hinweis, dass es bei geschlossener Tür drinnen heißer ist. Das würde sie nur verärgern. Kurz bevor ich die Tür ganz schließe, kommt mir ein Gedanke, ein nagendes Gefühl, und so stecke ich den Kopf noch einmal ins Zimmer.

Ach, übrigens. Woher hast du es gewusst?

Sie dreht sich wieder zu mir um. »Was gewusst?«

Als der Wagen vorfuhr, bevor Terrance ausstieg, hast du gesagt: »Er muss etwas von uns wollen.« Woher wusstest du, dass ein Mann in dem Auto sitzt?

»Hab ich das gesagt?«

Allerdings.

»Bist du sicher?«

Ja.

Sie atmet hörbar aus. »Keine Ahnung, Junior. War mir gar nicht bewusst. War wohl, ohne drüber nachzudenken. Gute Nacht.«

Nacht, sage ich und ziehe die Tür zu.

Erst als ich ins Gästezimmer komme und das bescheidene Einzelbett mit der frischen weißen Wäsche betrachte, höre ich am anderen Ende des Flurs, wie an der Schlafzimmertür das Schloss zuschnappt.

Wenn man so wie wir von Terrance bedeutsame Neuigkeiten erfährt, unerwartete, schockierende Neuigkeiten, die einem vielleicht das ganze Leben umkrempeln, dann bleibt nichts davon unberührt; es wirkt sich auf unser Denken aus, die Art, wie wir unsere Gedanken ordnen.

Das beobachte ich bei mir.

Nach Terrance' Besuch war Hen etwa ein, zwei Wochen lang so unnahbar und gereizt wie an dem Abend, als er da war. Urplötzlich wollte sie ständig allein sein. Wir aßen zusammen, sprachen aber kaum miteinander. Sie zog sich zurück. Nach seinem Besuch wollte sie jede Nacht allein schlafen, was sie auch fast eine Woche lang tat, bis sie irgendwann sagte, sie hätte nichts dagegen, wenn ich wieder in unser Bett zurückkäme. Aber sie war angespannt. Ich spürte ihr Unbehagen neben mir. Es war mit Händen zu greifen. Ich glaube, sie bekam nur wenig Schlaf. Morgens gestand sie dann, sie habe fast die ganze Nacht wach gelegen. Das ging eine Weile so.

Doch nach und nach war sie wieder die alte Hen, die Hen, die ich kenne, normal. Das ist eine Frage der Zeit. Früher oder später rückt sie die Dinge wieder zurecht. Das Unbehagen verschwindet. Von einem Schock, egal wie schlimm, erholt man sich mit der Zeit.

Hen fing sich und hielt mich nicht mehr so auf Abstand. Das Leben nahm wieder seinen gewohnten Gang wie vor dem Besuch und der Neuigkeit. Woche um Woche, Monat für Monat. Wir haben unseren natürlichen Rhythmus wiedergefunden. Wir arbeiten; wir essen; wir schlafen. Das Leben sorgt für Ausgleich. Das wünschen wir uns als Menschen – Sicherheit, Gewissheit, Bestätigung.

Nur mein eigener innerer Rhythmus ist aus dem Takt geraten, auch wenn mir das niemand ansieht, nicht einmal Hen. Terrance' Besuch dauerte keine drei Stunden, zeitlich gesehen kein gravierender Eingriff in unser Leben, gleichwohl eine bedeutsame, tief greifende Störung.

Aus Tagen werden Wochen, aus Wochen Monate, ein Jahr geht vorbei. Ein zweites. Wir machen so weiter.

Aber ich denke jeden Tag an seinen Besuch.

Wir reden nur selten darüber, Hen und ich. Wenn ich es zur Sprache bringe, wechselt sie gewöhnlich das Thema. Immerhin habe ich erfahren, dass ich in die Vorauswahl gekommen bin, und natürlich denke ich seitdem über die Zukunft nach, darüber, was daraus wird, was passieren könnte oder auch nicht und wie es, je nachdem, ob ich bleibe oder gehe, wohl wäre, Vor- und Nachteile für uns beide. Seitdem denke ich auch über die Vergangenheit nach, meine Vergangenheit, an das, was vorher war und was mich hierhergeführt hat. Die wichtigen Weichenstellungen. Bedeutende Ereignisse, an die ich lange nicht mehr gedacht habe. Dabei kommen mir bestimmte Erinnerungen in Wellen hoch. Ich muss immer wieder an Hens und meine ersten Jahre hier denken, daran, wie wir uns damals fühlten.

Natürlich sage ich Hen nichts von alledem. Das habe ich mir geschworen. Das Ganze, wenn möglich, mit mir alleine auszumachen. Sie zu beschützen. Damit sie es vergessen kann. Einfach so wie immer zu sein, als ob alles beim Alten wäre, als ob sich nichts geändert hätte. Auch wenn ich es besser weiß. Das bin ich ihr schuldig. Ich will nicht, dass sie sich aufregt oder ängstigt. Und genau das hat Terrance getan, als er in unser Leben trat. Sein kurzer Besuch hat sie durcheinandergebracht. Ich versuche, mich zu benehmen, als sei alles so wie sonst, als sei alles ganz normal. Ich tue so, als sei alles in bester Ordnung.

Wir stehen morgens auf. Ich gehe in die Scheune. Ich füttere die Hühner. Ich laufe draußen ein bisschen herum. Ich dusche. Wir frühstücken. Wir fahren zur Arbeit. Zum Abendessen kommen wir zurück. Manchmal spielt Hen abends Klavier. Ich trinke ein Bier, vielleicht auch zwei. Wir reden darüber, wie der Tag gewesen ist, erzählen uns lustige oder ungewöhnliche Begebenheiten. Und am nächsten Tag dasselbe wieder.

Ein kurzer, harmloser Besuch von einem Fremden, mehr war da nicht. Wieso sollten wir uns davon so nachhaltig beeindrucken lassen? Sollten wir nicht, müssen wir nicht, zu diesem Schluss bin ich jedenfalls gekommen. Egal, was später mal passiert, deshalb braucht sich hier und jetzt nichts an unserer Beziehung zu ändern. Ich sollte mich auf die Gegenwart konzentrieren. Wir sind ein Paar, so wie vorher. Und es liegt bei mir, einfach derselbe Mensch zu sein wie immer, Hen zuliebe.

An unserem Alltag hat sich nichts geändert. Doch ich merke, wie *ich* mich, gegen meinen Willen, verändere, wie ich schon jetzt verändert bin.

Das erste Mal habe ich Hen nur aus der Ferne gesehen. Es ist die deutlichste Erinnerung, die ich habe, die intensivste, die mir in letzter Zeit auch am häufigsten hochkommt. Seit Terrance' Besuch habe ich oft daran gedacht, sie mir immer wieder vor Augen geführt.

Als ich sie damals sah, war da sonst weit und breit kein Mensch. Sie sah so klein aus. Das war das Erste, was mir an ihr aufgefallen ist. Ich hab mit dem, was ich gerade machte, aufgehört und sie angesehen. Ich habe alle anderen Gedanken aus meinem Kopf verbannt. Ich wollte plötzlich noch einmal ganz von vorn anfangen.

Es war Sommer, sehr hell, deshalb habe ich eine schattige Stelle gesucht. Ich hatte Durst, aber kein Wasser dabei. Ich war schon eine Weile unterwegs gewesen, stundenlang, und hatte immer noch ein gutes Stück vor mir. Wir waren jung, fast noch Kinder, besonders sie. Es war schwül, so schwül, dass man gezwungen war, es langsamer anzugehen, und kaum einen klaren Gedanken fassen konnte. Sie hatte ein weißes T-Shirt mit abgeschnittenen Ärmeln an. Ihr Haar trug sie zu einem lockeren Dutt aufgesteckt, ein paar Strähnen hatten sich gelöst und fielen ihr ins Gesicht. Ich saß mit dem Hintern auf der Erde und hatte die Ellbogen auf die Oberschenkel gestützt.

Ich kannte sie nicht, was mich überraschte. Angenehm überraschte. Wer war sie? Ich wollte es wissen. Ich musste es wissen. Sie war mir nicht nur unbekannt, das auch, doch nicht deshalb blieb ich dort auf der blanken Erde unter diesem Baum sitzen und wartete. Und sah sie einfach nur an. Das war es. Der Moment, auf den ich immer gewartet hatte.

Ich zündete mir eine Zigarette an. Ich strich mir das Haar aus der Stirn. Es war schweißnass. Ich inhalierte den Rauch. Ich weiß noch, wie ich mich dann auf den Rücken legte. So verharrte ich eine Weile und blickte ins Laub, den Schatten und den Himmel darüber. Und rauchte. Alles verschmolz zu diesem einen Moment, nichts stach heraus.

Sie stand über alledem. Aber sie war da. Ich winkte ihr nicht zu.

An dem Tag haben wir nicht einmal miteinander gesprochen. Kein Wort. Wir haben uns nicht gegrüßt, dennoch habe ich eine starke Verbindung zwischen uns gespürt. Ich war auf der anderen Straßenseite. Ich war allein. Das heißt, ich dachte, ich wäre allein, bis ich sie sah. Sie ahnte nicht, was für eine Wirkung sie auf mich hatte. Es war ihr nicht bewusst. Eine solche Macht übte sie auf mich aus. Schon damals.

In dem Moment drängte sich mir die Frage auf, was ich wollte, was ich mir wünschte, was ich tun konnte. Und was ich schon getan hatte, um an diesen Punkt zu gelangen; wieso ich gerade da war, draußen in der Sonne, mit schmutzigen, aufgescheuerten Händen. Mein ganzes Leben lang konnte ich mir keine Namen merken. Nichts machte einen nachhaltigen Eindruck auf mich. Aber in dem Augenblick hatte ich das Gefühl, das könnte sich nun ändern. Wenn ich ihren Namen wüsste, würde ich ihn behalten. Das machte sie mit mir, noch bevor wir uns kennenlernten – sie sorgte für Veränderung. Da war sie also, tief in Gedanken, während sie sich über eine Pfütze am Straßenrand beugte und sich darin die Hände wusch, ohne mich zu bemerken. Ich wusste, sie war die eine. Ich war für sie bestimmt. Ich sah sie, und für mich fing das Leben an.

Sind manche Ereignisse vorherbestimmt? Es gibt Dinge, die wir nicht erklären können. Manche nennen es Schicksal. Warum nicht? Vielleicht brauchen wir gar nicht mehr zu wissen. Vielleicht ist die Umlaufbahn, in der wir uns bewegen, vorherbestimmt. Ich habe kein Problem damit, auch wenn ich nicht so ganz an diese Dinge glaube. Man muss nicht unbedingt daran glauben, um trotzdem an bestimmten Vorstellungen zu hängen.

Später habe ich dann über all die anderen Möglichkeiten nachgedacht, wie es auch anders hätte laufen können. Hätte ich sie dann unter anderen Umständen, zu einem anderen Zeitpunkt entdeckt? An einem anderen Tag? Ist irgendetwas davon unausweichlich? Hört man ja ständig – das sollte so sein. War das die eine, die einzige Chance? Alles oder nichts? Schicksal oder nur Zufall? War das die eine, entscheidende Gelegenheit? Dieser Moment, in dem ich sie sah, Notiz von ihr nahm und sie im Gedächtnis behielt?

Dabei hatte ich ernsthaft überlegt, eine andere Route einzuschlagen. Ich weiß nicht einmal mehr, wieso ich auf diesem Stück Weg entlanglief, es war nicht zwingend. Es scheint für uns so gekommen zu sein, wie es kommen sollte. Wir haben einen Weg miteinander gefunden. Unseren Weg. Wir sind eine Beziehung eingegangen, haben sie vertieft und gepflegt. Verlässlich, stabil, normal, eingespielt, authentisch. Ein Tag geht zu Ende, ein neuer beginnt. Unablässig. Es ist ein angenehmer Rhythmus.

Ich bin kein scharfer Beobachter. Ich sehe, was ich sehe, alles andere ist mir egal. Wozu auch? Was bringt es, alles mitzubekommen, was sich um einen herum abspielt, sich den Kopf mit belanglosen Einzelheiten und überflüssigen Informationen vollzustopfen? Was passieren soll, das passiert so oder so, ob man nun darauf achtet oder nicht.

Was wohl Hen über den Tag unserer ersten Begegnung sagen würde? Ob sie sich daran erinnert? Ich weiß es nicht. Und ich bin mir auch nicht sicher, ob ich es wissen will. Aber die Frage kommt mir schon. Die meisten Tage gehen bei uns nahtlos ineinander über, ohne prägnante Erinnerungen zu hinterlassen. Vielleicht traue ich mich ja irgendwann, sie zu fragen.

Das weiße T-Shirt mit den abgeschnittenen Ärmeln, das sie trug, als ich sie zum ersten Mal sah, hat sie immer noch. Sie zieht es kaum einmal an. Wenn ja, fällt es mir auf. Ich bin froh, dass sie es nicht oft trägt, dass es in ihrer Schublade liegt. Je öfter sie es trägt, desto öfter muss sie es waschen, desto schneller ist es verschlissen. Der Stoff ist jetzt schon ausgedünnt und zerfranst. Ich möchte, dass es möglichst lange hält.

Diesmal passiert es früh am Abend, aber unverwechselbar. Ich begreife sofort. Dieselben grünlichen Scheinwerfer klar und deutlich im letzten Tageslicht. Ich kenne sie. Ich habe sie noch gut in Erinnerung. Diesmal hält er nicht am Ende der Landstraße an. Der schwarze Wagen biegt ein und fährt ohne Stopp bis zum Haus. Ich sehe, wie er aussteigt und sich etwas vom Hosenbein schnippt.

Terrance' erster Besuch ist zwei Jahre her. Zwei Jahre und ein paar Monate, aber da ist er, zum zweiten Mal auf unserer abgelegenen Farm. Genau so, wie er es in Aussicht gestellt hat.

Von hier drinnen sieht er unverändert aus. Dünn. Schmächtig. Das lange blonde Haar. Der Anzug. Kein Schlips. Weiße Socken. Der schwarze Koffer.

Energisches Klopfen an der Tür. *Tack-tack-tack.*

Ich weiß nicht, ob auch Hen es gehört hat. Ich gehe zur Tür und mache auf.

»Hallo Junior«, sagt er strahlend. »Wie schön, Sie zu sehen.«

Hey, sage ich.

Wir schütteln uns nicht die Hände. Stattdessen klopft er mir wie einem alten Freund auf die Schulter. Ich trete zur Seite, um ihn hereinzulassen. Erst jetzt fällt mir auf, dass er gealtert ist. Nicht dramatisch. Nur bei genauerem Hinsehen. Sein Gesicht wirkt noch schmaler als bei unserer letzten Begegnung, strenger. Seine Lider schwerer. Terrance hat etwas von einem Nagetier. Nicht nur sein Gesicht, sondern auch seine Gestalt und sein ganzes Gebaren.

»Sie sehen prächtig aus«, stellt er fest. »Ist ja eine Weile her. Wie geht es Ihnen?«

Gut, sage ich. Bin mir nicht sicher, ob Hen etwas mitbekommen hat. Sie ist oben.

»Dann ist sie da?«

Ja, antworte ich.

»Nicht nötig, sie runterzurufen. So können wir beide erst mal die letzten Neuigkeiten austauschen.«

Etwas steif bleiben wir in der Diele, an der Haustür stehen.

»Wie ist es bei Ihnen beiden so gelaufen?«

Die Arbeit. Das Haus. Das Leben, sage ich. Alles bestens.

»Freut mich zu hören. Und Ihnen geht's gut?«

Ja, kann mich nicht beschweren.

»Ausgezeichnet«, antwortet er. »Ausgezeichnet. Und wie geht's unserer kleinen Henrietta?«

Bei diesem plumpvertraulichen *unsere* und *kleine* in Bezug auf meine Frau zucke ich innerlich zusammen. Als wären sie alte Bekannte. Er kennt sie aber nun mal nicht. Er kennt uns beide nicht. Wir sind nicht befreundet.

Ihr geht's gut, sage ich mit betont neutraler Miene. Wie schweigsam sie wurde, wie sie mich wochenlang behandelt hat, wie lange es gedauert hat, bis sie wieder normal war, das sage ich ihm nicht. Sicher, das ist lange her, aber ich will nicht, dass es noch einmal passiert. Ich sage ihm auch nicht, dass ich deswegen inzwischen nicht mehr gut auf ihn zu sprechen bin, wegen Hen und wie sie sich gefühlt hat. Ich sehe mir sein Gesicht noch einmal genauer an. Diese kleinen Augen. Dünnen Lippen. Er ist ein bisschen zu erfreut darüber, wieder hier zu sein, zu selbstzufrieden. Das behagt mir nicht. Es ist etwas Unaufrichtiges an ihm, er verschweigt etwas.

»Ist ganz schön lange her. Haben Sie mal an mich gedacht?«, fragt er und lacht. »Tut mir leid, ich wollte nur sagen, das war letztes Mal ein wichtiger Besuch, große Neuigkeiten. Manchmal können einem selbst gute Neuigkeiten psychosomatisch zusetzen, einen völlig durcheinanderbringen. Ich kann daher nur hoffen, dass es keine Krisen gab.«

Und ob es die gab, denke ich, jedenfalls eine Zeit lang.

Wir waren beschäftigt, erkläre ich. Das Leben muss weitergehen. Wir können es uns nicht leisten, einfach dazusitzen und uns über eine Zukunft zu sorgen, die vielleicht nie eintritt.

»Verstehe«, erwidert er. »Das ist gut. Das ist die richtige Einstellung. Dann würden Sie sagen, in letzter Zeit lief bei Ihnen alles normal? Sie hatten keine Angst? Keine besonderen Vorkommnisse? Keine ernsteren Auseinandersetzungen oder Probleme?«

Hen!, rufe ich über die Schulter.

Ich finde, sie sollte sich das mit anhören.

Hen!, rufe ich lauter.

Sie antwortet nicht. Vielleicht weiß sie es schon. Vielleicht will sie nicht runterkommen und diesen Mann wiedersehen. Vielleicht ist sie auch da oben, und sie hat alles gehört und will nichts damit zu schaffen haben. Ich höre ihre leichten Schritte über unseren Köpfen.

»Ja«, ruft sie von oben.

Komm dazu, sage ich.

Langsam kommt sie die Treppe herunter. Unten angekommen, nickt sie Terrance zu.

»Schön, Sie wiederzusehen, Henrietta«, sagt er.

»Hallo, Terrance«, erwidert sie, und prompt klingt ihre Stimme matt.

»Ich habe gerade von Junior gehört, wie es Ihnen so ergangen ist. Demnach läuft alles … recht gut.«

Sie tritt neben mich, legt mir den Arm um die Taille. Das ist untypisch für sie, von sich aus meine physische Nähe zu suchen. Ich bin so verblüfft, dass ich an mich halten muss, um nicht zurückzuzucken.

»Ja«, sagt sie. »Uns geht's so weit gut.«

»Wollen wir uns nicht setzen?«, fragt er. »Ich habe Neuigkeiten für Sie.«

Diesmal brauche ich nicht vorauszugehen. Terrance findet den Weg offensichtlich allein. Wir folgen ihm ins Wohnzimmer. Wir nehmen dieselbe Sitzordnung ein wie bei seinem ersten Besuch – Terrance auf dem Sofa und Hen und ich dicht nebeneinander ihm gegenüber. Es sind Jahre vergangen, aber was hat sich schon geändert? Hier im Haus sehr wenig. Alles ist beim Alten.

»Ich bin hocherfreut und erleichtert«, sagt er. »Überglücklich, ehrlich gesagt, dass bei Ihnen beiden alles zum Besten steht –«

Sagen Sie's schon, falle ich ihm ins Wort. Sagen Sie uns, was es Neues gibt. Deshalb sind Sie schließlich hier.

Hen ist ruhig. Sie reagiert nicht auf meine Stimme. Sie sieht nicht einmal auf.

Terrance lächelt. »Natürlich.« Er verstummt, strafft den Rücken. »Junior hat es in die letzte Auswahlrunde geschafft.« Er lässt uns Zeit, die Nachricht sinken zu lassen. Er gibt sich Mühe, es natürlich erscheinen zu lassen, aber ich bin mir sicher, das gehört zu seiner Vorstellung, sie haben ihm beigebracht, diese vielsagenden Pausen einzulegen, wenn er die Neuigkeiten überbringt. Er sieht mich erwartungsvoll an. Und dann Hen, mit einem anderen Blick, den ich mir nicht deuten kann. »Ich bin begeistert. Sie sind einer Reise ins All einen riesigen Schritt nähergekommen!«

Hen und ich sehen uns an. Sie hebt die Hände und streicht sich durchs Haar. Sie wirkt nicht erschrocken, sondern müde.

»Dann steht es schon fest, dass er geht?«, fragt sie.

»Nein, nicht unbedingt«, erklärt er. »Aber er ist in der engeren Auswahl, seine Chancen stehen jetzt also erheblich besser.«

Hen nimmt meine Hand. Wieder – ungewöhnlich. Ich vermute, seinetwegen.

»Von welcher Zeitschiene reden wir hier?«, fragt sie.

»Eilen wir den Dingen nicht voraus«, dämpft Terrance ihre Neugier. »Es ist noch nichts garantiert, aber der ultimative Traum ist in deutlich greifbarere Nähe gerückt.«

Wessen ultimativer Traum?, frage ich mich.

Aber unterm Strich ändert sich nichts für uns, oder?, füge ich hinzu. Es ist wie gehabt: Wir sind immer noch in der Schwebe.

»Ja, ich weiß, das kann quälend sein. Verständlich. Egal, wie die Entscheidung ausfällt, ist die Zukunft ungewiss, aber ich denke, wenn man es erst mal in die letzte Runde geschafft hat, sieht die Sache schon ganz anders aus«, erklärt er. »Wir haben Fortschritte gemacht, es geht in die richtige Richtung. Mir tun die anderen leid, die es nicht so weit gebracht haben. Wir müssen jetzt nach vorne blicken, und dazu müssen wir uns, wir drei zusammen, auf die Fakten fokussieren, auf das, was real ist, statt zu spekulieren. Das hier ist jedenfalls ein bedeutsamer Schritt. Es gibt eine

Menge zu besprechen. Daher wird dieser Besuch ein bisschen länger als beim ersten Mal. Natürlich ist es ganz normal, dass Sie Fragen haben. Dazu kommen wir noch.«

Ich habe den Kopf gesenkt. Ich reibe mir die geschlossenen Augen. Ich spüre, wie sich Hen herüberbeugt und mir die Hand auf den Oberschenkel legt.

»Leute, kommt schon! Das ist aufregend!«, sagt Terrance. »Wir haben einen Auftrag, einen Plan, mit jedem, der auf dieser Liste steht. Wir saugen uns nicht einfach etwas aus den Fingern, sondern gehen systematisch vor, das dürfen Sie mir glauben.«

Wie sollten wir denn nicht spekulieren? Ich meine, wieso sagt er uns das? Wo wir immer noch nicht wissen, ob es je dazu kommt. Sicher wissen wir vorerst gar nichts. Was soll das also?

Er hebt beschwichtigend die Hände und nickt.

»Nein, versteh schon. Im Ernst. Ich weiß, dass die Zeit seit meinem letzten Besuch … ungewöhnlich für Sie gewesen sein muss.«

Seine letzten Worte richtet er an Hen.

»Aber ich habe eine Frage an Sie«, fährt er fort. »Und ich würde Sie beide bitten, darüber nachzudenken: Möchten Sie ein gewöhnliches, banales Leben führen? Ist es das, was Ihnen vorschwebt?«

Hen richtet sich ein wenig auf, hört ihm aufmerksamer zu.

»Wollen Sie so wie jeder andere sein? Oder möchten Sie an etwas Besonderem, Einmaligem teilhaben? Und genau darum geht es mehr als um irgendetwas sonst«, sagt er. »Die Chance, mehr aus sich zu machen.«

Auf einmal dreht sich für ihn alles um Hen. Es ist, als sei ich plötzlich Luft.

»Das sagt sich so leicht, Terrance«, erwidert Hen. *»Mehr aus sich machen.«*

Wir haben um das Ganze hier nicht gebeten, werfe ich ein.

»Sicher, da haben Sie recht. Ihnen wurde eine seltene Möglichkeit geboten, vorerst ist es ein uneingelöstes Versprechen. Aber wieso sollte das Unbekannte eine Belastung sein? Muss es nicht. Wieso nicht das Gegenteil? Eine Art Erweckung, ein Aufbruch, etwas, für das Sie sich begeistern können. Ich meine nicht nur die Installation. Schon davor. Das hier ist, unabhängig vom Ausgang, eine Chance, aus dem Alltagstrott herauszukommen, Woche für Woche, Monat für Monat, Jahr um Jahr das Gleiche …« Die ganze Zeit sieht er Hen dabei an. Wieso? Wieso fixiert er sich so auf sie? »Das hier ist für Sie beide. Es ist eine Chance, sich aus dem Trott zu befreien. Wie viele Menschen leben tagtäglich in einer Art Dunstglocke, stecken in ihren Gewohnheiten fest, ohne je etwas dabei zu empfinden? Halten sich mit etwas beschäftigt, ohne je ganz darin aufzugehen oder sich darüber zu freuen oder wie neugeboren zu fühlen? Die meisten denken nie über die ganze Bandbreite an Möglichkeiten nach, ihr Leben bewusst zu gestalten, es kommt ihnen einfach nicht in den Sinn. Dafür haben wir bei OuterMore eine Lösung entwickelt. Wenn Sie so wollen, ist es eine Firmenphilosophie. Unser Credo. Es ist der Gedanke, dass man eine rechtschaffene Existenz selbst aktiv gestalten kann.«

Existenz gestalten?, frage ich.

»Existenz erfordert Gestaltungswillen, allerdings, Junior! Man gestaltet seine Existenz durch Entscheidungen, Überzeugungen und durch sein praktisches Handeln. Das ist unsere Philosophie bei OuterMore. Ein Verhalten, das nur von Gewohnheit und Trägheit diktiert wird, ist das schlimmste Gefängnis, das man sich vorstellen kann, weil nämlich die Gitterstäbe unsichtbar sind. Auf die Weise ist man lernresistent. Wir wollen, dass Menschen etwas lernen, nicht nur über neue Lebensräume, sondern auch über sich selbst. Den Status quo aufrechtzuerhalten, das ist für den modernen Menschen kein angemessenes Bestreben. Hier geht es um mehr als die Installation. Verstehen Sie, worauf ich hinauswill? Das ist mein Angebot an Sie beide. Eine Erweckung.«

»Gehört das zu Ihrem eingetrichterten Text?«, fragt Hen. »Denn das können Sie sich, ehrlich gesagt, schenken.«

Kein Zweifel, sie meint es ernst. Hen ist eigentlich von Natur aus nicht widerspenstig. Die Sache geht ihr gründlich gegen den Strich.

»Niemand schreibt mir vor, was ich sage. Aber ich denke über all diese Dinge schon um einiges länger nach als Sie. Ich mag Sie. Beide. Wirklich. Und Sie sollen sich beide zu nichts gezwungen fühlen. Ich glaube einfach nur, dass Sie die falsche Sicht darauf haben. Und ich versuche, Ihnen zu helfen. Das ist mein Job. Das ist mein Leben, schon länger, als Sie denken. Das ist nicht nur ein Job, sondern eine Leidenschaft, eine Mission, an die ich von ganzem Herzen glaube.«

Aber Sie sind fein raus, nicht wahr?, sage ich. Sie betrifft es ja nicht, zumindest nicht so wie uns. Wir hängen da drin.

Über meine Bemerkung erstaunt, dreht sich Hen zu mir um und sucht Blickkontakt.

»Es betrifft mich nicht auf dieselbe Weise, natürlich nicht. Aber dieses Projekt ... das hat in meinem Leben ebenso viel Platz wie in Ihrem. Es ist richtungweisend für meine ganze berufliche Laufbahn. Sicher, Sie hängen da drin. Aber ich doch auch! Wir hängen da gemeinsam drin.«

»Und wie soll es jetzt weitergehen?«, fragt Hen. »Erfahren wir heute noch etwas Neues? Haben Sie noch etwas anderes für uns auf Lager?«

Von der angespannten, nervösen Stimmung bei Terrance' erstem Besuch, die noch Wochen danach über dem Haus lag, ist nichts zu spüren. Diesmal scheint mir Hens Körpersprache – die eingezogenen Schultern und die übergeschlagenen Füße – stumme Schicksalsergebenheit zu signalisieren.

»Ich werde mich mit Ihnen beiden ausgiebig unterhalten müssen. Es gibt ein ganzes Programm Punkt für Punkt mit Ihnen abzuarbeiten.«

Programm? Was für ein Programm?, frage ich.

»Stellen Sie es sich als eine Folge von ausführlichen Befragungen vor«, erwidert Terrance. »Das wird uns und Ihnen helfen, für alle Eventualitäten gewappnet zu sein.«

»Und wann?«, will Hen wissen.

»Wir fangen morgen an«, antwortet Terrance. »Ich möchte heute Abend nicht gleich mit der Tür ins Haus fallen. Fürs Erste reicht die gute Nachricht. Vielleicht darf ich Sie noch um ein Glas Wasser bitten, bevor ich gehe, wenn es Ihnen nicht zu viel Mühe macht?«

Hen und ich tauschen einen Blick. Sie steht auf und verlässt den Raum.

Kaum ist sie weg, holt Terrance sein Screen aus dem Köfferchen. Er macht sich Notizen oder schreibt vielleicht jemandem eine Nachricht. Dann hält er das Screen hoch und wendet es in unterschiedliche Richtungen.

Er macht Fotos vom Zimmer, mit Sicherheit.

»Achten Sie nicht auf mich«, sagt er. »Ich sammle einfach nur ein paar Daten. Keine Sorge. Das gehört alles routinemäßig zu den Vorbereitungen. Können Sie bitte einen Moment in meine Richtung schauen?«

Ich sehe ihm frontal ins Gesicht. Er richtet das Screen auf mich. Klick.

Es ist passiert, bevor ich ihn daran hindern kann.

»Danke«, sagt er. »Und bevor sie zurückkommt, habe ich noch kurz ein paar Fragen. Sie wissen schon, von Mann zu Mann. Was hat Hen Ihnen erzählt, Junior? Bitte ehrlich. Es liegt in unser aller Interesse, dass Sie mir die Wahrheit sagen.«

Was meint er damit? Ich habe keine Ahnung, worauf er hinauswill. Hen und ich haben keine Geheimnisse voreinander.

Mir erzählt? Mir was erzählt?, frage ich. Wie meinen Sie das? Bevor ich noch etwas sagen kann, kehrt Hen mit seinem Wasser zurück und stellt es ihm hin.

»Ah, ja, toll«, sagt er. »Danke, Henrietta. Ich erinnere mich vom letzten Mal, wie gut und kalt Ihr Brunnenwasser ist.«

Er trinkt sein ganzes Glas in einem Zug leer.

»Ich kann mir nicht helfen«, sagt er, nun wieder zu mir. »Ich kann mir nicht helfen, Junior, aber ich frage mich wirklich, ob Sie je an Ihr Leben davor zurückdenken.«

Vor was?, will ich wissen.

»Vor Hen«, antwortet er.

Vor Hen. Vor Hen.

Es ist schwer, sich daran zu erinnern, was davor war. Nicht, dass es mir wichtig wäre.

Das Jetzt zählt, nicht das Davor. Was zählt, ist Hen. Sie ist mein Lebensmittelpunkt, mein Ein und Alles. Meine Jugend war belanglos, nicht erinnerungswürdig. Wir alle nehmen in unserem gesellschaftlichen Umfeld unseren Platz ein, und meiner war klar definiert: Durchschnitt, Bedeutungslosigkeit. Ich war der wandelnde statistische Mittelwert.

Das wusste ich zwar schon immer, aber erst in letzter Zeit habe ich bei dem Gedanken an die Vergangenheit zunehmend das Gefühl, dass ich sie mir nicht vergegenwärtigen kann. Ich kann mich nicht zurückbegeben. Es gelingt mir einfach nicht. Es gelingt mir nicht, mich an jene Jahre zu entsinnen. Ich kann nur nach vorne blicken. Ich habe die einsamen Tage dumpf an mir vorüberziehen lassen. Erst mit Hen hat sich das geändert. Ihr verdanke ich einen Sinn, eine Daseinsberechtigung.

Ich lasse mich nicht in die Vergangenheit zurückzerren. Keiner kann mich dazu zwingen. Ich muss mich nicht erinnern, nur weil Terrance mich danach fragt. Ich bin nicht sein Schoßhund und wackle mit dem Schwanz. In den Jahren davor gibt es nichts, woran ich mich erinnern oder wobei ich verweilen möchte. Schließlich haben wir nur eine begrenzte Speicherkapazität für unsere Erinnerungen, und ich wüsste nicht, wieso ich die an die Zeit davor verschwenden soll. Da war ich noch nicht ich selbst. Ich war ein anderer Mensch, eine unbedeutende Ausgabe des Mannes, zu dem ich seither geworden bin.

Die Verzweiflung genügt sich nicht selbst. Die Verzweiflung verträgt das Alleinsein nicht. Verzweiflung sucht Gesellschaft. Aber ich bin nicht verzweifelt. Nicht jetzt. Nicht, solange es vorangeht.

Tatsächlich gibt es keine einzige Erinnerung von damals, aus der Zeit vor Hen, die in meinem Kopf Kontur annimmt. Alles zerfließt in einem nebulösen Einerlei.

Ich schätze, für jemanden wie mich ist es leichter zu vergessen.

Von seinem Donnern an der Tür – *rat ta ta ta ta* – wachen wir auf. Ich höre es zuerst, noch vor Hen. Ich richte mich im Bett auf, zunächst verwirrt. Dann wird das Klopfen leise, sacht. Terrance hat uns gestern Abend im Wohnzimmer sitzen gelassen. Wir haben ihn nicht einmal zur Tür begleitet. Ich blicke zu Hen hinüber. Sie liegt auf dem Bauch. Wir sind nackt unter einem dünnen Laken. Sie seufzt und schlägt die Augen auf.

»Wie spät ist es?«, fragt sie, während sie mit der Wange auf der Matratze ruht.

Schon immer fand ich Hen in diesen Momenten besonders unwiderstehlich – wenn sie gerade aus der Dusche kommt; nach dem Abendessen mit vollem Bauch am Tisch sitzt. Oder auch frühmorgens mit zerzaustem Haar und verquollenen Augen. Als ich an diesem Morgen sehe, wie sie langsam zu sich kommt, denke ich es wieder.

»Es ist noch dunkel«, sagt sie. »Mist. Er gibt uns nicht mal Zeit, zuerst einen Kaffee zu trinken.«

Wieder leises Klopfen an der Tür. Inzwischen klingt es nicht mehr so dringlich. Es ist kaum noch zu hören.

Ja, das kann nur er sein, sage ich. Hat er gesagt, er käme so früh wieder?

»Ich glaube nicht. Aber, na ja.«

Sie dreht sich auf den Rücken und reibt sich den Schlaf aus den Augen.

Ich geh schon, sage ich.

Ich stehe auf, ziehe mir mein Unterhemd, meine Shorts an. Ich bin an der Haustür, als er gerade wieder klopft.

»Hab ich Sie geweckt?«, fragte er.

Haben Sie. Wie spät ist es?

»Halb sechs«, antwortet er. »Wir haben heute jede Menge zu tun. Deshalb habe ich Ihnen gestern Bescheid gegeben.«

Ich kann mich nicht erinnern, dass er uns Bescheid gegeben hat. Jedenfalls hat er keine genaue Zeit genannt. Ist jetzt auch egal. Wir sind auf. Er ist da.

Kommen Sie rein, sage ich.

Diesmal führe ich ihn in die Küche. Ich biete ihm einen Platz an und mache Kaffee. Dieser Mann kennt uns gut, aber bis jetzt hat er nur unseren Eingang, unsere Toilette und unser Wohnzimmer zu Gesicht bekommen.

Hen ist auch gleich so weit, sage ich. Kaffee?

»Ein Schluck Wasser genügt«, sagt er.

Als ich gerade unterm Wasserhahn sein Glas fülle, kommt Hen herein. Sie trägt die gewohnten Shorts zum schwarzen Tanktop. In meinem Rücken geht sie zur Kaffeemaschine. Sie löffelt das Pulver in den Filter. Sie hüstelt ein paar Mal und räuspert sich.

»Guten Morgen«, begrüßt sie Terrance.

Ich sage ihnen, ich wolle nur mal kurz ins Bad, um mir das Gesicht zu waschen und die Zähne zu putzen. Danach bleibe ich ein paar Schritt von der Küche entfernt in der Diele stehen, um zu hören, was sie miteinander reden. Zu meiner Überraschung sagen sie nichts. Kein Wort.

Als ich in die Küche zurückkehre, läuft der Kaffee durch den Filter in die Kanne. Hen sitzt mit ausdrucksloser Miene am Tisch, vor dem leeren Henkelbecher. Sie hat sich eine Haarsträhne um den Zeigefinger gezwirbelt.

»Ehrlich gesagt, Junior«, wendet sich Terrance an mich, »war ich gerade mit Henrietta im Gespräch. Hätten Sie was dagegen, dass wir weitermachen? Unter uns. Danach können Sie und ich uns unterhalten.«

Aber sie haben gar nicht geredet. Sonst hätte ich sie gehört.

Sie wollen alleine reden?, frage ich.

»Ja, das wäre am besten.«

Mit einem kurzen Nicken signalisiert mir Hen ihr Einverständnis.

Okay, ich nehme mir nur einen Becher Kaffee, antworte ich und verschwinde.

Wir warten schweigend, bis der Kaffee fertig aufgebrüht ist. Als die Maschine pfeift und die Kanne voll ist, mache ich trotzdem keine Anstalten zu gehen. Ich frage mich, wieso er uns getrennt haben will.

»Wir brauchen nur ungefähr eine Viertelstunde«, sagt Terrance.

Ich fülle meinen Becher und Hens und stelle die Kanne wieder auf die Warmhalteplatte.

Ich bin draußen in der Scheune, sage ich.

Der Tag, an dem wir geheiratet haben, ist für mich immer ein besonderer Anlass, nachzudenken. Das muss es wohl für jedes Ehepaar sein. Hen und ich haben uns drei Wochen und einen Tag, nachdem wir das erste Mal miteinander gesprochen hatten, verlobt. Das war nur wenige Monate nachdem ich sie das erste Mal gesehen hatte. Wir wurden im Herbst, unter freiem Himmel, getraut, noch eine Erinnerung, an die ich viel denke. Es war für die Jahreszeit ungewöhnlich warm. Ich zog mir das Jackett aus. Ich krempelte mir die Ärmel bis über die Ellbogen hoch. Hen trug ihr Lieblingskleid. Es war aus weich fließender Baumwolle und hatte rote Längsstreifen, sie sah darin wie ein Pfefferminzbonbon aus.

Die Zeremonie selbst dauerte gerade mal zehn Minuten. Zehn Minuten, und Hen musste noch einmal ganz von vorn anfangen. Ich auch. Ein Neubeginn zu zweit. Sie sagte, endlich könne sie ihre Vergangenheit hinter sich lassen, ein für alle Male. Ich hatte das schon hinter mir. Für mich war es leichter.

Wir standen da und hielten uns bei der Hand. Ich wollte sie nicht loslassen. Wir küssten uns, als wir dazu aufgefordert wurden, und dann war es amtlich. Wir waren Mann und Frau und würden für immer zusammenbleiben. Ein Zweier-Gespann, bis dass der Tod uns scheide. Zum ersten Mal sah ich eine wünschenswerte Zukunft, und das war nicht nur aufregend, sondern auch beruhigend. Was ich mir wünschte, was ich jetzt hatte, greifbar vor mir, war real und verlässlich.

Auf einen Neuanfang, sagte ich zu Hen. Ganz von vorn.

Da hat Hen mich noch einmal geküsst, und ich erinnere mich, wie ihr die Tränen in die Augen traten. Tränen der Freude und der Liebe.

Ich habe sie drinnen zurückgelassen, damit sie reden können. Auch wenn ich mir nicht denken kann, worüber. Normalerweise genieße ich die Zeit in unserer alten Scheune. Ich will bestimmt nicht, dass sich Hen vernachlässigt fühlt, aber ich liebe die völlige Abgeschiedenheit hier draußen, die Zeit ganz für mich allein. Heute komme ich mir vor wie hierher abkommandiert.

Die Scheune teile ich mir nur mit den Hühnern, und die fallen einem nicht lästig. Sie sind leicht zufriedenzustellen. Fünf Minuten oder zehn, eine halbe oder auch mehrere Stunden. Hier draußen in der Scheune merkt man keinen Unterschied. Ich gebe den Hühnern Küchenabfälle und Wasser, etwas Getreide, und sie freuen sich immer, mich zu sehen. Und falls einmal nicht, sind sie wenigstens unvoreingenommen. Selbst der Geruch macht mir nichts mehr aus. Ich bin daran gewöhnt. Hier draußen kann ich einfach ich selbst sein, und vor allem kann ich nachdenken.

Ich fülle ihren Kornbehälter auf. Ich sehe einigen Hühnern beim Scharren zu. Sie schwärmen gerne aus und erkunden jeden Zentimeter der Scheune. Manche machen sich sofort über das Körnerfutter her. Andere lassen es links liegen und scharren einfach weiter ziellos mit ihren Klauen im Boden; in regelmäßigen Abständen legen sie den Kopf schief und sehen mich an. Immer mal wieder fördern sie dabei einen kleinen Käfer zutage, den sie schnell verzehren.

Ich lehne den Kornbeutel an die Wand und gehe zum einzigen Fenster in der Scheune hinüber. Es ist winzig und von einer dicken Schmutzschicht bedeckt. In der linken oberen Ecke hat es einen Sprung. Ich spucke aufs Glas und wische darüber, was jedoch kaum die Sicht verbessert. Von hier aus kann ich das Haus überwachen. Ich kann aus der Scheune in die Küche meines Hauses spähen. Ich sehe, wie Terrance am Tisch sitzt. Wo ist Hen? Vielleicht hatten sie ihr Gespräch ja schon, und sie ist gegangen. Er redet nicht. Ein Huhn streicht mir ums Bein. Ich senke den Blick und gebe ihm einen sanften Stupser mit dem Fuß. Es flattert auf und gesellt sich zu den anderen.

Als ich erneut zum Haus hinüberblicke, sehe ich sie. Da ist sie. Jetzt steht sie. Also war sie doch noch in der Küche, nur außer Sichtweite. Sie schreitet im Raum auf und ab. Sie redet leidenschaftlich, mit Händen und Füßen. Sie ist viel lebhafter als gewöhnlich. Terrance sitzt nur da. Ob er sich auf seinem Screen Notizen macht, kann ich nicht sehen. Ich glaube, sie streiten sich. Ich kenne Hen. Ich kenne ihre Gesten und Körpersprache. Es scheint hitzig zuzugehen.

Ich bin überrascht. Immer wenn ich sie bisher zusammen gesehen habe, hat Hen kaum ein Wort mit Terrance gewechselt. So wie ich sie kenne, ist es verblüffend zu sehen, wie selbstverständlich sie mit ihm – einem Fremden – spricht. Was in aller Welt sollte sie ihm schon zu sagen haben? Hat sie alles zurückgehalten, bis sie mit ihm allein sein kann? Worüber ist sie so aufgebracht? Sie zeigt mit dem Finger auf ihn, auf Terrance, einen Mann, dem sie erst zwei Mal begegnet ist. Einen Mann, den sie kaum kennt. Er macht ihr Zeichen, sich zu setzen. Was sie nicht tut. Sie bleibt stehen und sagt noch etwas zu ihm. Sie gibt nicht nach.

Ich beobachte sie weiter, bis Hen die Küche verlässt. Worüber auch immer sie sich aufgeregt und worum sich ihr Gespräch auch gedreht haben mag, es war heftig – heftig und die Meinungsverschiedenheit nicht beigelegt.

Zurück im Haus, finde ich Terrance am Küchentisch. Er ist allein. Von Hen nichts zu sehen.

»Sie kommen gerade richtig, Junior«, sagt Terrance, »Hen und ich waren in dieser Sekunde fertig.«

Alles in Ordnung?, frage ich, obwohl ich es besser weiß. Nichts ist in Ordnung, ich hab's mit eigenen Augen gesehen.

»Ja, natürlich. Wieso fragen Sie?«

Ich verrate ihm nicht, dass ich sie durch das winzige Scheunenfenster beobachtet habe, dass ich Einblick in die Küche hatte, dass ich Hen verstehe, dass es meine Aufgabe ist, sie gut zu kennen, ihre Signale aufzufangen.

Worüber haben Sie denn miteinander geredet?

Er macht etwas mit seinem Screen und antwortet, ohne aufzublicken. »Nur ein paar allgemeine Dinge, nichts Besonderes.«

Wirklich?, frage ich. Kennen Sie Hen?

»Klar kenne ich sie, so wie ich Sie kenne, Junior«, sagt er, legt sein Screen weg und sieht mich an.

Woher will er mich kennen? Allenfalls oberflächlich. Letztlich überhaupt nicht.

»Und jetzt kommen Sie einen Moment her«, sagt er und steht auf. »Setzen Sie sich hierhin, ja. Genau so, danke. Haben Sie sich je einen Anzug maßschneidern lassen? Stellen Sie sich einfach vor, Sie wären beim Schneider, okay? Entspannen Sie sich. Sie wirken ein bisschen gereizt.«

Ich bin nicht gereizt, protestiere ich. Ich bin so was nur nicht gewohnt. Was machen Sie da?

Terrance hält sein Screen in meine Richtung.

»Ich nehme bei Ihnen Maß.«

Maß? Wozu? Ich dachte, wir reden miteinander. Sie wollten mich näher kennenlernen.

»Genau das tun wir auch. Wir können beides miteinander verbinden. Ich kann bei Ihnen Maß nehmen und Sie gleichzeitig besser kennenlernen. Das ist für die Datenbank. Wo Sie jetzt in der engeren Auswahl sind, müssen wir einiges an Informationen sammeln.«

Haben Sie das auch bei Hen gemacht?, will ich wissen.

»Nein, nein, nur bei Ihnen. Hen und ich haben geplaudert«, erwidert er lässig. »Sie ist wirklich großartig. Sie können sich glücklich schätzen. Ja, halten Sie einfach den Arm so, genau so.«

Das ist ungewohnt, wenn nicht unangenehm, aber es wäre wohl nicht klug zu protestieren. Ich muss mich in Geduld fassen. Gut überlegen und den richtigen Moment abpassen.

»Wie läuft's denn bei der Arbeit?«

Gut, sage ich. Ist eben Arbeit, da ändert sich nicht viel.

»Ich hab irgendwie den Eindruck, die Gegend hier ist ein bisschen im Niedergang begriffen. Das ist nicht abwertend gemeint, nur eine sachliche Feststellung. Ich weiß, wie rasant die Stadt in den letzten Jahrzehnten gewachsen ist, auf Kosten der ländlichen Gegenden und der kleineren Städte. In der Stadt vergessen viele, dass hier draußen immer noch Menschen leben.«

Klar, na ja, über die Jahre sind hier eine Menge Leute weggezogen. Inzwischen sind nicht mehr allzu viele da. Es ist nicht leicht hier auf dem Land. Auch die Jobs sind rar. Und die Abgeschiedenheit setzt den Leuten zu. Manchen jedenfalls.

»Und trotzdem bleiben Sie beide. Sie und Hen. Ist das eine freiwillige Entscheidung?«

Niemand zwingt uns, falls Sie das meinen, erwidere ich. Wir kennen nichts anderes. Wir haben hier alles, was wir brauchen. Hen ist zufrieden mit dem, was sie kennt. Sie würde nicht gerne woanders leben.

»Dann können Sie beide sich glücklich schätzen.«

Ich nicke.

»Dann haben Sie doch das Gefühl, sich bewusst entschieden zu haben? Aus freien Stücken mit Hen so abgeschieden zu leben?«

Ich bin mir nicht sicher, worauf er hinauswill. Was soll die Frage?

Wieder nicke ich.

»Das ist wichtig. Das hängt alles mit dem zusammen, woran wir bei OuterMore arbeiten. Ich glaube, das ist den meisten nicht klar. Sie glauben, wir lassen uns nur von Geld und Profit leiten. Dabei liegt uns an den Menschen, an Gemeinschaft, an Fortschritt und an freier Willensentscheidung. Das ist unsere Obsession, das, und die Frage, wie anpassungsfähig Menschen sind und wie sie zum Wohle aller zusammenleben können.«

Aber Unternehmen sind vom Geld besessen, halte ich dagegen. Müssen sie ja sein.

»Nein, nicht unbedingt. Es geht darum, etwas zu bewegen. Es geht um Wandlungsfähigkeit. Es geht darum, dass wir uns weiterentwickeln, die Grenzen menschlichen Potenzials weiter stecken. Wir dürfen nie vergessen, dass auch das Gegenteil möglich ist. Das menschliche Potenzial kann auch verkümmern und sich rückläufig entwickeln.«

Klingt ja alles recht schön, aber so ganz nehme ich ihm das nicht ab. Ich seh's ja im Betrieb. Wenn's drauf ankommt, dreht sich's erst mal ums Geld.

»Die Absicht zählt, glauben Sie mir«, beteuert er. »Und wenn Sie jetzt bitte den Kopf ein wenig zurücklegen würden. So.«

Er tritt hinter mich.

Was machen Sie da? Gehört das zu der Befragung?

»Nicht zum formellen Teil, aber ja, ansonsten schon. Während wir reden, erhebt der Computer Daten, zum Beispiel, wie viel CO_2 Sie abgeben. Wie oft lassen Sie sich die Haare schneiden?«

Die Haare schneiden? Ein paarmal im Jahr.

»Wo gehen Sie hin?«

Wo ich hingehe? Sie meinen, wer sie mir schneidet? Das mache ich selbst. Oder Hen. Wo ist Hen überhaupt? Was macht sie? Ist sie über etwas verärgert?

Ich spüre, wie sein Screen mich berührt, unten am Hals, am Haaransatz. Es ist warm, fast heiß.

»Tut mir leid«, sagt er. »Gleich fertig.«

Wie viele andere hat es gegeben?

»Entschuldigung? Was meinen Sie?«

Mit wie vielen anderen haben Sie sich schon so getroffen? Bei ihnen zu Hause. Und ihre Daten gesammelt.

»Leider bin ich nicht befugt, über andere Auskunft zu geben. Das verbietet sich. Aus gutem Grund. Es wäre mir auch nicht wohl dabei, irgendjemandem von Ihnen zu erzählen. Es geht um die Privatsphäre, das verstehen Sie sicher. Haben Sie und Hen je woanders gelebt?«

Ich hasse diese Frage. Sie macht mir zu schaffen.

Wir haben immer nur in diesem Haus gewohnt, antworte ich.

»Wird es Ihnen hier jemals zu ruhig? Oder auch ihr?«

Nein, antworte ich. Wie gesagt, wir lieben die Stille, die Abgeschiedenheit.

»Und Sie fühlen sich nie einsam?«

Ich denke über die Frage nach.

Nein, sage ich. Dafür bin ich nicht der Typ.

Ich höre, wie er etwas in sein Screen eingibt.

»Verstehe. Aber falls Sie ausgewählt werden, müssen Sie sich umstellen. Dann leben Sie in einer Gemeinschaft. Sie werden auf recht engem Raum zusammen untergebracht sein, zumindest für eine Weile. Das könnte für Sie schwierig werden. Wenigstens sind sämtliche Unterkünfte voll klimatisiert.«

Aber mir bleibt gar keine Wahl, stimmt's? Genauso, wie hier zu sitzen, während Sie bei mir Maß nehmen. Ich kann nichts dagegen tun. Es ist also, wie es ist.

Das Screen wird langsam von meinem Hals zu meinem Hinterkopf geführt. Ich höre es und spüre, wie es arbeitet. Terrance kommt jetzt herum und stellt sich vor mich. Er ist sorgfältig, gründlich.

»Können Sie die Füße hochhalten?«

Die Füße?

»Ja, nur für eine Sekunde.«

Sie meinen, so?

Ich nehme die Füße hoch.

Mir bleibt nichts anderes übrig, richtig?, beharre ich.

»Eigentlich müssten Sie die Beine ausstrecken, wenn Sie so nett sind. Das wird besser ausgelesen. Hier, legen Sie sie da drauf.«

Ich lege die Füße auf den Stuhl, den er mir zurechtgerückt hat.

Das erscheint mir ziemlich übertrieben. Ich verstehe das nicht, sage ich.

»Perfekt.«

Wozu soll das alles gut sein?

»Um die richtigen Maße für Ihre Schuhe zu bekommen.«

Wieso brauchen Sie die Maße zu meinen Fußsohlen?

»Schreibt das Protokoll vor. Nichts ist unwichtig. Gehört alles zum Bearbeitungsvorgang.«

Ich wüsste gerne, wie Ihnen das umgekehrt gefallen würde, wende ich ein.

Er hält inne und sieht mich an.

»Ich verstehe Sie ja, Junior, wirklich. Das ist ganz schön viel auf einmal. Es ist nicht ideal, aber es gibt Schlimmeres, nicht wahr?«

Sie haben gut reden.

»Nein, im Ernst. Stellen Sie sich nur mal vor, wir würden hier einfach mit einem Van aufkreuzen, Sie fesseln, in den Laderaum werfen und mit Ihnen davonfahren.«

Ich sage nichts, weil ich nicht weiß, wie ich darauf reagieren soll.

Er tritt einen Schritt zurück, lächelt. »Das würden wir nicht machen. Nur mal so, um Ihnen die Alternative vor Augen zu führen.«

Es gibt keine Alternative, nicht wirklich, sage ich, während ich merke, wie mir die Wut hochkommt. Das ist keine Option. Jedenfalls nicht im Moment. Das kommt erst später. Kann ich die Füße runternehmen?

»Ja, wir sind fertig. Danke. Ich würde jetzt gerne weiter mit Ihnen reden, wenn Sie nichts dagegen haben.«

Würde ich lieber nicht. Ich hätte lieber etwas Zeit für mich, etwas Zeit, um nach Hen zu sehen.

Ich trinke noch ein bisschen Kaffee, sage ich.

»Sicher, nur zu. Tun Sie einfach, was Sie normalerweise tun.«

Ich fülle meinen Henkelbecher und setze mich wieder an den Tisch. Terrance nimmt mir gegenüber Platz. Er legt sein Screen zwischen uns ab, stützt die Ellbogen auf den Tisch, reibt sich die Hände.

»Also … Ihr Haus. Erzählen Sie mir davon. In welchem Zustand war es, als Sie hergezogen sind?«

Als wir es kauften?

»Ja.«

Etwas heruntergekommen. Das wussten wir. Uns war klar, dass wir eine Menge Arbeit reinstecken müssten, um es bewohnbar zu machen. Das war egal. Sie sehen, wie es jetzt ist, damals war es in einem ungleich schlechteren Zustand. Wir haben gründlich sauber gemacht und angestrichen.

»Sind Sie gut in solchen Arbeiten? Reparaturen, Bauarbeiten?«

Ja, das kann ich alles. Hab schon eine Menge gemacht. Es ist immer noch nicht fertig. Es geht immer weiter, ständig was zu tun.

»Sie sind sofort eingezogen?«

Nach unserer Hochzeit, ja.

»War es leer geräumt?«

Im Prinzip, ja. Wir finden immer noch mal hier und da irgendwelche Sachen, im Keller und auf dem Dachboden.

Eine seltsame Frage. Sind nicht die meisten Häuser leer geräumt, in die man einzieht? Woher wusste er, dass es bei unserem anders war?

»Ein altes Haus wie dieses hier wartet bestimmt immer mit Überraschungen auf. Was haben Sie aus der Zeit in Erinnerung? Nachdem Sie beide sich hier eingelebt hatten?«

Ich erinnere mich, dass wir glücklich waren, sage ich. Glücklich, unser eigenes Haus zu haben.

»Können Sie sich irgendetwas Bestimmtes ins Gedächtnis rufen, irgendein Detail? Oder erinnern Sie sich eher an das Gefühl?«

Jeder kann sich an Einzelheiten erinnern, wenn man ihn danach fragt, erwidere ich, was aber nicht heißen muss, dass es auch wirklich so *passiert* ist.

Ich warte, bis er mich ansieht, was er auch tut.

»Da sagen Sie was, Junior«, räumt er ein. »Da sagen Sie was.«

Nachdem Terrance und ich unser Gespräch beendet haben, folgt er mir wie ein Hund draußen überallhin, während ich meine Arbeit erledige. Dabei wiederholt er ständig, ich solle »ganz normal weitermachen«. Er will mir zusehen. Wie soll ich ganz normal weitermachen, wenn ich jemanden bei mir zu Hause habe, der mir praktisch fremd ist, der mir auf Schritt und Tritt folgt, jede Bewegung registriert und sich Notizen macht?

Aber ich versuch's. Ich mache normal weiter. Ich muss ein bisschen Gras mähen und Unkraut jäten. Er verfolgt meine banalen Alltagstätigkeiten mit aufrichtiger Wissbegier. Er tätigt einen Anruf über sein Screen und entfernt sich auf der Zufahrt ein Stück vom Haus, um ungestört zu reden. Als der Tag zur Neige geht, stehen wir, Hen und ich, auf der Eingangsveranda, und er steigt in den Wagen. Zum Abschied sagt er, keine Sorge, er werde sich zu gegebener Zeit wieder bei uns melden.

»Und hoffentlich mit guten Neuigkeiten«, ruft er.

Er hat so viele Fotos geschossen, Maße genommen, Notizen gemacht, ohne irgendetwas grundlegend zu erklären. Es ist ein seltsames Gefühl zu wissen, dass man möglicherweise für längere Zeit weggehen wird, an einen Ort, von dem wir uns keine Vorstellung machen können. Aber ich glaube, noch mehr bleibt mir haften, was da zwischen ihm und Hen vorgefallen ist, was ich von der Scheune aus beobachtet habe. Keiner von beiden hat es mir gegenüber erwähnt. Sie gehen beide davon aus, dass ich nichts davon mitbekommen habe.

Hen macht zum Abendessen Eintopf. Ich höre zu, wie sie die Zwiebel hackt und das Fleisch scharf anbrät. Wir essen draußen.

Statt Erleichterung hat sich, seit er gegangen ist, ein Gefühl der Leere eingeschlichen, als habe jemand das enge Band zwischen uns überdehnt, und es ist erschlafft. Ich möchte, dass es wieder so wird wie vor seinem ersten Besuch, aber während ich mit einem Stück Fleisch in der Suppe rühre, wird mir klar, dass das unmöglich ist. Das ist vorbei. Ich habe keinen Hunger. Obgleich er weg ist, spüre ich seine Gegenwart, seinen auf mich gerichteten Blick. Auch Hen hat ihr Essen kaum angerührt.

Wie fandest du das?, frage ich.

Sie antwortet nicht. Sie zerdrückt einen Karottenwürfel in der Suppe zu Brei.

Hen?

»Ja? Was?«

Bekomme ich noch eine Antwort? Falls du sauer bist, kannst du es mir sagen. Ich wüsste zwar nicht, wieso, aber wir können reden.

»Ich bin nicht sauer. Ich bin einfach nur still. Das heißt nicht, dass ich sauer bin. Man kann aus vielerlei Gründen still sein. In diesem Fall heißt es nur, ich denke nach.«

Aber findest du nicht, dass –

»Können wir nicht einfach nur essen, ohne alles zu sezieren? Ohne dass du mich mit Fragen löcherst?«

Ist das wirklich eine gute Idee?

»Manchmal habe ich das Gefühl, du begreifst nur, was gerade in dieser Minute vor deiner Nase passiert. Ich kann nicht einfach vergessen, wie es einmal war, selbst wenn es jetzt anders ist. Es war nicht immer leicht für uns, kannst du dir das nicht eingestehen?«

Sie steht auf und bringt ihren Suppenteller ins Haus.

Drei rastlose Tage sind vergangen, und ich kreise immer noch um Terrance' Besuch. Ich denke zu viel daran, an ihn. Ich muss es einfach aus dem Kopf kriegen. Terrance und OuterMore und die Installation vergessen. Reine Willenssache.

Für den Augenblick funktioniert es. Ich werde besser darin, mich auf andere Dinge zu konzentrieren. Ich glaube, Hen gelingt das nicht so gut. Sie hat sich entschuldigt, nachdem sie beim Essen so ausgerastet und gegangen ist, aber ganz aufrichtig klang es nicht. Ich hab trotzdem gesagt, alles gut. Hen tut sich neuerdings schwer damit, ihre Emotionen zu beherrschen. Ich habe versucht, das bei ihr anzusprechen, aber sie gibt mir nur eine einsilbige Antwort und wechselt das Thema.

Deshalb mache ich mir Sorgen um Hen, nicht um mich. Ich habe ihr versichert, dass es mir nichts ausmacht. Ich versuche, ihr zu helfen, mein Möglichstes zu tun, um ihr dieses Unbehagen zu nehmen.

Seit Terrance' letztem Besuch wirkt sie irgendwie verändert. Das macht sich in kleinen Dingen bemerkbar. Sie ist nicht mehr die Alte. Etwas stimmt nicht mit ihr. Gestern Abend kam ich zum Schlafengehen in unser Zimmer und sah sie am Fenster stehen. Sie hat mich nicht gehört, wusste nicht, dass ich da war. Sie tat nichts. Sie stand mit dem Rücken zu mir. Eine Hand an den Fensterrahmen gestützt, starrte sie hinaus. Wir müssen mindestens eine Minute lang so dagestanden haben – ich, wie ich sie ansah, sie, wie sie aus dem Fenster blickte –, bevor ich einen Schritt auf sie zumachte, sie das Knarren der Dielen hörte und sich zu mir umdrehte.

Sie kam zu mir, nahm meine Hand und führte mich zum Bett. Sie zog mich aus, stieg auf mich. Wir hatten Sex. Es dauerte nicht lang. Als es vorbei war, rollte sie sich auf ihre Seite des Betts, ohne ein Wort zu sagen. Sie schlüpfte nicht unter das Laken. Sie schlief ein. Ich nicht. Ich blieb wach.

Gute Neuigkeiten für den einen bedeuten oft schlechte Neuigkeiten für jemand anderen. Ich frage mich, ob bei den anderen, die in die engere Wahl gekommen sind, auch wie bei mir der häusliche Frieden gestört und der Alltag durcheinandergebracht wird. Wie viele andere mag es geben? Wo leben sie? Terrance hat uns einiges vorenthalten. Im Lauf der zwei langen Jahre waren mir so manche Fragen gekommen, die ich aufgeschrieben hatte, doch als ich ihm dann gegenübersaß, fiel mir davon nichts mehr ein.

Falls Hen mein Weggang vor Augen steht, kapiere ich das schon. Ich hätte Verständnis, wenn sie es mir sagen würde. Ich will einfach nur, dass sie offen und ehrlich mit mir ist. Gesprächsbereit. Sie soll mir nur erklären, wie sie sich fühlt. Denn in solchen Dingen bin ich nicht besonders gut. Ich kann nicht raten. Außerdem müssen wir das zusammen meistern, zusammen durchstehen und nicht jeder allein.

Ich weiß ja, dass sie von Natur aus schweigsam, zurückhaltend und verschlossen ist. Aber wenn sie mir mehr sagen, sich öffnen würde, dann könnte ich ihr helfen. Da bin ich mir sicher.

Dass wir überhaupt ein Haus haben, verdanken wir Hen. Ihr allein halte ich das zugute. Sie hat es gefunden. Als es zwischen uns noch gut lief, haben wir mehr miteinander geredet. Als wir noch begierig waren, mehr übereinander zu erfahren. Darum drehte sich damals alles, ums Reden und Zuhören, darum, mehr über den anderen zu lernen – uns auszutauschen, wahrzunehmen, zu erleben. Das braucht Zeit. Ich versuche, mir diese Momente von damals stärker zu vergegenwärtigen, darüber nachzudenken und mich darauf zu konzentrieren.

Hen war es auch, die mich seinerzeit dazu überredet hat, die Stelle in der Futtermittelfabrik anzunehmen, wo ich nach so vielen Jahren immer noch beschäftigt bin. Ich weiß es noch ganz genau. Sie hat mich nicht dazu aufgefordert, sondern wir sprachen darüber, als wir noch nicht lange zusammen waren. Hätte sie mich einfach dazu aufgefordert, den Job anzunehmen, wer weiß, vielleicht hätte ich es dann nicht getan. Eine klare Aufforderung hätte es mir verleidet. Ich erzählte ihr, wie ich Mr Flowers, den Fabrikbesitzer, kennengelernt und er mir die Stelle angeboten hätte. Wir haben über die Zeitplanung gesprochen und überlegt, ob der Job das Richtige für mich sei.

»Klingt ziemlich gut. Es ist eine regelmäßige Arbeit,

eine körperliche Tätigkeit, und die Fabrik ist auch in Zukunft noch da. Die Bezahlung ist in Ordnung. Wüsste nicht, was dagegenspricht.«

Wir hatten es uns draußen im Gras bequem gemacht, im Schatten, wo es am kühlsten war.

Stimmt, sagte ich.

Wir lagen beide auf dem Rücken, die Hände unter dem Kopf verschränkt, und blickten in die Höhe. Nur unsere Füße berührten sich.

Wir sprachen über alles Mögliche, aber immer wieder über die Zukunft, dachten laut darüber nach, wo unser Weg uns einmal hinführen würde. Was noch alles kommen würde, interessierte uns mehr als das, was gewesen war. Das Ungeschehene reizte uns mehr als das Geschehene.

»Du musst dir eine Arbeit suchen. Aber jeder muss selbst herausfinden, was zu ihm passt«, sagte sie. »Sonst kann es ins Auge gehen. Das hast du zu entscheiden, nicht ich.«

So haben wir uns ausgetauscht, interessiert und offen. Wir haben einander unterstützt.

Was würdest du an meiner Stelle tun?, fragte ich sie.

»Ich würde die Stelle annehmen. Es ist ein fairer Lohn für ehrliche Arbeit. Es ist eine gute Erfahrung. Aber was ich tun würde, zählt nicht. Es ist ja nicht mein Job. Stelle dir die Frage, was du willst.«

Was ich wobei will?, hakte ich nach.

»Ich meine, denke gut darüber nach, was du willst.«

Ich küsste sie. Hen schloss dabei die Augen. Ich sehe es ganz deutlich vor mir. Wann immer ich will. Ich kann die Erinnerung heraufbeschwören, sooft ich will. Das ist eine von diesen Einzelheiten, die ich Terrance erzählen könnte. Wenn ich wollte. Aber ich will nicht.

Was ich jetzt habe, meinen Job, mein Haus, mein Leben, verdanke ich meiner Frau. Alles. Was ich bin, das bin ich dank ihr. Das darf ich nie vergessen. Sie kann manchmal launisch, frustrierend, unberechenbar und, in letzter Zeit, zugeknöpft sein. Aber sie war mir immer eine Stütze. So sollte es in einer Beziehung sein: Man akzeptiert einander und ist sich eine Stütze. Niemand versteht mich so wie sie. Und das ist von keinem geringen Wert.

Mir bedeutet es alles.

Eine weitere schlaflose Nacht. Zumindest für mich. Ist wohl verständlich. Hen ist schon wach, als ich die Augen öffne. Sie liegt auf der Seite und schaut mich an. Seit wir Terrance das letzte Mal gesehen haben, ist mehr als eine Woche verstrichen.

»Es soll heißer als gestern werden«, sagt sie. »Macht dir das zu schaffen? Leidet dein Schlaf darunter oder wie du dich fühlst?«

Du meinst, die Hitze?, frage ich.

»Ja.«

Ich drehe mich auf die andere Seite und stehe auf. Ich räkele mich, huste zwei Mal, bekomme die Kehle frei. Ich bin froh, dass sie redet und mir Fragen stellt. Es ist erfrischend. Es ist wie in alten Zeiten.

Irgendwie schon, sage ich. Ich merke es, wie du auch, andererseits bin ich es ja gewohnt. Hier in der Gegend ist es nun mal heiß. Macht mir daher nicht viel aus. Je mehr man drüber nachdenkt, desto schlimmer setzt es einem zu.

»Gefällt es dir hier?«

Ich drehe mich wieder zu ihr um. Sie sieht mich immer noch an.

Klar. Ich bin hier zu Hause.

»Ich weiß, ich weiß. Aber bist du hier auch glücklich?«

Wieso fragst du, Hen? Ja, ich bin hier glücklich. Und du?

»Junior, würdest du alles für mich tun?«

Was?, frage ich.

Spätestens jetzt hat sie meine volle Aufmerksamkeit.

»Fragen sich die Menschen eigentlich jemals, warum sie überhaupt heiraten? Was bedeute ich dir? Wir? Was bin ich für dich?«

Du bist meine Frau. Wir haben ein gemeinsames Leben. Vielleicht verstehe ich nicht ganz, worauf du hinauswillst.

»Erzähl mir von unserer Hochzeit.«

Da ist sie, die Frage. Von allen Fragen, die sie mir hätte stellen können, stellt sie diese. Was für eine Erleichterung. Es ist ein willkommenes Ventil, durch das ich Druck ablassen kann. Auf die Frage weiß ich die Antwort. Ich habe es so glasklar in Erinnerung.

Es war ein prächtiger Tag, sage ich und setze mich wieder aufs Bett. Ich denke oft daran zurück. Ich könnte dir jede Einzelheit nennen.

Was ich gerade gesagt habe, kommentiert Hen mit keinem Wort. Stattdessen blickt sie mich nur an. Schließlich sehe ich weg.

»Kann ich mit dir über alles reden, egal was?«, fragt sie.

Ja.

Hen hat es noch nie so sehr mit dem Reden gehabt, aber ich glaube, wenn sie schon mal in Stimmung ist, sollte ich sie dazu ermuntern, erst recht unter den gegebenen Umständen.

Es geht um OuterMore, und dass ich vielleicht wegmuss, stimmt's?

»Nein«, stellt sie klar. »Darüber will ich nicht reden. Es geht um unsere Beziehung.«

Ich finde, unsere Beziehung könnte nicht besser sein, sage ich.

»Nein«, widerspricht sie und berührt mich am Arm. »Ich möchte einfach nur reden, okay? Ich erwarte auch keine Antworten oder Lösungen von dir. Ich habe einfach nur das Bedürfnis zu reden und dir zu sagen, wie ich mich fühle.«

Auch wenn ich mir von einer solchen Diskussion nicht viel verspreche, nicke ich. Wenn sie glaubt, dass es hilft, ist es den Versuch wert.

»Wir sind jetzt seit sieben Jahren verheiratet. Das ist nicht besonders lang, aber es fühlt sich für mich so an. Ich weiß, dass es anders ist, seit vor zwei Jahren Terrance aufgetaucht ist, aber ich habe mehr über die Jahre davor nachgedacht. Nicht, dass zwischen uns irgendetwas Drastisches oder Dramatisches passiert wäre. Du hast mich niemals physisch verletzt. Du hast mich nie betrogen. Versteh das also nicht falsch, als Vorwurf gegen dich. Ich denke nur über uns und unseren Umgang miteinander nach, und über unser Leben hier draußen, wo es weit und breit niemanden sonst gibt. Manchmal denke ich an die Stadt, und ich frage mich, wie es sich da leben würde. Ich bin noch nie woanders gewesen. Der Gedanke macht mir einerseits Angst und weckt andererseits meine Neugier, und ich weiß, dass du nie in die Großstadt ziehen würdest. Ich hab davon noch nie was zu dir gesagt, weil es nicht leicht ist, diese Dinge zur Sprache zu bringen. Aber ganz ehrlich, es gibt mir ein gutes Gefühl, das mal auszusprechen.«

Die ganze Ansprache hindurch blickt sie auf ihre Hände, als redete sie mit ihnen, doch jetzt sieht sie zu mir auf.

Ich glaube, du fändest es schrecklich in der Großstadt, antworte ich. Es ist hektisch und dreckig und wimmelt von Menschen. So viel weißt du schon jetzt. Ist natürlich verständlich, ab und zu darüber nachzudenken. Das ist in Ordnung. Aber auf lange Sicht würdest du es hassen. Hier bist du groß geworden. Hier bist du zu Hause.

Sie nimmt sich mit ihrer Antwort Zeit. Ihre Miene lässt keine Regung erkennen.

»Worüber denkst du öfter nach, Junior, die Vergangenheit oder die Zukunft?«

Ich muss überlegen, bevor ich ihre Frage beantworte. Ich glaube, ich denke mehr an die Zukunft, aber ich weiß nicht, ob sie das hören will.

Sie seufzt. »Lass nur, tut mir leid«, sagt sie, »ich hatte nicht vor, so früh am Morgen auf dich einzureden und dich mit Fragen zu bombardieren.«

Nein, macht nichts, du brauchst dich nicht zu entschuldigen, ganz und gar nicht. Du kannst jederzeit mit mir reden. Ich bitte dich sogar darum.

Sie lächelt mich an. Zum ersten Mal seit Langem hat sie auf etwas, das ich sage, mit einem warmherzigen Lächeln reagiert.

»Wenn ich dir in letzter Zeit distanziert vorgekommen bin, war das nicht meine Absicht. Du kannst nichts dafür. Das ist nur eine sonderbare Zeit für mich. Ich gebe mir Mühe, glaub mir.«

Ich weiß.

»Ich hatte keine Ahnung, was ich mir von alledem erwarten sollte. Wie auch. Das ist so viel größer als wir.« Erneut sieht sie mich an. »Wer weiß, wann wir Terrance das nächste Mal wiedersehen? Aber wenn, dann …«

Dann was?, frage ich.

»Ach, nichts. Ich sollte nichts … ich darf nichts … ich *brauche* auch nichts zu sagen … Terrance ist harmlos, ich wollte nur, dass du das weißt.«

Woher willst du das wissen? Woher willst du wissen, dass er harmlos ist?

»Für mich ist das offensichtlich. Vergiss es einfach. Wir wollten über uns reden, über unsere Beziehung. Und wir haben genug eigene Probleme, ich wollte dir nur sagen, dass ich mich bemühe.«

Ich weiß nicht, wie ich reagieren soll. So offen und ehrlich ist sie seit Wochen nicht gewesen, vielleicht sogar seit Jahren. Ich gehe zum Fenster und berühre im Vorbeigehen ihre Schulter. In der Scheune drüben ist es still. Es ist schön, so früh auf zu sein.

Ich gehe runter und mache Kaffee, sage ich und verlasse das Zimmer.

Sie antwortet nicht.

Nachdem ich die Kaffeemaschine angeworfen habe, rufe ich nach oben und frage Hen, ob sie sonst noch etwas braucht, wo ich schon mal unten bin. Ich warte, doch auch diesmal antwortet sie nicht. Kann sein, dass sie wieder zu Bett gegangen und eingeschlafen ist. Ich stecke ein paar Scheiben Brot in den Toaster. Hen mag ihren Kaffee schwarz und den Toast knochentrocken. Nicht mal mit Butter. Sie isst ihn auch gerne kalt.

Ich trage ihren Toast und einen Becher Kaffee nach oben.

Hier, sage ich, als ich wieder ins Zimmer trete. Ich stell dir das hierhin, für später, wenn du so weit bist.

»Danke«, sagt sie.

Ich gehe raus und durch den Flur ins Bad. Drehe den Wasserhahn auf. Ich hätte ihr das Frühstück nicht ans Bett zu bringen brauchen. Es war einfach nur nett. Eine fürsorgliche Geste. Ich spritze mir mit den Händen Wasser ins Gesicht, als ich sie laut rufen höre.

»Junior!«

Was ist?, rufe ich.

Ich renne ins Zimmer zurück. Sie steht am Fenster. Den Teller auf der Kommode hat sie nicht angerührt.

»Sieh mal«, sagt sie.

Ich muss nicht hinausschauen, um zu wissen, was sie meint. Er ist wieder da. Er ist zurück.

»Er sollte noch nicht wiederkommen, nicht so schnell«, sagt sie, aber nicht wirklich zu mir.

Sie schlüpft in eine Bluse, und wir gehen zusammen nach unten, ich hinter ihr her. Wir warten an der Tür. Ich starre zu Boden. Wir hören die Wagentür zuschlagen, seine Schritte auf dem Weg zur Tür. Wir warten auf das Klopfen.

Rat tat tat ta.

Terrance, im Anzug, lächelt, als Hen ihm öffnet. Wie immer hat er sein Köfferchen dabei, diesmal außerdem noch einen großen Rollkoffer neben sich abgestellt. Den sehe ich zum ersten Mal. Er wischt sich mit einem kleinen, gepunkteten Taschentuch über die Stirn.

Sagen Sie schon, platze ich heraus. Sagen Sie, wieso Sie kommen.

»Sie wurden genommen, Junior. Sie sind ausgewählt. Sie werden gehen. Sie werden Teil der Installation.«

Wir sind jetzt wieder im Wohnzimmer. Terrance hat sein Screen herausgeholt, doch diesmal macht er sich keine Notizen – er nimmt auf. Hen sitzt mit gesenktem Kopf da und starrt auf ihre Hände. Inzwischen kenne ich diese Haltung und fürchte sie. Mein Herzschlag hat sich beschleunigt, so viel steht fest.

Müssen Sie das aufnehmen?, frage ich.

»Leider ja. So sehen es die Richtlinien vor.«

Ich weiß nicht, was Sie von mir hören wollen, sage ich. Bin nicht gerade erpicht darauf.

»Es geht nämlich nicht darum, die Kandidaten auszuwählen, die wir am leichtesten mitnehmen können, oder diejenigen, die es sich am meisten wünschen. So läuft die Endauslosung nicht. Es muss nach dem Zufallsprinzip gehen. Wie könnten wir uns zum Beispiel zwischen jemandem mit einem Kind und jemandem, sagen wir, mit einem hilfsbedürftigen Elternteil entscheiden? Jeder, der ausgewählt wird, kann sich darauf verlassen, dass die Daheimgebliebenen versorgt sind.«

Ich versteh's trotzdem nicht. Ich sehe nicht, wieso es nicht besser sein soll, nur Leute raufzuschicken, die es wollen, wende ich ein.

»Junior, kommen Sie, das hatten wir doch schon. Sie müssen uns vertrauen. Wir könnten uns vor Freiwilligen nicht retten. Um die Auswirkungen des Lebens da oben möglichst gut verstehen zu können, muss die Gruppe so beliebig zusammengewürfelt sein, wie es eben geht. Wir dürfen uns realistischerweise nicht von der Annahme leiten lassen, dass wir uns bei der nächsten Welle, bei der die Leute für immer bleiben, ganz auf Freiwillige stützen können. Schließlich kommen sie nicht zurück. Hier geht es um Forschung und Erkenntnisgewinn. Haben Sie schon mal von der Wehrpflicht bei den alten Kriegen gehört? Wer einberufen wurde, der musste hin. Und da ging es um Krieg, nicht um etwas so Positives, Erstaunliches und Progressives wie hier.«

Das ist doch verrückt, erwidere ich.

Ich habe kein gutes Gefühl dabei. Ich finde, sie sollten andere schicken, irgendjemand anderen. Und wieso kommt immer Terrance her, allein?

Er wendet sich von mir ab. »Wie fühlen Sie sich so, Henrietta?«

»Gut«, sagt sie und hebt zum ersten Mal den Kopf, nimmt Blickkontakt mit ihm auf. »Sehr gut.«

»Sie wirken nicht sonderlich erstaunt über die Nachricht.«

Sein Ton ist kühl, gleichmütig, fest. Er gefällt mir nicht.

»Sie haben recht, Terrance, ich bin nicht sonderlich erstaunt.«

»Das ist ein Grund zur Freude, Sie werden sehen. Ich bin ja so froh für Sie, für Sie beide. Sie schreiben Geschichte, Sie und die anderen. Wenn Sie Fragen haben, egal, welche, möchte ich sie Ihnen beantworten, und wenn es noch so lange dauert. Aber vielleicht wollen

Sie die Nachricht ja auch erst einmal auf sich wirken lassen. Falls Sie also für den Moment noch nichts von mir wissen wollen, lasse ich Sie erst einmal allein. Aber ich komme wieder.«

»Was soll der Koffer?«, fragt Hen hastig. »Den hatten Sie bis jetzt noch nie dabei.«

Ich sehe jetzt, wie erschöpft sie aussieht; sie hat Augenringe und einen müden Blick.

»Nun ja, wie gesagt, ich verabschiede mich jetzt. Aber ich komme wieder und werde ein Weilchen bleiben.«

Hier?, frage ich.

»Ja, ich weiß, ich dränge mich nicht gern auf, aber angesichts der Situation ist es unumgänglich. Vielleicht erinnern Sie sich, bei meinem ersten Besuch stand das in den Papieren – dass ich wiederkommen und vorübergehend bei Ihnen bleiben würde, sollte Junior ausgewählt werden.«

»Daran kann ich mich nicht erinnern«, erwidert Hen. »Nein, ich bin mir sicher, darüber wurde nie gesprochen, zu keinem Zeitpunkt. Wieso müssen Sie hier bei uns wohnen?«

Auch mir ist das neu, pflichte ich ihr bei.

»Das geht den meisten so«, sagt er. »Beim ersten Besuch gibt es immer eine Fülle an Informationen zu verarbeiten. Nicht leicht, sich Einzelheiten einzuprägen, wenn man gute Neuigkeiten erfährt.«

»Warum müssen Sie hier wohnen, Terrance?«, beharrt Hen.

»Darum, Henrietta«, antwortet er schroff. Dann wechselt er wieder in sein normales, betont freundliches

Timbre. »Wir werden fleißig wie die Bienen sein und eng zusammenarbeiten, ich bin also darauf angewiesen, dass Sie Ihrerseits mit mir kooperieren. Bin bald wieder da. Aber zuerst sollten Sie beide, denke ich, ein paar Tage für sich haben. Ich finde, Sie sollten das feiern! Das Grübeln und Spekulieren, was die Zukunft bringt, hat ein Ende. Es ist amtlich! Sie haben an einem Unternehmen von weitreichender Bedeutung teil. Jetzt geht's zur Sache. Es ist so weit.«

Was machst du da?, frage ich. Ich weiß, wie aufreibend das alles ist, aber du hantierst jetzt schon seit über einer Stunde da oben allein herum.

Kaum war Terrance wieder weg, ist Hen raufgegangen, in das Zimmer am Ende des Flurs, das Gästezimmer. Ich bin im Wohnzimmer geblieben und habe mir angehört, wie sie sich oben zu schaffen macht, bis ich beschließe, hochzugehen und nachzusehen.

»Ich versuche, hier aufzuräumen. Ich glaube, das kann fast alles weg. Ich hasse es, wenn es so vollgestopft ist. Dieses Gerümpel, das deprimiert mich. Wie konnten wir nur so viel Kram anhäufen? Schließlich wohnen wir hier nicht seit zwanzig Jahren. Aber hier liegt genug Mist und Ballast für zwanzig Jahre herum.«

Das ist nicht alles Mist, Hen.

»Mehr oder weniger schon«, erwidert sie.

Ist es so wichtig, dieses Zimmer zu entrümpeln?, frage ich sie. Ich hatte gehofft, wir könnten reden, darüber, wie du dich fühlst.

»Du hast gehofft, mit mir darüber zu reden, wie ich mich fühle? Im Ernst?«

Ja. Du klingst überrascht.

»Das sieht dir nicht ähnlich«, erwidert sie.

Nun ja, in Anbetracht der Situation gibt es jede Menge Gesprächsbedarf.

»Ja und nein«, entgegnet sie. »Wir stecken da jetzt drin. Darüber zu reden, kann daran nichts ändern.«

Hen, sage ich und mache noch einen Schritt auf sie zu. Ich mache mir deinetwegen Sorgen.

Ihr Ausdruck wechselt, wird ein wenig milder.

»Was macht dir Sorgen?«

Dich hier zurückzulassen. Ich mache mir Gedanken darüber, was aus dir wird, während ich weg bin.

Manches, worüber ich mir noch Gedanken mache, behalte ich für mich, zum Beispiel, wie sich meine Abwesenheit auf unsere Ehe auswirken mag. Überhaupt, wie lange das sein wird und dass ich nie etwas anderes als das hier gekannt habe.

»Was ist mit deinem Gesicht?«, fragt sie. »Du bist ganz rot.«

Das versuche ich ja gerade, dir zu sagen, erwidere ich. Mir ist nicht wohl bei der Sache.

»Du hast nichts zu befürchten. Glaub mir.«

Ich verstehe dich nicht. Du tust gerade so, als sei das nichts Besonderes, als bekämen wir ständig solche Neuigkeiten zu hören. Ich muss weg! Begreifst du das nicht?

Jetzt spüre ich selbst, wie mir die Hitze ins Gesicht steigt. Ich spüre, wie mein Blut pocht. Es ist unangenehm. Und sie hatte in einem solchen Moment nichts Eiligeres zu tun, als hier heraufzugehen, weg von mir, und alten Krempel zu sortieren. Das bekümmert mich am meisten. Je mehr ich darüber nachdenke, desto mehr verstört es mich.

»Ich tu gerade so, wie ich nun mal bin, okay? Da gibt es für uns nichts zu planen. Ich reagiere einfach und muss selber erst begreifen, warum. Wenn du das nicht verstehst, tut's mir leid.«

Das sind die letzten Tage, die wir für lange Zeit miteinander haben, halte ich dagegen. Terrance hat gemeint, wir sollten es feiern. Unsere gemeinsame Zeit genießen. Sollten wir nicht wenigstens versuchen –

»Was versuchen?«

Keine Ahnung, sage ich. Diese letzten Tage miteinander auszukosten, das Beste daraus zu machen? Unsere Zeit ist jetzt begrenzt, die Zeit, die wir zusammen sind.

»Mir schwirren so viele Fragen durch den Kopf, Fragen und Bedenken und Dinge, die ich zu beanstanden habe, von denen du nicht die leiseste Ahnung hast, und ich dachte einfach nur, es wäre besser, mich heute Abend zu beschäftigen, wenigstens etwas Nützliches zu tun, statt mich die ganze Zeit damit zu quälen, was als Nächstes kommt und welche Konsequenzen das hier, das alles, nach sich ziehen wird.«

Was sind das denn für Fragen?, hake ich nach, während ich mich auf den Boden setze und sie zu mir herunterziehe. Ich will es wissen. Auch mir schwirrt der Kopf.

Ringsum stapeln sich Kartons und jede Menge Sachen. Sie sieht so müde, so gestresst aus, wie sie da neben mir sitzt. Ich lege ihr die Hand aufs Knie.

Ich will keinen Streit, sage ich.

»Es gab mal eine Zeit, da haben wir uns nie gestritten«, sagt sie. »Anfänglich. Du erinnerst dich natürlich nicht.«

Ich überlege, erwidere aber nichts.

»Dabei geht es mir nicht einmal ums Aufräumen, es ist Beschäftigungstherapie, wenigstens für den Moment. Ich weiß auch nicht. Das geht alles so viel schneller, als ich dachte. Dabei macht es mir noch mehr zu schaffen, plötzlich zu erfahren, dass er hier wohnen will. Wieso konnte er uns das nicht mal früher sagen?«

Ich beuge mich hinüber, um sie zu küssen. Sie hält mir die Wange hin, nicht den Mund.

»In diesem Zustand ist das hier als Gästezimmer nicht zu gebrauchen.«

Ich schließe die Augen, gehe mit dem Oberkörper zurück.

Terrance ist nicht meine größte Sorge, Hen, sondern du, sage ich. Ist mir egal, ob es hier drinnen komfortabel für ihn ist oder vollgestopft.

»Ich hatte sowieso schon lange vor, hier mal auszumisten. Ich hab das Gefühl, es bringt mir nichts, hier rumzusitzen und über alles zu reden. Das ändert kein bisschen, verstehst du? Nein, wie solltest du. Das wird mir nur gerade klar. Es ändert nichts, jedenfalls nicht für mich.«

Schon in Ordnung, ich weiß, dass wir verschieden sind, sage ich, und dass wir jeder auf seine Art versuchen, mit der Veränderung klarzukommen. Aber Terrance wird es egal sein, wie es in seinem Zimmer aussieht. Ich möchte nur nicht, dass du dir wegen Terrance Stress machst.

»Ich mach mir keinen Stress wegen *Terrance!* Das Ganze macht mir Stress, Junior!«

Das hat er angerichtet. Wir haben nicht darum gebeten, denke ich im Stillen.

»Er wird hier in dem Zimmer wohnen, und bei der Hälfte von dem Krempel hier weiß ich nicht mal, was es ist. Du brauchst die Sachen nicht.«

Sie arbeitet schnell und hektisch, ein sicheres Zeichen dafür, dass sie wütend ist. Ich starre auf die Handschuhe, die sie trägt.

Ich arbeite so viel mit den Händen, beim Heben und Sortieren. Da ist der sichtbare Beweis. Diese alten Handschuhe. Nach ein paar Monaten hatte ich sie an den Innenseiten durchgewetzt. Ich habe keine Ahnung, was mich dazu gebracht hat, sie zu behalten und hier zu verstauen, so zerfetzt, wie sie sind. Wieso habe ich sie aufgehoben?

»Sieh mal, die haben Löcher an den Handflächen und Fingerspitzen. Und sie stinken.«

Nein, sage ich. Behalte sie. Getragen sind sie besser. Ich hasse es, mich an neue zu gewöhnen.

»Die wirst du nie im Leben wieder anziehen.«

Woher willst du das wissen? Vielleicht doch. Außerdem haben all die Sachen hier Erinnerungswert für mich.

»Genau deshalb haben sie sich angehäuft. Wenn du so denkst, schmeißen wir nie etwas weg. Das ist nicht gesund. Das hier ist eine Chance, Klarschiff zu machen, das Haus in Ordnung zu bringen, Ballast abzuwerfen. Siehst du das denn nicht?«

Ich kann keine Chance darin erkennen, mein Eigentum wegzuschmeißen, meine Erinnerungen. Eine Chance ist normalerweise etwas Gutes. Wenn etwas hier drinnen verwahrt wird und noch nicht in den Müll gekommen ist, hat das seinen Grund.

»Du weißt, was ich meine.«

Nicht wirklich.

»Wir kommen kaum noch mal in dieses Zimmer. All die Kartons. Keine Ahnung, was da überall drin ist.«

Willst du das alles heute Abend sortieren? Es ist jetzt schon spät.

»Nein, was weiß ich. Wenigstens hab ich einen Anfang gemacht.«

Hör mal, ich möchte nicht, dass du irgendwas davon wegwirfst, rücke ich endlich heraus, und mit erhobener Stimme. Das gehört alles mir, und wenn du das alles einfach wegschmeißt, werde ich nie wissen, was … was …

Ich kann den Gedanken nicht zu Ende führen. Mir fehlen die Worte, und ich weiß selbst nicht, weshalb ich so daran hänge.

Ich könnte diese Sachen noch mal brauchen, okay?, füge ich hinzu.

Mit diesem Ton, forsch und fordernd, hat sie nicht gerechnet, ich sehe es ihr an. Ich bin selber überrascht. Ich rede nicht oft so.

»Was hast du? Wieso regst du dich so auf?«

Nichts, und ich rege mich nicht auf.

»Und ob. Du schreist. Du solltest nicht schreien.«

Ich schreie nicht. Ich fühle mich nur ein bisschen überrumpelt. Ich weiß nicht, warum du auf einmal so bist. Ausgerechnet heute Abend.

»Beruhige dich. Ich tue ja nichts und versuche auch nicht, irgendetwas loszutreten oder so. Ich bringe einfach nur ein bisschen Ordnung in das Durcheinander und schaffe Platz. Du bist derjenige –«

Ich hatte gehofft, wir könnten einen ruhigen, entspannten Abend haben. Könnten feiern. War wohl nur ein frommer Wunsch. Stattdessen finde ich dich allein hier oben, und du wühlst in meinen Sachen herum. Alles hier drinnen ist für mich von Wert. Alles!

Hen steht auf. Kehrt mir den Rücken. Sie schiebt einen Karton zur Seite und betritt den Wandschrank, der als Rumpelkammer dient.

»Ein ruhiger Abend, traut, zu zweit, ja? *So wie in den guten alten Zeiten?*«

Es liegt Spott in ihrem Ton. Spott und Verärgerung.

Wie bitte?

»Ach, vergiss es«, winkt sie ab und fängt schon wieder an zu wühlen.

So viel Zeug, das über Jahre im Dunkeln herumgestanden hat. Aber es ist kein Müll. Es macht mich aus. Meine Erinnerungen. Sie nur aus einer Laune heraus loszuwerden – das steht ihr nicht zu.

Ich habe hier Jahre mit Hen verlebt. Wie soll ich ohne etwas Greifbares, an das ich mich halten kann, so wie diese Sachen hier, meine Identität bewahren? Weshalb will sie vergessen? Weshalb will sie uns vergessen?

Ich sehe ihr dabei zu, wie sie auf allen vieren versucht, ein paar Kartons zu verrücken, um tiefer in den Wandschrank zu gelangen. Sie hat bereits mehrere große Boxen und zwei Schuhkartons, die an der Rückwand standen, aus dem Haufen aussortiert. Bei schwindendem Tageslicht herrscht im Zimmer inzwischen fast völliges Dunkel. Hen hat sich eine Stirnlampe geschnappt. Sie schaltet sie ein, ohne sie zu tragen. Gebückt steckt sie tief in der Rumpelkammer.

»AHHHH!«, schreit sie auf und springt mit zusammengekniffenen Augen aus dem Kabuff.

»Hast du das gesehen?«, fragt sie. »Das da drinnen.«

Ich nehme ihre Stirnlampe und trete in den Schrank. Ich leuchte die Ecke aus. Ich sehe es, neben einem alten Hemd. Es ist neben dem Lichtstrahl und rührt sich nicht.

Ich richte weiter die Lampe drauf und beuge mich tiefer, um es mir genauer anzusehen. Ich finde es … faszinierend. Fremd.

Mist, sage ich. Das ist seltsam. So einen hab ich noch nie gesehen.

»Er ist so groß«, sagt sie. »Die werden immer größer. Ich dachte, die hätten sie schon vor Jahren ausgemerzt, in der ganzen Gegend.«

Tatsächlich? Keine Ahnung, sage ich. Kann mich nicht erinnern.

Es tut nichts. Absolut nichts. Ich möchte es weiter beobachten. Ich kann nicht widerstehen, es hat eine geradezu hypnotische Anziehungskraft. Seine langen, dünnen Fühler zucken. Es wirkt nicht verängstigt oder nervös, sondern ist ruhig, wissend, bereit.

»Das hat uns gerade noch gefehlt«, sagt sie. »So ein Befall. Die werden in die Wände eindringen. Die müssen von den Rapsfeldern kommen.«

Es ist kein Befall, sage ich. Es ist nur einer.

»Einer zu viel«, entgegnet sie.

Wieso bewegt er sich nicht?, frage ich mich. Wieso krabbelt er nicht blitzschnell weg, um sich zu verstecken?

Ich bin von dem Insekt wie gebannt. Ich habe keine

Ahnung von diesen Viechern. Nichts. Nicht die geringste Ahnung. Wie kann das sein? Es lebt hier in meinem Haus, in denselben Räumen wie ich. Trotzdem habe ich es nicht gekannt.

»Ich werde auf jeden Fall unterm Bett nachsehen, ob noch mehr davon da sind.«

Dann spüre ich, wie sie mir mit dem Fuß sacht in den Hintern tritt.

»Junior? Wieso rührst du dich nicht? Was starrst du so? Was machst du da?«

Weiß nicht. Aber kein Grund zur Sorge, ich kümmere mich drum, sage ich.

»Gut. Denn ich bin nicht scharf drauf. Für heute bin ich hier fertig. Ich gehe zu Bett«, sagt sie. »Schaff das da raus.«

Ruhe dich aus.

Als sie geht, betrachte ich immer noch den Käfer. Sein Leib ist glänzend schwarz, mit gelblichen Streifen dazwischen. Er ist beachtlich, etwa fünf Zentimeter lang. Die Fühler sind fast doppelt so lang. Die hervorstechendsten Merkmale sind die drei Hörner. Je eins seitlich am Kopf, ein drittes, nach oben gerichtet, in der Mitte.

Er kommt auf mich zu. Ein Nasenhornkäfer. Das ist es. So heißen sie.

Hen murmelt noch etwas an der Tür, aber ich versteh's nicht.

Mhm, sage ich, ohne mich umzudrehen. Kein Grund zur Sorge. Ich kümmere mich drum.

Ich bin aufgewacht, bevor der Wecker geklingelt hat. Eine Weile bin ich neben Hen liegen geblieben. Nur wir beide. Sie hat nicht geschnarcht, aber ich kann ihren Atem hören und weiß, dass sie tief und fest schläft. Ihr Mund steht offen. Ich beuge mich über sie und küsse sie auf die Stirn, auf die weiche Stelle über ihrer linken Augenbraue. Sie macht den Mund zu, schluckt einmal kurz, ohne jedoch die Augen aufzuschlagen. Ich stehe auf und gehe nach unten.

Der Anblick dieses Käfers gestern Abend hat mich beflügelt; ich habe einen klaren Kopf bekommen, er hat mich aus meiner ichbezogenen Neurose gerissen. Ich begriff rein gar nichts, als ich ihn so vor mir sah, nicht wieso er da war, was er dort, wo er herkam, verloren hatte. Wie er so ganz allein dort in diesem dunklen Wandschrank hatte überleben können. Wie lange er schon da war. Wieso er sich nicht rührte. Wieso er nicht entwischen wollte. Ob er sich dessen bewusst war, dass es ihn gab. Alle diese Rätsel schlugen mich nicht nur in Bann, sondern halfen mir seltsamerweise, mich zu entspannen.

Ich betrachtete ihn eine Weile. Ich weiß nicht, wie lange. Schließlich ging ich zu Bett.

Ich schlief zwar gut, doch im Lauf der Nacht hatte ich das Gefühl, dass sich Hen hin und her warf, mehrfach aufstand und wieder ins Bett zurückkam, als hätten wir die nächtlichen Rollen getauscht. Mitten in der Nacht, entsinne ich mich, stand sie am Fenster und blickte hinüber zur Scheune und zum Feld dahinter.

Arme Hen. Das alles ist hart für sie. Nachdem ich Kaffee gemacht habe, sitze ich mit meinem Screen am Tisch und scrolle einfach so herum. Ich esse ein Stück Käse aus dem Kühlschrank und gehe zum Wetterbericht. Weiterhin Sonne und Hitze. Hohe Luftfeuchtigkeit. Noch ein Tag mit extremer UV-Einstrahlung. Sie sagen mit vierzigprozentiger Wahrscheinlichkeit abendliche Gewitter voraus, so wie jeden Tag.

Ich sollte in die Scheune gehen, nach den Hühnern sehen und mich an meine Erledigungen machen. Je früher, desto besser bei dieser brütenden Hitze. Ich gieße Hen einen Kaffee ein und bringe ihn ihr hinauf. Sie ist nicht mehr im Zimmer. Die Dusche läuft. Ich öffne die Badezimmertür und stecke den Kopf hinein.

Ich fahre dann mal zur Arbeit, sage ich. Hast du gut geschlafen?

Sie antwortet nicht. Sie kann mich wohl unter dem Wasserstrahl nicht hören. Wahrscheinlich shampooniert sie sich gerade die Haare ein. Ich stelle den schwarzen Kaffee für sie neben dem Waschbecken ab.

Ich zieh dann mal los, sage ich.

Keine Antwort.

Anders als an den meisten Tagen habe ich es am Ende meiner Schicht nicht eilig, heimzukommen. Sollte ich eigentlich. Für lange Zeit wird das mein letzter Abend mit Hen sein. Für wer weiß, wie lange. Keine Ahnung, warum, aber ich bin einfach noch nicht so weit, nach Hause zu gehen.

Ich habe Lust, nur so durch die Gegend zu fahren, ziel- und planlos durch die Gegend zu fahren. Zur Abwechslung mal, ohne dass mir irgendjemand sagt, was ich tun oder wo ich hinsoll.

Wenn ich zu Hause bin, fällt Hen immer etwas ein, was ich machen sollte, kleine Erledigungen, die ich mir vornehmen soll, wenn ich einen Moment Zeit habe. Sie mag es nicht, wenn ich untätig bin. Ich kümmere mich um sämtliche Reparaturen im Haus, auch solche, zu denen ich mich zwingen muss. Nur selten habe ich mal keine Aufgabe oder Pflicht.

Ich schicke Hen eine Nachricht:

Hab noch länger bei der Arbeit zu tun. Warte nicht mit dem Essen auf mich.

Ich lüge nicht gerne, schon gar nicht gegenüber Hen. Es kommt auch so gut wie nie vor. Aber das hier ist eine harmlose Lüge, eine kleine Flunkerei. Wirklich nicht der Rede wert. Und es ist ihr zuliebe. Wenn ich ihr die Wahrheit sagen würde, wäre sie vielleicht gekränkt.

Viele von diesen kleinen Landstraßen in der Gegend sind voller Schlaglöcher und Risse. Sie sind in einem bedenklich schlechten Zustand. Wahrscheinlich fehlt das Geld, um sie instand zu setzen, und selbst wenn nicht, würde sich niemand zuständig fühlen und darum kümmern. Nicht von übermäßiger Abnutzung bröckeln unsere Straßen, sondern von Verwahrlosung.

Ich weiß ja, dass Terrance mir immer wieder sagt, ich hätte allen Grund zur Freude, ich sollte über die Chance meines Lebens aus dem Häuschen sein. Bin ich aber nun mal nicht. Diese Chance ist ein Anfang. Intellektuell kann ich das nachvollziehen. Wieso fühlt es sich dann wie ein Ende an? Vielleicht liegt es an mir. Vielleicht stimmt etwas nicht mit mir.

Aus einer Laune heraus halte ich mit dem Truck am Straßenrand an und steige aus. Am Himmel sind rosa Streifen und dünne Schleierwolken. Die Sonne verblasst, ist aber noch nicht untergegangen. Es ist schön. Ich habe den seltsamen Drang, einen Spaziergang zu machen. Einfach hier zwischen den Feldern, nur, weil ich es kann.

Der Raps blüht gerade auf. Die Pflanzen reichen mir etwa dreißig Zentimeter über den Kopf, sodass ich mich wie unter Wasser fühle. Er wird so leuchtend gelb, beinahe schon fluoreszent. Hier drinnen gibt es dieses Geräusch, ganz schwach, doch aus dieser Nähe zu hören. Ein gedämpftes Summen von Gliederfüßern.

Ich glaube, ich bin nicht nach irgendetwas auf der Suche, ich streife einfach zwischen den dichten Pflanzenstängeln tiefer in die Felder hinein. Inzwischen bin ich so tief drinnen, dass ich den Truck nicht mehr sehen kann. Es fühlt sich gut an hier drinnen, von allen Seiten geschützt und versteckt. Niemand weiß, wo ich bin. Ich möchte mir Schuhe und Socken ausziehen, und das mache ich auch. Ich trage sie in einer Hand. Die Erde fühlt sich gut an unter den nackten Füßen.

Es wird allmählich dunkel, aber ich bin noch nicht bereit, zurückzukehren. Vielleicht schiebe ich nur das Unvermeidliche auf. So laufe ich langsam immer weiter geradeaus, indem ich mit der freien Hand eine Schneise bahne.

Dabei bleibe ich immer wieder stehen und lege den Kopf in den Nacken, um in die Abenddämmerung zu blicken. Wieder ein Tag vorbei. Und da sehe ich es am Himmel, in südlicher Richtung. Jetzt rieche ich es auch. Rauch.

Er quillt in einer dichten Wolke auf. Ich gehe in Laufschritt über, dann renne ich los. Plötzlich ist der Rauch überall und erfüllt den ganzen Himmel. Es muss ein Großbrand sein, um derart viel Rauch zu produzieren. Es steht eine Scheune auf diesem Feld. Wahrscheinlich brennt die.

Ich habe mir sagen lassen, diese alten Scheunen seien greifbare Zeugen einer älteren Lebensform, als alles noch anders war. Sie müssen instand gehalten werden. Sie müssen ausgebessert werden. Es wäre eine Tragödie, wenn diejenige auf diesem Feld in Flammen stünde. Der Verlust einer weiteren alten Scheune. Ich ziehe mir das Hemd aus und wickle es mir als Atemmaske ums Gesicht. Bei so viel Rauch kann man kaum noch sehen.

Seit ungefähr einem Jahr häufen sich die Scheunenbrände. Darüber, wer sie ansteckt, gehen die Meinungen auseinander. Sind es alte Farmer, die damit gegen den Verlust ihres Ackerlands protestieren wollen? Oder brennen die Raps-Anbaubetriebe die Scheunen nieder, um weitere Landflächen zu übernehmen? So oder so ist es nicht gut. Brände sind in dieser Gegend gefährlich. Sie können sich ausbreiten und tagelang wüten.

Geradeaus vor mir kann ich sie sehen. Die Scheune. Sie steht gänzlich in Flammen. Es geht eine immense Hitze davon aus. Vielleicht kann ich helfen. Vielleicht kann ich das Feuer irgendwie löschen oder zumindest unter Kontrolle bringen, bis Hilfe eintrifft.

Ich hätte einfach zu Hen nach Hause fahren und den Abend mit ihr verbringen sollen. Es war ein Fehler, hierherzukommen. Das hier ist nicht gut. Doch jetzt bin ich nun mal da. Es ist, wie es ist. Noch vor einer Woche hätte ich kehrtgemacht und wäre geflohen. Jetzt liegen die Dinge anders. Ich spüre, wie sich mein Pflichtgefühl erweitert hat, somit kann auch das hier meine Pflicht sein. Ich darf nicht nur Zuschauer sein. Ich muss tapfer sein, Kontrolle übernehmen. Ich muss handeln. Ich hole tief Luft und renne zum Feuer.

Nach sechs oder sieben Schritten trifft mich etwas oder jemand mit Wucht auf den Kopf. Hilflos falle ich aufs Gesicht. Meine Schulter trifft auf etwas Hartes, einen Stein, mit der Stirn schlage ich so hart auf den Boden, dass mir die Luft wegbleibt. Dann stürzt etwas Schweres auf mich. Oder jemand. Ich schnappe nach Luft. Ich kann mich nicht rühren.

Was ist passiert? Es ist ein Mensch. Da ist auf einmal ein Mensch bei mir? Wer? Wer hat das getan? Jemand muss mir gefolgt sein. Ich spüre einen heftigen, stechenden Schmerz. Ich schmecke Blut. Vom Aufprall auf den Boden muss mir die Lippe aufgesprungen sein. Ich versuche zu spucken, doch mein Gesicht ist in den Boden gedrückt. Ein Knie oder Ellbogen in meinem Rücken hält mich nieder. Ich versuche, klar zu sehen, vergebens. Meine Augen brauchen einen Moment, um sich zu fokussieren. Es gelingt mir, den Kopf gerade so weit zu heben, dass ich vor mir einen Mann sehen kann. Nicht den, der mich festhält. Einen Mann in Anzug, der Handschuhe trägt. Er spricht mit jemand anderem.

»Halten Sie es still«, sagt er. »Bleiben Sie da, sorgen Sie dafür, dass er sich nicht bewegt«, sagt er.

Jetzt spricht derjenige, der mich zu Boden drückt. »Ich musste es tun«, sagt er. »Mir blieb keine Wahl.«

»Das war zu Ihrem Besten«, sagt der Mann im Anzug mit gesenkter Stimme, diesmal zu mir. »Wir dachten, Sie rennen geradewegs ins Feuer. Wir konnten nicht das Risiko eingehen, Sie zu verlieren.«

Ich habe noch nie einen so gewaltigen Brand gesehen. Vergeblich versuche ich, aufzustehen. Ich merke, wie der Druck in meinem Rücken nachlässt. Derjenige hinter mir hält mich nicht mehr nieder, doch die Schmerzen sind zu stark.

»Liegen bleiben, nicht von der Stelle rühren.« Es ist meine Schulter. Sie fühlt sich taub an, zugleich ist da dieser pochende Schmerz.

Lassen Sie mich aufstehen, sage ich, während ich in den Feuerschein starre und die Hitze spüre.

Mir tropft der Schweiß in die Augen und auf die trockene Erde. Mir ist schwindelig. Ich kann nicht mehr sehen. Ich schließe die Augen, lasse den Kopf fallen.

»Keine Sorge«, sagt der Mann im Anzug. »Wir sind dazu da, um uns um Sie zu kümmern.«

Ich erwache in Panik. In einem Taumel. Ich habe eine schwere Zunge. Ich kann kaum schlucken. Mein Blick zuckt wie bei einem Insekt hin und her. Ich kenne weder diesen Raum noch eine der Personen darin.

»Junior? Bist du wach?«

Ich versuche, mich zurechtzufinden. Dann dämmert es mir. Das ist mein Zuhause, das weiß ich noch. Nur was passiert ist und wie ich hierhergekommen bin, kann ich nicht sagen. Ich begreife, dass die verstörenden Erlebnisse auf dem Feld kein bizarrer Albtraum waren, sondern Realität. Meine Realität. Mein Mund fühlt sich so trocken an. Ich kann mich an nicht viel mehr erinnern als an die Schmerzen, den Schlag, den Sturz und den Mann im Anzug. Den Mann, der mich niederdrückte. Das Feuer. Ich kann kaum glauben, dass es das Feuer wirklich gab. Die tosenden Flammen.

Ich sitze angelehnt in meinem Sessel im Wohnzimmer mit dem Gesicht zum Fenster. Es ist Hen. Sie steht vor mir und sagt etwas zu mir. Ich habe kein Hemd an. Wo ist mein Hemd? Ein Ventilator ist genau auf mich gerichtet. Wozu? Ist mir heiß? Ich bin mir nicht sicher. Ich versuche aufzustehen, doch mir werden die Knie weich.

»Nein, nein, warte. Bleib sitzen.«

Was ist passiert?

»Du hast eine ziemlich turbulente Nacht hinter dir«,

sagt Hen. »Du hast einer Menge Leute einen ganz schönen Schrecken eingejagt.«

Ich kann nicht. Ich kann mir nicht mehr alles ins Gedächtnis rufen. Ich habe ein paar Erinnerungsfetzen, aber … Wie bin ich … stammle ich.

»Nach Hause gekommen? Das weißt du nicht mehr?«

Nein.

»Du hattest einen Unfall. Du hast dich verletzt, aber das wird wieder. Ich bring dir ein Glas Wasser.«

Sie geht in die Küche. Ich sehe mich im Zimmer um. Etwas scheint anders zu sein, ich kann nur nicht sagen, was. Als hätte Hen ein Möbelstück verrückt. Ich höre eine Toilettenspülung. Von oben. Wenn Hen in der Küche ist, wer ist dann oben im Badezimmer? Ich dachte, wir wären alleine. Hen und ich.

»Guten Morgen, Junior. Wie schön, dass Sie wach sind. Als ich davon hörte, bin ich sofort hergekommen. Mein Gott, haben Sie uns einen Schrecken eingejagt. Wie fühlen Sie sich?«, fragt Terrance, der die Treppe herunterkommt. Er wischt sich die Hände am Hosenboden ab.

Mir geht's gut. Ist halb so schlimm. Ist nur alles noch ein bisschen verschwommen.

Terrance tritt näher, sein Lächeln verfliegt.

»Ich hoffe, das war keine Absicht, Junior, das kann ich wirklich nur hoffen. Eine Verletzung ändert nichts an der Installation, das ist Ihnen doch klar?«

Was? Sie glauben, ich … Glauben Sie im Ernst, ich hätte das absichtlich getan? Ich weiß ja nicht mal, was passiert ist.

So schnell, wie es verflogen ist, kehrt sein Lächeln zurück.

»Gut. Das ist gut.« Er holt tief Luft. »Wir haben Sie von unserem Arzt untersuchen lassen. Wir können von Glück sagen, dass er so schnell kommen konnte.«

Arzt? Ein Arzt war hier?

»Ja. Er ist vor etwa einer Stunde gegangen. Da haben Sie noch geschlafen. Gut, dass Sie ein bisschen Ruhe bekommen haben.«

Wir haben keine Krankenversicherung, wissen Sie.

»Das geht schon in Ordnung. Wir kommen dafür auf. Ihre Verletzungen sind ernst, aber es hätte auch Schlimmeres passieren können. Vorerst werden Sie diesen Arm nicht benutzen können, und Sie werden sich an diesen Sessel mit verstellbarer Rückenlehne gewöhnen müssen.«

Wieso?

»Sie können nicht im Liegen schlafen. Sie können sich bis zu fünfundvierzig Grad zurücklehnen, aber nicht mehr. Wie sieht es mit den Schmerzen aus?«

Ich kann nicht im Liegen schlafen?

»Nein, der Arzt hat einen ganz kleinen Eingriff vorgenommen und –«

Er hat einen Eingriff vorgenommen?

»Ja, an Ihrer Schulter, die Sehne, und es ist bestens verlaufen. Er hat Ihnen diesen Verband angelegt und gesagt, Sic müssen ihn dran lassen. Sie werden sich vollständig erholen und wieder ganz der Alte sein.«

Ich spüre sie praktisch nicht, sage ich. Meine Schulter. Nicht mehr. Ich nehme an, sie ist taub.

»Er hat Ihnen Medikamente gegeben. Die werden Sie

noch etwa die nächste Woche nehmen müssen. Er hat sie mir für Sie dagelassen. Wie fühlen Sie sich, Junior? Geht's einigermaßen?«

Ich habe Durst, aber ansonsten fühle ich mich ganz gut.

»Das freut mich zu hören. Wir haben eine Menge Arbeit vor uns, Sie und ich.«

Hen kehrt mit meinem Glas Wasser zurück und reicht es mir.

»Worüber habt ihr geredet?«, fragt sie.

Ich sehe zu ihr auf, doch ihre Frage galt Terrance.

»Ich habe Junior aufgeklärt«, sagt er, »über seine Verletzungen.«

Dann wird sie also wieder?, frage ich nach einem ausgiebigen Schluck Wasser, meine Schulter?

»Aber ja. Keine Sorge. Wenn Sie sich ausruhen und es langsam angehen, sind Sie schon bald wieder vollständig hergestellt.«

Ich weiß nicht, wie ich hier unten im Sessel zurechtkommen soll, wie ich so schlafen soll.

»Wer weiß? Vielleicht schlafen Sie ja sogar besser hier unten. Hier ist es wahrscheinlich kühler als oben.«

Tut mir leid, aber mir will immer noch nicht in den Kopf, wieso Sie derzeit hier wohnen müssen?, sage ich, während ich versuche, mich im Sessel aufzurichten, aber vor Schmerz nicht weit komme. Ich weiß Ihre Anteilnahme zu schätzen, aber vor allen Dingen muss ich mich erholen. Und das sollte eine Zeit sein, in der Hen und ich miteinander allein sein können, unsere letzten Tage miteinander, bevor –

»Sie sind jetzt schon seit ein paar Jahren mit der

Möglichkeit vertraut, am Ende zu den Ausgewählten zu gehören. Sie hatten all die Tage mit Ihrer Frau. All die Zeit mit ihr, eine schöne Zeit mit ihr. Aber jetzt steht für uns Arbeit an. Das werden gute Tage, glauben Sie mir. Dafür sind Sie bestimmt.«

Aber ich bin ernstlich verletzt. Das haben Sie selbst gesagt. Ist das nicht eine veränderte Situation? Können wir nicht ein bisschen auf die Bremse treten?

»Leider steht der Fahrplan fest.«

Unter den Umständen können die Tage doch nur misslich und aufreibend werden, beharre ich.

»Ich werde Sie so wenig wie möglich stören, das ist mein ganzes Bestreben, unaufdringlich zu sein, in den Hintergrund zu treten, auch wenn wir uns die Zeit zum Reden nehmen werden. Trotzdem haben Sie genügend Zeit für sich. Ich bin nicht hier, um Ansprüche zu stellen, ich bin hier, um zu beobachten.«

Was zu beobachten?

Ich merke, wie er näher kommt, und fühle mich ein klein wenig besser.

»Wir werden alles besprechen.«

Sagen Sie mir einfach nur, was Sie meinen, beharre ich und massiere mir die Schulter. Was wollen Sie beobachten?

Er streicht sich mit der Zunge über die oberen Schneidezähne und bricht dann in dieses breite Lächeln aus.

»Dasselbe wie immer«, sagt er, »Sie.«

Es ist eine vertraute Situation, die mir zunehmend Unbehagen bereitet. Wir drei – Hen, Terrance und ich – sitzen im Wohnzimmer. Terrance hat versprochen, alles zu erklären, uns im Einzelnen darzulegen, warum er wieder hier ist und was als Nächstes passiert. Ich habe darauf bestanden. Keine Ausflüchte oder vagen Andeutungen mehr. Ich bin nicht in der Stimmung für seine nebulösen Erklärungen.

Terrance wirkt diesmal irgendwie aufgeregt und ungeduldig. »Junior, Sie gehen bald weg. Das ist amtlich. Wir werden alles daransetzen, ihn wohlbehalten zu Ihnen zurückzubringen, Henrietta, sodass Sie beide nach seinem bahnbrechenden Abenteuer an Ihr gemeinsames Leben wiederanknüpfen können. Es ist zwar eine Trennung, aber nur vorübergehend.

Hen und ich tauschen einen kurzen Blick und wenden uns wieder Terrance zu. Jetzt wäre sie dran. Jetzt sollte sie sich einschalten. Ich warte auf die naheliegende Frage von ihr: Wie lange wird er weg sein? Aber sie fragt nicht. Und es macht mir etwas aus, dass sie nicht fragt.

Terrance fährt mit seinem Vortrag fort. »Mit der Installation ist ein gewisses Risiko verbunden, doch Sicherheit und Wohlbefinden unserer Probanden, das sind unsere zentralen Anliegen. Das kann ich nicht genug betonen. Schon in den Anfängen des Projekts stand für uns fest, dass Nachlässigkeit inakzeptabel ist. Die Sorge um unsere ausgelosten Teilnehmer hat höchste Priorität, noch vor den Forschungsergebnissen. Das müssen Sie mir glauben, okay? Ich sage das als Freund.«

Du bist nicht mein Freund, denke ich.

Das ist ja auch wohl das Mindeste, was man erwarten darf, sage ich. Dass Sie meine Sicherheit garantieren. Ich sorge mich immer noch mehr um Hen als um mich.

»Natürlich, deshalb meine ich auch nicht nur Ihr Wohlergehen, Junior. Sie sind derjenige, der weggeht, aber aus unserer Sicht haben Sie beide gleichermaßen teil daran. Das hier ist eine Familie. Dieser Aufbruch berührt Hen genauso wie Sie. Es ist ein Joint Venture. Ihr Wohl als Ehepaar ist eine Verpflichtung, die wir überaus ernst nehmen.«

Schon gut, sage ich. Also, worauf wollen Sie hinaus?

Hen knibbelt nervös an einem ihrer Nägel, kein gutes Zeichen.

»Wenn Sie erst mal weg sind, muss jeder von Ihnen mit seinen eigenen Herausforderungen fertigwerden. Wir tragen auch Verantwortung für Henrietta.«

Er richtet seine Aufmerksamkeit auf Hen und sieht sie an.

»Unsere Sorge gilt auch Ihnen, meine Liebe. Nicht nur Ihrem Partner.«

»Wenn Sie's sagen«, entgegnet sie.

Terrance hüstelt in die Hand. Als er reagiert, klingen seine Worte zugespitzt, und er richtet sie ausschließlich an Hen, als sei ich gar nicht da. »Nur für eine einzige Familie in der Endrunde sieht das Unternehmen ein besonderes Hilfsmittel während der Abwesenheit des Angehörigen vor. Das Auswahlverfahren war dem Zufall unterworfen, dieser Teil jedoch nicht. Hen, Sie sind nicht allein, stimmt's? Sie waren noch nie allein. Nun, Sie werden auch künftig nie allein sein.«

Mir zuckt es im Magen, es folgt ein stechender Schmerz in der Schulter. Ich fasse mit der anderen Hand danach.

Wie lange?, frage ich. Wie lange werde ich weg sein?

»Junior wird für lange Zeit weg sein«, sagt Terrance zu Hen. »Es geht nicht um Monate, sondern Jahre. Und seien wir ehrlich. Auf wie viel Unterstützung könnten Sie beide zurückgreifen? So weit weg von allem. Keiner von Ihnen hat Familie in der Nähe. Uns ist klar, was für eine Belastung das für Ihre Ehe sein könnte. Junior wird sich auf seinem Ausflug eigenen Herausforderungen stellen müssen, aber auch Sie hier daheim, wenn für Sie das Leben weitergehen muss, während Sie auf ihn warten.«

Hen sagt nichts, sondern funkelt ihn nur an.

Mir kommt eine Idee. Vielleicht habe ich ihn nur missverstanden. Rückt er etwa gleich damit heraus, dass sie mitkommt? Dass sie beschlossen haben, uns sinnvollerweise zusammen gehen zu lassen? Bei dem Gedanken erfasst mich eine Woge freudiger Erwartung. Es ist eine verlockende Aussicht.

»Wir haben viel recherchiert und analysiert. Sie werden das genaue Datum der Rückkehr nicht kennen, was das Leben nicht leichter macht, und wir wollen auf keinen Fall, dass Sie hier herumsitzen, warten und hoffen und in Ihrer Einsamkeit vor Grübelei wahnsinnig werden. Für Sie wäre das schwerer als für jemanden in der Stadt, jemanden mit einem Freundes- und Familienkreis. Sie sind darauf angewiesen, so weiterzuleben wie bisher, so normal wie möglich.«

Hen hört mit dem Knibbeln auf. »Normal? Sie wollen mich normal? Na schön, dann bin ich eben normal.«

Ihr ironischer Ton scheint Terrance zu entgehen.

Meine Frau soll so tun, als sei alles normal, nachdem ich auf keineswegs normale Weise ausgewählt und weggebracht werde? Kriegen Sie überhaupt mit, was sie Ihnen zu sagen versucht? An dieser Situation ist rein gar nichts normal.

»Natürlich nicht, aber wir werden die Folgen Ihres Weggangs abfedern. Und wir verfügen nunmehr über die nötige Technologie, um zu helfen.«

Hen reagiert nicht. Wieso erhebt sie nicht deutlicheren Widerspruch? Oder stellt wenigstens Fragen? Will sie erst mehr von ihm hören, oder ist sie zu perplex, dass es ihr die Sprache verschlägt? Wenn sie so ist – schweigsam, angespannt, verschlossen –, kann man nur spekulieren, was in ihr vorgeht. Ich mag es nicht, wenn sie so wird. Sie ist dann unergründlich. Das ist unfair. Das ist kindisch.

»Alleinsein ist eine heikle Sache. Wohldosiert ist es heilsam, aber nicht über einen längeren Zeitraum, und schon gar nicht, wenn man es nicht kennt. Sie ist es gewohnt, hier mit Ihnen zusammenzuleben, Junior. Aber wir werden sicherstellen, dass sie für die Zeit Ihrer Abwesenheit Gesellschaft hat. Das wird einen entscheidenden Unterschied machen.«

Ich verstehe nicht ganz, werfe ich ein. Wenn Sie sagen, sie wird Gesellschaft haben, soll das heißen, Sie heuern für sie einen Gehilfen an oder so?

Er schmunzelt und sieht Hen an. »Nein, keinen Gehilfen. Etwas viel Besseres. Sie würden staunen, was heute möglich ist. Als vor etwa dreißig Jahren die virtuelle Realität ihren Höhepunkt erreichte, fing es an, doch VR ist Schnee von gestern. Das ist überholt, wie wir alle wissen. Das hier ist die nächste Entwicklungsstufe, eine ausgereifte, voll funktionssichere Technologie, in jeder Hinsicht.«

Sie wollen sie doch wohl nicht monatelang in einen VR-Pod stecken, sage ich, denn das hätte mit normalem Leben nichts zu tun, das wäre überhaupt kein Leben. Das ist Koma, das ist –

»Nein, nein, keineswegs! Wir nehmen ihren Mann mit, und was wir für sie tun wollen, wird absolut fair und natürlich sein.«

Na schön, sage ich. Und was zum Teufel soll das heißen?

»Das soll heißen, wir werden Sie ersetzen.«

Am liebsten würde ich ihm eine verpassen. Ihm eine in die Visage hauen. Ihm die Nase brechen. Das ist das Letzte, was ich erwartet hätte. Ich habe im Lauf der vergangenen zwei Jahre viele Möglichkeiten und eine Reihe von Szenarien durchgespielt, aber nicht das. So etwas hatte ich nicht auf dem Schirm.

Nein, sage ich, Sie können mich mal.

»Junior«, sagt Hen, »reg dich nicht auf.«

»Junior«, stimmt Terrance ein, »bitte beruhigen Sie sich doch.«

Sie haben gut reden, verflucht noch mal. Was genau meinen Sie überhaupt?

»Lassen Sie mich ausreden. Wir entwickeln einen Ersatz, um die Lücke zu füllen, wenn Sie weg sind. Es ist nicht jemand anders, es ist keine reale Person. Es ist ein biomechanisches Duplikat. Dieses Duplikat wird hier mit Henrietta zusammenleben. Es wird tun, was Sie tun. Im Grunde sind das Sie.«

Nein, das halte ich für keine gute Idee, sage ich. Das gefällt mir nicht.

»Das ist ein ganz schöner Brocken für ihn«, sagt Hen.

»Denken Sie an Ihre Frau, Junior. Das ist besser als die Alternative. Sie leben hier am Ende der Welt. Wollen Sie wirklich, dass sie die ganze Zeit ganz allein ist?

Was, wenn jemand hier·rauskäme, um ihr etwas anzutun? Was dann? Dieses Duplikat wird für sie da sein. Es wird genau wie Sie sein, auf jede erdenkliche Weise. Es wird hier sein, um Ihren Platz einzunehmen, um Ihnen Ihren Platz frei zu halten, um Ihrer Frau da hindurchzuhelfen. Und wenn Sie zurückkehren –«

Das ist ja völlig irre. Das ist krank. Es kann unmöglich genau wie ich sein. Das ist absurd und völlig ausgeschlossen.

»Ist es nicht. Es ist realer, als Sie sich vorstellen können. Der Ersatz wird mit Ihnen identisch sein.«

»Haargenau wie du«, meldet sich Hen zu Wort, »in jeder Hinsicht. Schwer vorzustellen.«

Ich komm da nicht ganz mit, sage ich. Ist das real, dieser Ersatz? Sie sagen, es ist kein menschlicher Ersatz, also was ist es dann?

»Es ist komplex. Ich bin kein Ingenieur, aber um es grob zu beschreiben: Es wurde mit unserer neuesten Computersoftware entworfen und mit 3-D-Drucker hergestellt. Seit etwa zehn Jahren haben wir an Prototypen gearbeitet, das ist schon faszinierend. Man kann sie nicht auseinanderhalten. Selbst Hen wird bei seinem Anblick keinen Unterschied zwischen dem Ersatz und dem Original feststellen können. Es gibt keinen Unterschied, nicht den geringsten.«

Das ist ja wohl ein Witz, sage ich. Ich will nicht, dass ein Roboter-Double hierherkommt und mit meiner Frau zusammenlebt.

»Es ist kein Roboter, es ist eine neue selbst bestimmende Lebensform, ein hoch entwickeltes Computerprogramm. Eine Verschmelzung von Wissenschaft und

Leben. Sie können es sich auch als ein äußerst komplexes, hoch entwickeltes Hologramm vorstellen, mit lebendigem Gewebe, Volumen und einem Körper. Früher hätten Sie Hen ein Foto von sich zurückgelassen. Das hier ist die nächste Stufe.«

Ich drehe mich zu Hen um.

Was hältst du davon?, frage ich.

»Es ist kaum zu glauben und verrückt und erschreckend. Für dich muss es noch um einiges verrückter klingen.«

»Sie müssen mir da einfach vertrauen«, sagt Terrance.

Habe ich eine Wahl? Können wir das ablehnen? Was, wenn wir zu dem Schluss kommen, dass wir das nicht haben wollen?

»Sehen Sie denn nicht, was für eine geniale Lösung das ist? Auf die Weise brauchen Sie sich um Hen keine Sorgen zu machen. Sie können sich auf Ihre Reise konzentrieren und darauf verlassen, dass sie in guten Händen ist. Und wenn Sie wiederkommen, geht alles so weiter, als seien Sie nie weg gewesen.«

»Stimmt«, sagt Hen mit einem frustrierten Unterton. »Nun brauchst du dir um mich keine Gedanken mehr zu machen.«

»Die Entwicklung ist schon voll im Gange. Und ich bin auf Ihre Hilfe angewiesen, damit wir sie abschließen können. Besonders auf Ihre Hilfe, Junior.«

Deshalb wohnen Sie hier bei uns, stimmt's? Hat das mit diesem Ersatz zu tun?

»Ja, allerdings. Ich bin hier, um meine Beobachtungen anzustellen und Informationen zu sammeln, alles was ich an Ihnen registriere, kann dazu beitragen, dass das Projekt realistisch und naturgetreu ist. Wir haben bereits Ihre gesamte Screen-Korrespondenz codiert, ein guter Anfang. Aber solange ich hier bin, möchte ich, dass Sie dieses Programm als eine Art Zweitbesetzung für Sie sehen, als wären Sie beide Schauspieler in einem Stück. Alles, was Sie mir über sich sagen können, wird von Hilfe sein. Kein noch so kleines Detail ist unbedeutend. Was haben Sie zum Beispiel gestern zum Frühstück gegessen?«

Sie können mich mal.

»Junior, bitte. Kommen Sie schon, Ihr Frühstück. Gestern. Was haben Sie gegessen?«

Hen ermuntert mich mit einem stummen Nicken, mitzuspielen. Ihr zuliebe gebe ich nach.

Kaffee, Toast, sage ich.

Er tippt etwas in sein Screen.

»Sehen Sie? War das so schwer? Das ist hilfreich. Es mag Ihnen trivial erscheinen, ist es aber nicht. Wie Sie sich fühlen, was Sie denken, jede Kleinigkeit zählt.«

»Ich muss mal an die Luft«, sagt Hen. Sie wartet keine Reaktion von uns ab. Sie steht einfach auf und marschiert brüsk aus dem Zimmer und zur Haustür hinaus.

»Junior, Sie müssen hier stark sein, okay? Das ist nicht leicht für Sie. Je schneller Sie das akzeptieren, desto reibungsloser kommen wir voran. Wir sitzen da alle in einem Boot. Tun Sie's für sie.«

Er sieht mich so eindringlich an wie nie zuvor. Diese dämliche intellektuelle Masche hat er abgelegt. Alle seine Besuche liefen von Anfang an auf diesen Punkt hinaus. Schlussendlich auf etwas Handfestes, Reales. Ich hab's kapiert.

Stimmt schon, dass ich mir über Hen Sorgen gemacht habe, denke ich, darüber, sie so lange hier allein zurückzulassen. Ich weiß nur nicht, ob ich dieses Ding … als Lösung akzeptieren kann. Wie denn nur? Wie kann ich akzeptieren, ersetzt zu werden?

»Ich muss nur eben ein paar Sachen aus dem Auto holen«, erklärt Terrance. »Und dann fangen wir an.«

Wie meinen Sie das, fangen wir an? Jetzt sofort?

»Junior«, sagt er, als er schon steht, »Sie haben es immer noch nicht begriffen, oder? Es hat längst begonnen.«

AKT ZWEI

BESETZUNG

Erinnerungen. Mehr davon. Erinnerungen, die mir entfallen waren, oder solche, von denen ich dachte, sie seien mir entfallen. Welche, von denen ich nicht einmal vermutet hätte, dass ich sie abgespeichert hatte, kommen mir wieder zu Bewusstsein.

Ich erinnere mich an die allererste Nacht, in der Hen die Geräusche hörte. Es war wahrscheinlich sechs oder auch acht Monate nach Terrance' erstem Besuch. Sie schlief in der Zeit nicht gut. Damals wachte ich oftmals nachts auf und sah, wie sie auf dem Rücken im Bett lag und entweder zur Decke starrte oder mich betrachtete. In manchen Nächten war sie überhaupt nicht im Bett. In jener Nacht hat sie mich geweckt.

»Junior«, sagte sie und rüttelte mich am Arm, »Junior, aufwachen.«

Was? Was hast du?, fragte ich.

»Hörst du das? Hörst du das auch?«

Ich schlafe. Was meinst du?

»Hör doch mal«, sagte sie.

Ich lag also da, immer noch im Halbschlaf, rührte mich nicht und horchte. Es war still im Haus. Das sagte ich ihr auch.

»Ich höre es schon seit einigen Nächten, dieses Geräusch. Aber heute ist es am schlimmsten. Es klingt wie ein Kratzen in den Wänden.«

Das hast du wahrscheinlich geträumt. Leg dich wieder schlafen.

Nach einer Minute oder auch länger weckte sie mich erneut.

»Da, hörst du das? Ich glaube, das sind die Käfer. Da sind mehr. Das musst du doch gehört haben«, sagte sie.

Hatte ich aber nicht. Ich hatte geschlafen. So wie Hen hätte schlafen sollen.

Terrance kommt zurück, nachdem er ein paar seiner Sachen aus dem Auto geholt hat, und bringt sie direkt nach oben. Er besteht darauf, dass wir uns zu dritt wieder im Wohnzimmer zusammensetzen. Er habe, sagt er, ein paar »allgemeine Fragen«, in erster Linie an mich, doch er habe auch Hen gerne dabei. Für den Fall, dass sie etwas hinzufügen möchte.

»Ist es jemals unheimlich hier im Haus?«, fragt Terrance.

Unheimlich? Nein, sage ich. Das ist mein Zuhause. Ich bin hier zu Hause.

»Ab und zu vielleicht«, sagt Hen. »Aber die Ruhe hat auch ihr Gutes.«

Wir sind aus gutem Grund hier, erkläre ich. Dieses Leben hat viel für sich.

»Wir sind daran gewöhnt«, sagt Hen. »Das ist wohl wahr.«

»Es ist nur, keine Ahnung. Ich bin noch nicht lange genug hier. Ich glaube nur, es würde mir auf die Nerven gehen, ein bisschen. Auf den Geist. Wahrscheinlich, weil ich nicht daran gewöhnt bin.«

In der Stadt glauben sie das alle. Deshalb sind sie hier ja alle weg.

Ich werfe Hen einen Blick zu, denn sie versteht, was ich meine. Sie weiß, wie es ist, hier zu leben, nur wir beide, ungestört von alledem, unbehelligt vom Stadtleben da draußen.

»Schätze, ich empfinde das, was Sie da eben sagten, auch manchmal«, wirft Hen ein. »Nur so ein Gefühl ... wo ich mich frage, was es da draußen sonst noch geben mag.«

Es überrascht mich, als sie erneut so etwas äußert. Sie hat mir das schon einmal gesagt, aber ich dachte, das würde sich legen. Es ist hart für mich zu hören, dass es sich nicht einfach gelegt hat. Ich versteh's nicht. Hen liebt das Landleben.

»Der Gedanke, mal ganz woanders hinzugehen, wo man sich nicht auskennt, macht einem Angst«, sagt sie. »Aber ist es nicht irgendwo auch gut, sich ab und zu Angst zu machen? Man hängt so leicht in seiner Rille fest. Man redet sich ein, sie führte irgendwohin, zu Zufriedenheit, aber in Wahrheit ist es einfach nur eine Endlosrille.«

Es gefällt uns hier richtig gut, sage ich.

Terrance wechselt das Thema. »Sie spielen Klavier«, sagt er zu Hen, »richtig?«

Hen spielt Klavier. Sie spielt gerne, und ich höre ihr gerne zu.

»Klaviermusik hat einen schönen Klang«, erwidert er.

»Es ist verstimmt«, sagt Hen. »Es klingt falsch.«

»Wie bitte?«, fragt Terrance nach.

»Das Klavier. Es ist schon länger hier als wir, es ist daher in keinem besonders guten Zustand. Es ist verstimmt.«

Aber es hilft ihr, merke ich an. Es entspannt sie.

Ich denke an ihr Spiel und greife nach ihrer Hand.

Musik ist therapeutisch, erkläre ich Terrance. Ich bin froh, dass sie was Eigenes hat. Etwas, das sie kann und ich nicht.

»Wie haben Sie beide es geschafft, unter dem Tierhaltungsverbot Ihre Hühner zu halten? Und keine Sorge, ich werde Sie nicht wegen ein paar Hühnern anzeigen. Für mich ist das keine große Sache.«

Niemand weiß davon. Es sind nicht viele, sage ich. Sie waren schon da, als wir das Haus gekauft haben. Ich habe es nicht über mich gebracht, sie loszuwerden.

»Ich habe zu ihm gesagt, wenn er sich um sie kümmert, kein Problem. Ich selber hätte keine Lust dazu«, sagt Hen. »Ich bin nicht darauf erpicht, Hühnerkacke wegzuschaufeln. Und ich hab ihm gesagt, er kann das Bußgeld zahlen, falls sie uns erwischen.«

»Also, das ist faszinierend«, sagt Terrance. »Sehen Sie? Genau deshalb führen wir diese Plaudereien. Es ist erhellend, über diese Dinge zu reden.«

Wieder tippt er etwas in sein Screen. Notizen, nehme ich an.

»Je mehr ich erfahre, desto mehr fühle ich mich bei Ihnen zu Hause.«

Als in unserem Gespräch irgendwann eine Pause eintritt, steht Terrance auf.

»Ich denke, ich geh dann mal rauf«, sagt er und streckt die Arme über den Kopf. »Mach mich ans Auspacken, den ganzen Technikkram, richte mich ein bisschen ein. Tun Sie einfach so, als wäre ich nicht hier.«

Technikkram? Wozu? Haben Sie viel Technikkram dabei?

»Nein, nicht besonders viel. Nichts, was Ihnen Sorgen machen müsste. Nur das Wichtigste, was beim Datensammeln und dergleichen hilft.«

»Ich zeige Ihnen Ihr Zimmer«, sagt Hen.

»Ach ja, Junior, hier. Vergessen Sie nicht, zwei davon einzunehmen.«

Er hält ein durchsichtiges Pillenfläschchen hoch, schüttelt es.

»Hier«, sagt er. »Hat der Arzt verschrieben.«

Was sind das für Pillen? Schmerzmittel?

»Sie sollten helfen«, sagt er. »Ja.«

Meine Schulter tut wirklich weh, aber nur diffus. Ich strecke ihm die Hand entgegen, und er schüttet zwei blaue Kapseln hinein.

»Die sollten es tun.«

Sie nehmen beide ein paar Tüten, die Terrance bereits vom Wagen hereingeholt hatte, und gehen nach oben.

Ich stehe ganz langsam auf, weil ich mich immer noch steif und schmerzempfindlich fühle. Ich weiß, dass ich mich ein wenig bewegen soll. Schließlich sind meine Beine unversehrt. Ich decke den Tisch ab. Ohne meine schlimme Schulter zu sehr zu belasten, versuche ich, den Abwasch zu erledigen, der sich neben dem Spülbecken stapelt. Das verkrustete Eigelb bekomme ich nur mühsam ab. Solange ich den Arm nicht strecke, solange ich ihn eng am Körper halte, sind die Schmerzen auszuhalten.

Ein fremder Mann ist oben bei meiner Frau, während ich hier unten bin und mit einer Hand das Geschirr abwasche. Aber was kann ich machen? Wie soll ich reagieren? Einfach zu allem Ja und Amen sagen? Einfach passiv alles hinnehmen und nett sein? Oder sollte ich gegen diesen ganzen Vorgang mehr Widerstand leisten? Mehr Antworten verlangen?

Ich höre Hen über mir herumlaufen. Ich erkenne sie an ihrem Gang. Das Schritttempo. Das Gewicht. Es ist schon erstaunlich, wie gut man jemanden kennt, mit dem man so lange wie ich mit Hen zusammengelebt hat. Die Zeit, die wir schon zusammen sind, ist bedeutsam. Es wird mir etwas fehlen, wenn ich weg bin und diese leichten Schritte nicht mehr höre. Ihre Schritte zu hören ist so, wie ihre Stimme zu hören. Ihre Art zu gehen ist so unverwechselbar wie ihre Stimme.

Gehen ist Kommunikation ohne Worte, so wie ich es an Hens Schritten erkennen kann, wenn sie sauer ist. Gehen ist zwar nicht so klar und eindeutig wie andere Signale, zum Beispiel, wie jemand riecht, oder wie ihr Tonfall, ihr Lachen, ihr Mienenspiel. Der Gang kann zum Beispiel frivol sein, aber davon unabhängig, ist er bei jedem anders. Vertrautheit entsteht mit der Zeit, langsam, aber unwillkürlich. Ich habe zum Beispiel nie bewusst versucht, ihren Gang zu deuten, solche Dinge passieren automatisch.

Terrance ist nicht verheiratet. Ich weiß nicht, ob er etwas von der Ehe versteht, ob er begreift, wie feste Bindungen funktionieren. Man kann eine Beziehung letztlich nicht verstehen, wenn man keine hat. Das ist ein Hauptgrund dafür, dass für Hen und mich alles so aufregend war. Wir haben uns damals aufeinander eingelassen, wir hatten uns füreinander entschieden, ohne anfänglich all diese kleinen Dinge übereinander zu wissen. Das Zusammenleben mit jemandem kann man nicht nachahmen oder einstudieren. Man muss es in Echtzeit erleben. Für wechselseitige Zuwendung, für Erinnerungen an tatsächliche gemeinsame Erfahrungen gibt es keinen Ersatz. Zum Beispiel, wie Hen sich die Nase schnäuzt. Bis heute habe ich nie darüber nachgedacht, jetzt schon. Ich kenne den Rhythmus, den Takt. Sie tut es jedes Mal im selben Tempo.

Diese Beobachtungen – ihre Schritte, wie sie sich die Nase schnäuzt – sind wie kleine Geheimnisse.

Wie sie geht und wie sie sich die Nase schnäuzt, das wird mir fehlen. Ich frage mich, was mir sonst noch fehlen wird. Ich frage mich, was sie insgeheim über mich weiß, was wiederum mir nicht bewusst ist. Was wird sie vermissen, wenn ich weg bin?

Ich höre, wie eine Tür aufgeht, dann mehr Getrappel über mir. Hens Lachen. Ich kann heraushören, dass es echt ist. Sie hat, so wie jeder, ein aufgesetztes und ein echtes Lachen. Das ist noch so eine Sache, die mir klar geworden ist. Dieses Lachen da oben ist echt.

Ich kenne ihn jetzt seit ein paar Jahren, aber wenn ich ernsthaft darüber nachdenke, weiß ich immer noch herzlich wenig über Terrance. Damit meine ich nicht nur seine Persönlichkeit, sondern alle seine Verhaltensweisen, die bewussten wie die unbewussten. So was braucht Zeit. Zeit miteinander. Ich weiß nicht, wie er nachts durchs Haus geht oder woran er denkt, wenn er versucht, einzuschlafen.

Ich weiß, wo er arbeitet. Sein Gesicht ist mir vertraut. Ich kenne seine Stimme. Ich weiß, wie er lächelt. Aber das ist es auch schon. Nicht gerade viel. Das alles hat er unter Kontrolle, und er kann es einsetzen, um meine Wahrnehmung zu täuschen. Aber jetzt lebt er hier bei uns, in unserem Haus, isst mit uns, benutzt unser Bad, schläft in unserem Gästebett. Beobachtet mich, uns.

Was will er wirklich? Einfach nur beobachten? Mit mir reden? Oder noch etwas anderes?

Wieder lacht sie, diesmal lauter. Er muss etwas Witziges gesagt haben. Dabei kommt er mir nicht besonders witzig vor. Ich kann nicht hören, was sie sagen. Ich stecke den letzten Teller ins Trockengestell und taste mit den Händen durch die Seifenlauge, um sicherzugehen, dass kein Besteck mehr am Boden liegt. Ich ziehe den Stöpsel und lasse das Wasser ab.

Ich kann nicht fassen, was alles passiert ist, seit dieses Geschirr schmutzig geworden ist. Ich fühle mich seitdem wie ein anderer Mensch. Es geht nicht nur um heute oder auch die letzten Wochen, es hat damit zu tun, mir eine Fülle an neuen Erfahrungen und Informationen zu eigen zu machen und in mein früheres Leben einzupassen – mein Leben vor Terrance' Erscheinen an dem Abend, vor über zwei Jahren, als ich zum ersten Mal die grünen Scheinwerfer am Ende der Auffahrt sah.

Unser Haus ist dasselbe alte Haus. Ich betrachte meine tropfenden, seifigen Hände. Dieselben Hände wie immer. Alles ist wie immer, alles unverändert, doch mit dem heutigen Tag fühlt sich das alles vollkommen anders an.

Hen erscheint an der Küchentür und kommt zu mir herüber. »Er richtet sich häuslich ein«, sagt sie.

Ich habe nachgedacht, sage ich, es ist keine optimale Situation, aber wir müssen es versuchen. Wir müssen das Beste draus machen. Wir stehen das schon durch. Aber er sollte nicht allzu lange hier bleiben. Danach sind wir beide wieder für uns. Eine Zeit lang jedenfalls. Bevor ich wegmuss, meine ich. Hat er schon gesagt, wie lange er bleiben will?

»Bis Freitag.«

Na schön. Wenigstens ist es nur er und nicht mehrere von denen. Ein Fremder, egal wie freundlich er sich gibt, ist für mich mehr als genug.

Ich werfe mir das Geschirrtuch über die schmerzende Schulter.

Findest du ihn nett?

»Er ist, wie er ist.«

Betrachtest du ihn als Fremden?

»Würde ich nicht sagen, inzwischen nicht mehr.«

Wirklich?, frage ich. Überleg doch mal. Er ist ein Fremder.

Ich gehe dicht heran, senke die Stimme.

Wir kennen ihn nicht. Jedenfalls nicht wirklich. Nur dass jedes Mal, wenn er auftaucht, etwas Wichtiges passiert. Jedes Mal gibt es große Neuigkeiten und Enthüllungen. Von daher kann es so erscheinen, als würden wir ihn besser kennen, als es tatsächlich der Fall ist.

»Ich habe nicht das Gefühl, ihn *gut* zu kennen«, sagt sie. »Das meine ich nicht. Mir ist er nur nicht ganz und gar fremd. Ich kenne ihn besser als manch andere Leute. Aber was soll's. Du magst das ja anders sehen.«

Ich lege ihr die Hand auf die Schulter.

Bei dir alles in Ordnung?

»Klar«, antwortet sie. »Ich bin nur müde.«

Kommt einem so vor, als wäre er schon eine Ewigkeit hier, oder? Wochen, wenn nicht Monate. Im Ernst, ich hab das Gefühl, als wäre meine innere Uhr völlig durcheinandergeraten. Vielleicht kommt das von dem Unfall. Worüber habt ihr beide denn gesprochen? Oben?

»Wann?«

Als ich gerade den Abwasch gemacht habe.

»Du solltest nicht den Abwasch machen. Deine Schulter.«

Worüber habt ihr geredet?

»Weiß ich nicht mehr. Ich hab ihm sein Zimmer gezeigt, danach war ich in unserem Zimmer. Nichts Besonderes. Wieso?«

Ist Terrance lustig?

»Du meinst, ob er ein witziger Typ ist?«

Ja.

»Was weiß ich. Hast du den Eindruck? Dass er witzig ist?«

Nein, nur so. Du hast mehr mit ihm geredet als ich.

»Ich bin sicher, er würde dir einen Witz erzählen, wenn du wolltest.«

Bestimmt, sage ich. Falls ich das wollte.

Sie schweigt einen Moment, sieht mich an und wendet sich zum Gehen.

Warte!, sage ich.

Sie bleibt stehen.

Kommt es dir eigentlich seltsam vor, dass sie mich draußen in den Feldern gefunden haben? Dass der Arzt so schnell hier war?

»Nein, eigentlich nicht«, sagt sie und dreht sich wieder zu mir um. »Ganz offensichtlich liegt OuterMore sehr daran, dass du gesund und munter bleibst.«

Die waren schon vor mir da, bevor das mit mir passiert ist, was auch immer da mit mir passiert ist. Ich frage mich, ob … Ich frage mich, ob sie mir vielleicht gefolgt sind, sage ich.

»Hattest du nicht gesagt, du kannst dich an nichts erinnern?«

Stimmt. Aber ich … weiß auch nicht. Vielleicht erinnere ich mich ein bisschen. Jemand hat mich davon abgehalten, zu diesem Scheunenbrand zu rennen, jemand hat mich niedergeschlagen.

»Du bist mit dem Kopf aufgeschlagen. Kein Wunder, danach ein bisschen verwirrt zu sein.« Sie berührt mich am Handgelenk. Es fühlt sich gut an, ihre Berührung, beruhigend.

Danke, sage ich. Du schaffst es immer, dass ich mich

besser fühle. In letzter Zeit ist es mir schwergefallen, mich nicht verunsichern zu lassen, mich nicht seltsam zu fühlen.

»Junior?«

Was?

»Ich sage dir jetzt etwas, okay?« Ich spüre, wie sie mein Handgelenk fester drückt. »Ich kenne dich so gut. Wirklich. Im Lauf unserer Beziehung hat sich einiges geändert. Wir haben uns beide verändert. Wahrscheinlich merkst du das auch an mir. Solche Veränderungen in Beziehungen sind normal. Aber auch wenn sich zwischen uns einiges geändert hat, seit wir hierhergezogen sind, habe ich trotzdem das Gefühl, *dich so gut zu kennen*. Ich kenne dich besser als je zuvor. Ich glaube, das ist Teil des Problems. Wenn man eine Beziehung eingeht, muss man erst mal alles auf eine Karte setzen. Und man hofft und ist überzeugt davon, denjenigen, den man heiratet, gut zu kennen. Aber wie es weitergeht, kann man nicht wirklich wissen. Das weiß man erst, wenn man es erlebt. Und irgendwann wird aus der Hoffnung Beständigkeit, Verständnis und irgendwann Routine. Es ist alles so unausweichlich, die Vorhersehbarkeit von allem, was wir tun. Das ist dann wieder etwas, das man erkennt, aber ehrlich gesagt, ist diese Erkenntnis für mich nicht tröstlich, ganz im Gegenteil.«

Ich will gerade etwas erwidern, als sie mich loslässt und die Hand hebt, um mir Einhalt zu gebieten. Sie will nicht hören, was ich zu sagen habe.

»Ich möchte weiterreden, und ich möchte, dass du zuhörst. Du hast Eigenschaften, Charakterzüge, die aus deinem Wesen nicht wegzudenken sind. Und das kann anstrengend sein. Ich weiß nicht, ob das einfach deine Natur ist oder ob es an unserer Beziehung liegt. Vielleicht sollte ich darauf nicht so empfindlich reagieren oder auch nur darüber nachdenken, ob das nur speziell zwischen uns so ist. Ich weiß, es ist nett von dir gemeint, wenn du sagst, du wüsstest nicht, was du ohne mich machen sollst, aber ich bin nicht nur dazu da, dir Sicherheit und Geborgenheit im Leben zu geben oder dir den Rücken frei zu halten, damit du tun kannst, wonach dir ist. Das ist mir wichtig. Ich weiß nicht, ob ich mich irgendwie verständlich machen konnte, aber ich denke schon eine ganze Weile darüber nach. Manchmal fühle ich mich ausgelaugt, manchmal in der Falle.«

Es ist ihr ernst. Ich sehe es in ihren Augen, höre es ihr an. Sie klingt nun wieder müde. Ich sollte ihr zuhören. Ich weiß, dass es zwischen uns nicht perfekt gewesen ist, aber die Vorstellung, dass ich ihr diesen Kummer bereitet habe, gefällt mir nicht. Das ist nicht gut. Ich fühle mich schlecht.

Es tut mir leid, wenn ich –

»Hör auf«, sagt sie. »Entschuldige dich nicht, bitte. Darauf bin ich nicht aus. Du hörst mir zu, das ist allein schon hilfreich. Ich hatte nie das Gefühl, ich könnte das zur Sprache bringen. Selbst das, selbst, dass ich es nicht ansprechen konnte, macht mir zu schaffen. Aber ich bin froh, dass ich es endlich getan habe.«

Hey, was hältst du davon, heute Abend Klavier zu spielen? Vielleicht hilft das ja.

Ich weiß nicht, wie ich auf diesen Einfall komme, diese Idee, aber ich weiß, dass es gut ist, wenn sie spielt.

Sie blinzelt, seufzt. »Daran habe ich überhaupt nicht mehr gedacht.«

Ich glaube, das wäre das Richtige. Ich glaube, dann fühlst du dich besser.

Sie dreht sich um und geht.

Ich bleibe, wo ich bin. Sie sagt nichts weiter. Hen braucht nur wenige Minuten, um in den Keller hinunterzugehen, die Schutzhülle abzunehmen und ihren Song zu spielen.

Ich brauchte noch nie in dieser unangenehmen Stellung zu schlafen – halb sitzend, halb liegend. Schon jetzt sehne ich mich danach, in meinem Bett zu liegen, mich neben meiner Frau auszustrecken. Manchmal möchte ich eine Hand oder einen Fuß ausstrecken und sie berühren. Ihre Haut streifen. Nachdem ich gezwungen bin, in einem Sessel zu schlafen, werde ich ihre Anwesenheit nie wieder für selbstverständlich nehmen. Es fehlt mir, ihren Körper neben mir zu spüren.

Hen hat eine Zeit lang Klavier gespielt, aber nicht sehr lange. Mitten in einem Song hat sie aufgehört. Ich bin froh, dass sie gespielt hat. Ich weiß, wie sehr es ihr hilft. Und ich höre es gern. Es ist beruhigend. Selbst auf diesem defekten Klavier spielt sie angenehm und schön. Ich war kurz davor, einzuschlafen, solange sie spielte, aber nicht ganz. Jetzt, wo sie aufgehört hat und zu Bett gegangen ist, bin ich unfreiwillig hellwach, und während ich hier im viel zu heißen Zimmer sitze, jagen sich in meinem Kopf die Gedanken.

Es gibt Stimmungen, so wie heute Abend, die machen mir bewusst, wie wenig Einfluss ich mit meinen Absichten und Wünschen habe, wie wenig ich steuern kann, sogar bei mir selbst. Wie sehr ich mir auch einreden mag, alles bestimmen zu können, habe ich in diesem Moment nur die eine Hoffnung, Ruhe und Schlaf und Genesung zu finden. Doch was ich mir erhoffe, spielt keine Rolle, was ich mir wünsche, ist gegenstandslos.

Terrance hat sein Zimmer direkt über mir. Ich höre, wie er sich oben häuslich einrichtet. Es klingt so, als sei er immer noch mit Auspacken beschäftigt. Man sollte annehmen, er sei längst zu Bett gegangen. Was kann so wichtig, so dringlich sein, dass er so spät noch auf ist? Er läuft hin und her, vielleicht zwischen dem Bett, seinem Gepäck und dem begehbaren Kleiderschrank.

Er hat recht mit meinen Erinnerungen, meinen Gedanken. Er meinte, es sei verständlich, falls mir in diesen Tagen der Kopf von allem schwirrte. Seit er zurück ist und uns die Neuigkeit von meiner bevorstehenden Abreise überbracht hat, bin ich reger, lebendiger und wacher im Kopf. Vielleicht wacher denn je, als sei die Nachricht wie ein Aufputschmittel. Minute um Minute merke ich zunehmend, wie es mich verändert. Es ist ein aufregendes Gefühl, als hätte ich eine ganze Hirnregion verkümmern lassen und erst jetzt plötzlich wiederentdeckt. Genau davor hat er mich gewarnt. Er hat gesagt, es könne zu extremen Emotionen, Höhen und Tiefen kommen. Eben noch energiegeladen und leistungsfähig, könne ich im nächsten Moment mürrisch und verzweifelt sein. Wir wissen immer noch nicht viel über die Installation und über das Leben da draußen. So ist das mit derlei Neuigkeiten. Schockierenden Neuigkeiten und Zukunftserwartungen. Er hat mir geraten, es mit nichts zu übertreiben, mich nicht von meinen Gefühlen und Gedanken mitreißen zu lassen, sondern mich im Zaum zu halten.

Während ich hier allein im Dunkeln sitze, muss ich unwillkürlich an die erste Zeit mit Hen zurückdenken, als alles zwischen uns noch neu war. Ich versuche, mich nicht hineinzusteigern, doch es fällt mir schwer. Eins steht fest: Damals habe ich mir keine Sorgen gemacht. Es war einfach. Wir haben uns nicht gestritten, es gab keine endlosen Auseinandersetzungen, gefolgt von gedehntem Schweigen. Alles war neu, ich war verliebt.

Die Nachricht von meiner baldigen Abreise hat Hen schwerer getroffen als mich. Ich sehe es an ihrem Verhalten. Sie neigt zu Zweifeln, mehr als ich. Noch vor Kurzem war auch ich eher beklommen, doch jetzt … jetzt packt mich dieser Tatendrang, ich sehe eine Aufgabe vor mir, wohingegen sie zerstreut und fahrig wirkt, entweder übertrieben fürsorglich oder weggetreten.

Terrance hat recht. Ich sollte diese Tage, bevor ich gehe, nutzen, ich werde produktiv und effizient sein. Ich werde mich auf das konzentrieren, was getan werden muss.

Er läuft wieder herum, langsam hin und her. Ich höre den knarrenden Boden und noch ein seltsames Geräusch, das auch von da oben, aus seinem Zimmer kommt. Ich bin noch kein bisschen müde, und ich werde nicht einschlafen können. Ich bin überdreht. Ich werde herausfinden, was dieses Geräusch verursacht.

Ich gehe nach oben, ich klopfe an Terrance' geschlossene Tür. Sie öffnet sich ein Stück weit. Er beugt sich heraus. Er ist ohne Hemd. Genau wie ich hat er nur Boxershorts an. Er hält etwas in einer Hand. Er ist drahtig, muskulöser, als ich erwartet hätte. Er atmet schwerer als sonst, als hätte er gerade trainiert. Das lange Haar ist nicht wie sonst zum Pferdeschwanz zurückgebunden, sondern fällt ihm seitlich ins Gesicht.

»Junior. Alles in Ordnung?«, fragt er.

Er wirkt abgelenkt. Ich kann an ihm vorbei ins Zimmer sehen, lange genug, um einen Blick auf seine Ausrüstung zu erhaschen. Und da ist jede Menge, mehr, als ich dachte, mehr, als er meiner Erinnerung nach ins Haus gebracht hat.

Eine Menge Zeug haben Sie da, sage ich. Zum ersten Mal sehe ich sein gesamtes Gepäck. Ein paar Boxen. Da steht ein noch nicht ganz aufgebautes Stativ.

»Ja, hab alles reingeholt. Sollte nicht mehr lange dauern, alles startklar zu machen. Ausnahmslos Spitzenprodukte.«

Was soll das werden? Wozu soll diese ganze Ausrüstung gut sein?

»Um Informationen zu sammeln, wie gesagt. Ich muss es nur startklar machen.«

Was genau habe ich mir unter startklar vorzustellen?

»Die Sachen hier nehmen nicht viel Platz ein. Das eine oder andere Teil muss ich zusammensetzen. Hen sagt, für Dotty gibt es eine gute Stelle auf dem Speicher. Sie meint, da oben hätten wir Ruhe, perfekt.«

Dotty?

»Ach so, einer von unseren Computern. Damit werde ich die förmlicheren Befragungen aufnehmen, die wir mit Ihnen planen. Er ist ein bisschen größer, deshalb halte ich ihn dort fix und fertig bereit. Wir gehen dann einfach rauf, wenn wir ihn brauchen. Die übrige

Ausstattung ist kleiner, leichter. Sie werden sie nicht einmal bemerken.«

Ich wüsste gerne, ob Hen seine ganze Ausrüstung zu sehen bekommen hat. Ich zeige auf ein kleines Gerät in seiner Hand. Es hat etwa die Größe eines Kaffeebechers.

Was ist das?

»Ach so, das meinte ich. Das ist ein ganz normales Aufnahmegerät. Das werde ich wahrscheinlich in der Küche installieren.«

Sie wollen die Küche abhören?

»Ich stelle es so auf, dass es Ihnen nicht im Weg ist.«

Das ist immer an? Die ganze Zeit?

»Ja, sobald ich es installiert habe.«

Wieso die Küche? Kapier ich nicht. Das ist doch verrückt.

»Es geht um Datensammlung, Junior. Die Küche ist in jedem Haus ein wichtiger Ort.«

Und auch ein Ort, an dem man Privatsphäre haben sollte, finde ich. Da, wo Hen und ich morgens unseren Kaffee trinken und abends essen. Wo wir reden, zumindest früher. Das ist kein Labor.

»Wir sind um eine denkbar gründliche Datenerhebung bemüht, darauf sind wir nun mal angewiesen. Vor allem Hen zuliebe. Es geht um Wissen und Verstehen. Ach ja, wo Sie schon mal da sind, könnten Sie mir damit wohl kurz zur Hand gehen?«

Er dreht sich wieder zu seinem Zimmer um, öffnet die Tür ganz, beugt sich über eine der Boxen und holt eine lange, dünne, schwarze Metallstange heraus. Ich trete ins Zimmer.

»Hier«, sagt er. »Halten Sie die mal.«

Ich nehme die Stange. Sie ist leichter, als sie aussieht.

»Eine Sekunde, ich muss eben ein Verbindungsstück finden. Es hätte eigentlich in derselben Tasche verpackt sein müssen, war es aber nicht. Es muss hier irgendwo sein.«

Was ist das da?

»Das ist Flotsam.«

Flotsam?

»Die meisten Kameras haben Namen. Techniker-Humor. Man gewöhnt sich dran. Flotsam wird auf dem Teleskop-Boompole befestigt. Jetsam ist hier auch irgendwo.«

Sieht übertrieben aus, sage ich, und greift in die Privatsphäre ein.

»Ich bin kein Technikexperte, aber das ist alles Standard und anwenderfreundlich. Man braucht ein Informatikstudium, um es zu entwickeln, aber nicht, um es zu benutzen. Da ist sie ja«, sagt er.

Er holt eine kleine Halterung aus einer anderen Tasche.

»Ich nehme Ihnen die Stange gleich ab, einen Moment noch, wenn Sie so nett sind. Ich schraube nur schnell das Objektiv auf.«

Während er an der Kamera mit dem Objektiv hantiert, fällt mein Blick in die Tasche auf dem Boden. Jede Menge kleinere Ausrüstungsgegenstände, ein paar Ersatzteile, wie mir scheint, Zubehör, Klemmen. Und dann springt mir unter all dem Metallkram etwas ins Auge, ein Foto. Kein Screen, sondern ein altes Papierfoto, ein Abzug.

»Bestens«, sagt er, tritt neben mich und zieht mit einem Ruck den Reißverschluss zu. »Hier, jetzt brauche ich die«, sagt er und nimmt mir die Stange aus der Hand.

Ich bin mir nicht sicher, vielleicht bin ich auch nur müde, doch ich glaube, das war ich. Auf dem Foto. Aber nicht von jetzt, das hier muss eine Weile her sein, viele Jahre, um genau zu sein. Ich erkenne mich kaum wieder, dennoch weiß ich, dass ich das war. Ich, wie ich dastehe, die Arme an der Seite, in einem blau-weiß karierten Hemd. An dieses Hemd kann ich mich nicht erinnern. Auch nicht daran, dass jemals ein solches Foto von mir gemacht wurde. Hat sich seitdem so viel verändert?

Terrance hat seinen Boom zusammenmontiert, den er neben das Bett legt.

»Also, eigentlich kann ich das morgen alleine fertig machen«, sagt er und drängt mich in den Flur. »Danke für die Hilfe.«

Gern geschehen, sage ich. Ich hab mir eingebildet, von hier oben, aus Ihrem Zimmer etwas zu hören, deshalb bin ich raufgekommen.

»Tut mir leid, Kumpel. Ich kann's nur kaum erwarten, alles startklar zu machen. Hab ich Sie damit geweckt?«

Ich hatte noch nicht geschlafen.

»Ich werde jetzt leise sein. Ich glaube, wir beide, Hen und ich, gingen einfach davon aus, dass Sie nichts davon mitbekommen, da unten. Und ich arbeite gerne nachts. Es hilft mir beim Einschlafen.«

Bereitet Ihnen das Stress?

»Nein, nein. Kein bisschen. Machen Sie Witze? Ganz im Gegenteil. Im Ernst, ich find's aufregend. Ich find's fantastisch. Sie machen sich toll.«

Ich versuche, noch einmal an ihm vorbei einen Blick ins Zimmer zu werfen, doch so, wie er in der Tür steht, kann ich nichts sehen. Er blockiert mir die Sicht.

»Ich bin hier ja neu. Ein ungewohntes Bett. Und mit der Hitze haben Sie nicht übertrieben. Ich stelle fest, dass ich weniger Schlaf brauche als die meisten. Ich hege den Verdacht, dass Schlaf überschätzt wird, zumindest gilt das für mich.«

Jeder braucht Schlaf.

»Finden Sie? Interessant.« Er tritt zu mir in den Flur und zieht die Tür hinter sich zu.

»Ist eine interessante Sache«, sagt er, »das mit dem Schlaf. Er ist ineffizient. Es gibt immer Spielraum, um Menschen effizienter zu machen. Essen, Austausch, Schlaf – wenn wir nun auf all das verzichten könnten?«

Aber wozu? Wozu sollten wir das tun? Wieso sollte es uns besser machen, auf das alles zu verzichten?

Er schweigt einen Moment, überlegt. Als er das Wort ergreift, spricht er langsam und mit Bedacht.

»Es geht um Effizienz. Das würde den Prozess der Evolution beschleunigen. Wenn es sowieso darauf zusteuert, wieso helfen wir dann nicht ein bisschen nach?«

Und? *Helfen* Sie ein bisschen nach?, frage ich. Kommt mir eher wie eine Einmischung vor.

»Ich bin froh, dass Sie fragen, denn wir müssen unsere Einstellung zur Evolution überdenken.« Er legt sich die Hand an die Brust. »Die einzige konstante Eigenschaft unseres Menschseins besteht darin, uns laufend anzupassen. Das tun wir unablässig. Also versuchen Sie, sich vorzustellen, dass wir in tausend Jahren nicht mehr Schlaf brauchen als vielleicht zwanzig Minuten pro Nacht: Das wäre ein echter Fortschritt. Wenn wir nun aber schneller dahin kommen könnten, na ja, ich finde, es ist unsere Pflicht, es zu versuchen. Wir müssen Grenzen sprengen. Überlegen Sie nur mal, was wir mit sechs oder sieben Stunden extra am Tag alles anfangen könnten. Das ist verblüffend.«

Ich weiß nicht, ob ich es verblüffend oder besorgniserregend finden soll.

Das ist Ihr Gebiet, Ihr Fachgebiet. Ich kann mich für die Art von Fortschritt, die Sie da beschreiben, einfach nicht erwärmen. Schlaf gehört zu den Dingen, ohne die wir nicht auskommen, und das ist für mich in Ordnung. Ich bin dran gewöhnt. Ich kenn's nicht anders.

Terrance lacht, als ich das sage. Er lacht aus vollem Halse, so wie ich ihn noch nie lachen gehört habe.

»Die Frage, wieso wir schlafen müssen, ist bis heute nicht endgültig geklärt. Aber ich kann Ihnen versichern, dass wir dazu forschen, intensiv.«

Wir schlafen, um auszuruhen. Damit sich unser Körper erholen kann. Und wir träumen.

»Träumen, ja. Träumen Sie viel?«

Tut das nicht jeder?, entgegne ich.

»Schlaf könnte vielfältigen Zwecken dienen. Es könnte darum gehen, unser Gehirn zu entrümpeln, damit es neue Informationen aufnehmen und verarbeiten kann, so wie Sie zum Beispiel in den letzten Tagen. Wir müssen zwischen den Neuronen in unserem Gehirn

Synapsen bilden. Dazu bedarf das Gehirn der Ruhephasen.«

Er spricht fast im Flüsterton, als könnte unsere spontane Diskussion Hen aufwecken. Sie schläft am anderen Ende des Flurs, aber ihre Tür ist angelehnt.

»Wir könnten nicht funktionieren, wenn wir nicht den weitaus größten Teil neuer Informationen, mit denen wir im Lauf des Tages überflutet werden, vergessen würden. Mit anderen Worten, Junior, schlafen wir, um zu vergessen.«

Ich denke über seine Worte nach.

Ich will aber nicht vergessen, sage ich.

»Eben«, sagt er und erhebt unwillkürlich die Stimme, »dann sind wir uns ja einig. Sehen Sie? Genau deshalb forschen wir über Schlaf und Gedächtnis. Und Sie spielen bei alledem eine ganz und gar wichtige Rolle. Auch wenn Sie nicht bis ins Letzte wissen, wieso, sind Sie für uns überaus wertvoll.«

Vom ersten Moment an, schon bei seinem ersten Besuch, versucht er, mir das Gefühl zu geben, etwas Einmaliges zu sein. Aber das verfängt bei mir nicht.

Ich will einfach nur, was für meine Frau und mich das Beste ist, mach ich ihm klar. Ich möchte rechtschaffen leben, als anständiger Mensch, etwas Gutes bewirken, und sei es noch so klein.

»Sie wollen etwas Bleibendes hinterlassen.«

Ja, schätze schon.

»Nun, da machen Sie sich mal keine Sorgen. Glauben Sie mir, Sie leisten einen bedeutenden Beitrag. Sie ahnen nicht, wie unverzichtbar, wie wertvoll Sie sind. Doch fürs Erste sollten Sie wissen, dass Sie reichlich schlafen sollten, um ausgeruht zu sein, erst recht seit Ihrem Unfall.« Er legt eine Pause ein. »Das gehört zwar nicht ganz zum Thema, aber denken Sie je über das Bewusstsein nach?«

Bewusstsein? Nein, eigentlich nicht.

»Aber Sie haben eine Vorstellung davon, oder? Davon, was es ist. Die lebendige Welt in Ihrem Kopf, die sich von meiner und von Hens unterscheidet. Ich will hier nicht herumstussen, aber seit Descartes sind wir uns dieser zwei verschiedenen Bereiche bewusst – Geist und Materie.«

Verstehe, sage ich, schon klar. Ich hab mir darüber bis jetzt nicht viel Gedanken gemacht, aber es ist interessant.

»Gut, gut. Ich bin froh, dass Sie auch so denken. Ich weiß, es ist schon spät, aber wo wir schon mal reden, kann ich Sie was fragen?«

Jetzt flüstert er wieder. Ich habe Mühe, ihn zu hören, obwohl wir dicht beieinanderstehen.

Was möchten Sie mich fragen?

»Wenn Hen« – er richtet den Blick auf unser Schlafzimmer – »haargenau so wäre, wie sie ist, aber in einer bestimmten Hinsicht physisch ein bisschen weniger attraktiv, was meinen Sie? Hätten Sie Ihre Frau auch dann geheiratet?«

Die Frage erwischt mich eiskalt, aber das will ich mir nicht anmerken lassen, und so zögere ich mit meiner Antwort keinen Moment.

Selbstverständlich, sage ich. Ich liebe Hen. Sie ist meine Frau. Sie wird für immer mit mir zusammen sein. Ich habe sie immer geliebt. Ich werde sie immer lieben.

»Das weiß ich. Ich weiß. Ich bezweifle nicht, dass Sie Ihre Frau sehr lieben. Aber darauf wollte ich eigentlich nicht hinaus. Sind Sie sicher, dass Sie sie auch dann geheiratet hätten? Sich für den Rest Ihres Lebens an sie gebunden hätten? Überlegen Sie mal. Bedeutet Ihnen ihr Äußeres denn nichts? Wollen Sie das behaupten? Dass ihr Aussehen unwichtig ist?«

Die Frage ist so taktlos und direkt, dass sie den Rahmen unserer bisherigen Unterhaltung sprengt. Ich merke, wie mir der Schweiß den Rücken herunterläuft.

Ich sage ja nur, dass sie für mich ganz klar immer noch Hen wäre.

»Sind Sie sich da ganz sicher? Wäre sie dann die Hen, in die Sie sich verliebt haben? Oder mal andersherum gefragt: Was wäre, wenn sie genauso aussähe wie jetzt, aber weniger intelligent? Wäre sie dann immer noch Hen?«

Das ist mir zu blöd, das ist eine blöde Frage. Hen ist Hen.

Ich habe einen stechenden Schmerz in der Schulter und fasse mit der Hand hin. Er beobachtet mich und macht mir einmal wieder bewusst, dass er hier ist, um mich zu überwachen und Neues über mich zu erfahren.

»Tut mir leid. Ich sollte Sie nicht vom Schlafen abhalten. Das ist unfair von mir. Ich werde leise sein. Kein Lärm mehr heute Nacht, versprochen.«

Mir kommt der Gedanke, dass dies der richtige Augenblick ist, um ihn etwas zu fragen, etwas, das mir zu schaffen macht, seit Hen es aufgebracht hat.

Haben Sie irgendwelche seltsamen Geräusche gehört? So was wie ein leises Kratzen in den Wänden?

»Nein«, sagt er. »Alles in Ordnung?«

Klar, ich dachte nur. Gute Nacht.

»Schlafen Sie gut, Junior. Großer Tag morgen, großer Tag. Und vergessen Sie nicht: Bald ist unsere Beobachtungsphase vorbei, und dann brauchen Sie sich nie wieder um irgendetwas Gedanken zu machen. Versprochen. Es wird für alles gesorgt. Halten Sie nur noch ein bisschen durch. Nur noch ein paar Tage.«

Er kehrt wieder ins Zimmer zurück und zieht mit einem leisen, kaum hörbaren Klicken die Tür hinter sich zu.

»Guten Morgen, Junior.«

Ich öffne die Augen, blinzle einige Male.

»Wie haben Sie geschlafen?«

Terrance steht grinsend, frisch und ausgeruht vor mir. Er hält einen Becher Kaffee in der Hand. Ich rieche ihn. Er hat meinen Lieblingsbecher.

Morgen, sage ich und schiele zu ihm hoch. Wie spät ist es?

»Kurz vor acht. Ich dachte, wir lassen Sie heute ein bisschen länger schlafen. Wie geht's der Schulter?«

Gut, sage ich. Wo ist Hen?

»Zur Arbeit gegangen. Sie ist vor ungefähr zehn Minuten los. Nur wir beide sind im Haus, Kumpel.«

Ich richte mich auf und zucke von den Schmerzen in der Schulter zusammen. Terrance reicht mir den Becher. Der Kaffee ist heiß, stark, so, wie ich ihn mag. In der Nacht hätte ich nie gedacht, dass ich in diesem Sessel einschlafen kann. Als ich wieder herunterkam, war ich hellwach. Ich bin im Dunkeln herumgelaufen, kurz mal vor die Haustür getreten. Ich bin im Wohnzimmer herumgetappt. Ich konnte nicht entspannen. Ich war rastlos. Ich habe mit dem Gedanken gespielt, raufzugehen, um zu sehen, ob Hen vielleicht auch wach liegt. Aber da von oben nichts zu hören war, habe ich es mir anders überlegt.

Schließlich habe ich mich wieder in den Sessel gesetzt und die Augen geschlossen. Ich habe auf das Haus gehorcht. Ich weiß nicht, ob ich überhaupt geschlafen habe, muss ich aber wohl, wenigstens ein Weilchen.

»Sie schliefen so fest, und wir dachten, wir wecken Sie zum Frühstück, aber das haben Sie auch verschlafen. Keine Albträume?«

Nein, sage ich. Wieso sollte ich?

Er antwortet nicht.

»Gut?«, fragt er. »So richtig?«

Was?

»Der Kaffee. Stark, mit Zucker und Sahne. So trinken Sie ihn doch?«

Woher wussten Sie das?

»Von Hen.«

Er ist gut, sage ich.

»Und die hier, nicht vergessen«, sagt er und reicht mir eine Pille.

Ich nehme sie widerwillig entgegen und spüle sie mit einem Schluck herunter. Ich gähne und rappele mich vom Sessel auf. Ich trete ans Fenster und blicke hinaus. Wieder ein heißer, sonniger Tag. Der gewohnte, dichte Morgendunst. Vielleicht gibt es ein Gewitter. Hoffentlich. Senkt die Luftfeuchtigkeit.

Ich greife zu meinem Screen und schalte den Wetterbericht ein.

Unveränderte Temperatur, weiter ansteigende Luftfeuchtigkeit.

Terrance beobachtet mich, sieht mir zu, wie ich den Wetterbericht höre. Er redet dazwischen.

»Bei solcher Schwüle hilft das Schwitzen wenig«,

sagt er. »Bedauerlich, dass wir keine bessere Möglichkeit haben, uns abzukühlen.«

Schon jetzt schwitze ich an den Schläfen. Im Lauf des Tages wird es nur schlimmer werden. Je mehr er darüber spricht, desto mehr bin ich mir dessen bewusst.

Ich sollte zusehen, dass die Hühner ein bisschen Korn bekommen, sage ich und knöpfe mir das Hemd zu.

»Schon erledigt.«

Ich bleibe stehen.

»Ich dachte mir, wo ich schon mal auf bin, kann ich mich nützlich machen.«

Sie haben die Hühner schon gefüttert? Das ist meine Aufgabe.

»Schon gut. Kein Problem. Ich hab's Ihnen zuliebe getan. Die waren ganz schön gierig. Ich weiß, es ist immer noch früh, aber uns bleibt nur begrenzte Zeit, und ich hatte gehofft, wenn ich Ihre Arbeiten übernehme, können wir sofort loslegen.«

Sie meinen, mit einem Gespräch?

»Jetzt, wo Hen gegangen ist, sind wir ungestört.«

Ich wünschte, er hätte das gestern Abend erwähnt, dass wir so früh loslegen würden. Ich wäre lieber zur Scheune gegangen, um mal wegzukommen.

Gut, sage ich.

»Haben Sie schon Hunger? Oder reicht Ihnen vorab der Kaffee? Hen meinte, Sie trinken erst mal Ihren Kaffee und frühstücken später.«

Der Kaffee genügt, sage ich. Aber ich geh besser erst mal aufs Klo.

»Klar. Sicher, sicher. Ich warte dann hier. Lassen Sie sich Zeit.«

Ich bin ihm entkommen. Ich habe einen Weg gefunden, von ihm wegzukommen, wenigstens für einen Moment. Von den Fragen, der Aufmerksamkeit, davon, ewig angestarrt zu werden. Es ist eine Erleichterung, einmal allein zu sein, selbst in unserer engen Toilette.

Ich betrachte mein Spiegelbild. Da bin ich, so wie immer, aber irgendwie mit hängenden, müden Zügen. Ich sehe gealtert aus. Im Waschbecken entdecke ich ein langes blondes Haar. Nur eins. Es sollte mich nicht weiter stören. Ich habe mir schon die Zähne geputzt, etwas kaltes Wasser ins Gesicht gespritzt. Ich sehe aus, als hätte ich keinerlei Schlaf bekommen. Die Energie, die ich gestern in mir spürte, ist über Nacht verflogen. Ich greife nach dem Haar und halte es ans Licht. Ich sehe es mir näher an, drehe es zwischen den Fingern. Ich lasse es in die Toilette fallen. Ich knie mich hin. Ich gehe mit dem Gesicht so dicht wie möglich an die Bodenfliesen heran, um zu sehen, ob da noch mehr Haare sind. Fast berühre ich die Kacheln mit der Nasenspitze. Nichts. Ich wechsle die Stellung, spähe hinter die Kloschüssel, streiche mit der Hand um den Sockel, als suchte ich nach einem verloren gegangenen Ring. Die Rückseite fühlt sich kühl an den Fingern an, und vom Kondenswasser, das an den Seiten feine

Tröpfchen bildet, feucht. Das WC schwitzt wie wir alle.

Abgesehen von dem Haar, deutet hier drinnen nichts auf seine Anwesenheit hin. Terrance hat nicht seine Zahnbürste in unseren Halter gesteckt. Das ist gut. Das Handtuch, das Hen ihm gegeben hat, hängt nicht bei den anderen. Er muss es in sein Zimmer mitgenommen haben. Scin Zimmer grenzt direkt ans Bad, an die Wand mit dem WC. Wahrscheinlich fragt er sich, weshalb ich hier oben so lange brauche. Ich drehe den Hahn wieder auf und lasse Wasser laufen.

Ich stehe vor dem Klo und pinkle. Ich spähe hinein, bevor ich spüle. Es ist ein dunkles Gelb. Ich muss dehydriert sein. Ich sollte mehr trinken.

Ich wasche mir die Hände. Ich öffne den Spiegelschrank und hole die Rolle Zahnseide heraus. Hen benutzt sie regelmäßig, behauptet sie zumindest, ich nicht oft. Ich klappe das Schränkchen zu und ziehe einen langen Faden heraus. Dann wickle ich ein Ende um den Zeigefinger und blicke in den Spiegel.

Nun wickle ich das andere Ende um den rechten Zeigefinger und führe es an den Mund. Ich mache ihn weit auf. Ich klemme den Faden in einen Zahnspalt weit hinten und drücke ihn kräftig bis aufs Zahnfleisch herunter. Mit zunehmendem Druck ziehe ich den Faden vor und zurück. Ich mache so lange weiter, bis es sich unangenehm anfühlt, bis ich den metallischen Geschmack von Blut auf der Zunge habe. Doch ich höre nicht auf, sondern mache weiter. Noch energischer. Aus Missbehagen wird Schmerz, mir treten Tränen in die Augen, mein Mund füllt sich mit Blut. Ich spucke ins Becken und sehe zu, wie die Mischung aus Blut und Speichel in den Abfluss sickert.

Ich weiß, dass ich mich beim Anblick meines eigenen Bluts auf dem weißen Porzellan schämen oder angewidert fühlen sollte, tue ich aber nicht. Ich fühle mich gut. Ich fühle mich wach, rege und munter.

Ich komme aus dem Bad, als sei alles ganz normal. Terrance scheucht mich auf den Speicher hoch. Ohne ein Wort geht er hinter mir. Da wird er die Befragung durchführen, die Befragung, die mir widerstrebt. Ich will ihn nicht dahaben, hier in meinem Haus, auf meinem Grund und Boden. Ich will seine Fragen nicht beantworten, doch ich habe das Gefühl, dass mir nichts anderes übrig bleibt. Er tut so, als hätte ich eine Wahl, aber stimmt das? Kann ich mich wirklich dagegen entscheiden?

»Also, Junior, sagen Sie, wenn Sie so weit sind. Die Kameras sind bereit. Können Sie bitte kurz was sagen? Ich richte den Ton noch ein.«

Der Dachboden ist der heißeste Ort im Haus. Ich verstehe nicht, wie Terrance auf die Idee kommen konnte, hier oben sei es am besten. Hier ist zwar reichlich Platz, und es ist ruhig, aber auch unten gibt es schließlich wenig, was uns ablenken könnte.

Er hat bereits zwei Klappstühle für uns aufgestellt. Das Seltsamste ist die Anordnung der Stühle. Statt dass wir einander gegenübersitzen, blicke ich zur Wand, und Terrance ist hinter mir. Er fordert mich auf, Platz zu nehmen und mich zu entspannen. Ich setze mich und höre, wie er sich auf dem Stuhl in meinem Rücken niederlässt. Ich kann ihn nicht sehen, nur hören. Ein einziges Objektiv ist seitlich auf mich gerichtet.

Was soll ich denn sagen? Können Sie mich hören? Hallo, hallo.

»Perfekt, ich hab's. Keine Sorge, Junior, alles gut, Aufnahme läuft. Okay, dann erzählen Sie mal.«

Ich will, dass du verschwindest. Ich bin nicht dein Freund. Ich will, dass du gehst, denke ich im Stillen. Mach, dass du aus meinem Haus kommst.

Was denn?, frage ich.

»Egal, was Ihnen so einfällt. Im Ernst, irgendwas.«

Ich weiß nicht. Was wollen Sie denn hören?

»Zum Beispiel was über die Arbeit? Wo Sie arbeiten; was Sie da machen, Junior.«

Er weiß doch längst, was ich mache, aber ich soll ihm wohl mehr Einzelheiten erzählen.

Wenn ich nicht verletzt bin, so wie jetzt, arbeite ich im Futtermittelbetrieb, fange ich an. Vorwiegend ist mein Platz im südlichen Trakt an der Laderampe, das ist mein Posten.

Ich lege eine Pause ein. Ich weiß nicht, was ich noch sagen soll. Viel mehr will ich nicht sagen.

»Geht es etwas genauer? Ich höre zu, aber ich werde nicht reden. Erzählen Sie mir einfach mehr. Was Ihnen gerade in den Sinn kommt.«

Das Getreide kommt jeden Tag herein, zu allen Tageszeiten. Ich hätte auch eine andere Stelle annehmen können, ich hätte um einen weniger anstrengenden Job bitten können, bei dem ich weniger heben muss, aber ich bin an körperliche Arbeit gewöhnt. Ich mag harte Arbeit. Ich sitze nicht gern den ganzen Tag herum oder vertrödle meine Zeit, wie manche das tun. An den Vormittagen ist in der Fabrik am meisten los, die gehen am schnellsten rum. Ich hab schon immer gesagt, es ist besser, sich zu beschäftigen, als untätig zu sein.

»Großartig, Junior. Erzählen Sie mehr.«

Wollen Sie etwas über das Getreide wissen?, frage ich.

»Ja, sicher. Was ist mit dem Getreide?«

Es wird entweder in Säcken oder lose geliefert. Mit den Säcken kommt man am besten zurecht. Sie werden auf Holzpaletten von den Lkw abgeladen. Die Paletten transportiere ich eine nach der anderen mit einem Gabelstapler, von der Laderampe zum Schacht. Alles kommt zuerst zum Schacht. Von dort aus wird es getrennt und weitertransportiert.

Das lose Getreide kommt in Fülltrichter, dann wird es in Säcke abgefüllt. Das geschieht in der Abfüllanlage. Das ist leichte Arbeit, bei der man nicht denken muss. Wenn man nicht aufpasst, setzt einem die Langeweile ganz schön zu. Und es stäubt. Man merkt es vielleicht gar nicht, aber dieser Staub legt sich wie eine dünne Schicht über alles. Man kann wahnsinnig werden beim Einsacken von Getreide.

»Können Sie sich an eine Zeit erinnern, als es in der Gegend hier noch Farmen gab, mit Tieren?«

Ich überlege.

Nein, sage ich.

»Diese landwirtschaftlichen Großbetriebe können ziemlich abstoßend sein, oder?«

Die Geflügelfarmen sind am schlimmsten.

»Waren Sie mal auf einer?«

Nein, antworte ich, aber ich hab's mir sagen lassen. Sie müssen grauenhaft sein.

»Tatsächlich?«

Sie stopfen jedes Gebäude mit so vielen Vögeln voll, das ist nicht richtig. Sie haben da Aufzüge, Dutzende Geschosse, auf denen die Vögel übereinander vegetieren. Da ist null frische Luft, kein natürliches Licht. Sie sollten eigentlich belüftet werden, aber das geschieht nicht.

»Sie wissen eine Menge über diese Dinge.«

Ja, vermutlich schon. Man lernt eine Menge vom Zuhören. Die Lüftungsanlagen sind ständig kaputt und werden nicht repariert. Ist ihnen egal, die Lüftung, das Licht, die Vögel.

»Sie reden also bei der Arbeit über solche Dinge? Haben Sie so davon erfahren?«

Ich rede nicht viel bei der Arbeit, normalerweise nicht. Aber ich höre zu.

»Und die Männer, mit denen Sie arbeiten, die erzählen Ihnen Geschichten?«

Ja, schon. Ich bekomme dies und das mit.

»Das sind also Berichte aus erster Hand. Und auf dieser Grundlage bilden Sie sich Ihre eigene Meinung? Ihr eigenes Urteil? Oder würden Sie sagen, Sie übernehmen die Urteile von Ihren Arbeitskollegen?«

Einer der Männer, der früher auf einer Geflügelfarm gearbeitet hat, der hat mal gesagt, die Gehirne von Hühnern seien kleiner als ein menschlicher Daumen. *Es ist das Vorrecht des Menschen, dass sein Gehirn groß genug ist, um über das Geschick anderer Geschöpfe zu entscheiden.* Das hat er gesagt. Dann hat er gelacht.

»Hat er Ihnen noch mehr erzählt?«

In diesen Betrieben sind Ausbrüche von Bakterien-

oder Pilz-Infektionen keine Seltenheit. Die Tiere leiden alle unter Lethargie und Orientierungslosigkeit. Solange sie sich in den Geflügelställen aufhalten, müssen die Arbeiter Atemmasken, Schutzbrillen und Handschuhe tragen. Da schwirren alle möglichen mikroskopisch kleinen Parasiten herum, die das Geflügel, egal welcher Art, schädigen. Die wenigsten Vögel, wenn überhaupt welche, sind gesund.

»Was meinen Sie, wieso Sie mir davon erzählen?«

Keine Ahnung, sage ich, nachdem ich über seine Frage nachgedacht habe.

»Das ist interessant, Junior. Wirklich. Haben Sie mit Hen schon mal darüber gesprochen? Oder kommt Ihnen diese Information, diese Erinnerung nur gerade in diesem Moment wieder hoch?«

Keine Ahnung, sage ich. Ich höre, wie er hinter mir auf seinem Screen irgendwelche Geräusche macht. Aber er sagt nichts.

»Sie müssen glücklich sein, in der Fabrik zu arbeiten. Klingt so, als wären Sie da gut aufgehoben.«

War ich glücklich? Bin ich es? Kann sein, denke ich. Wie fühlt man sich bei der Arbeit? Wir arbeiten, weil wir müssen.

Es ist immer nur Getreide, Futter, Getreide, sage ich. Den ganzen Tag. Da vergeht einem die Zeit. Das hab ich eigentlich immer gut gefunden. Bis vor Kurzem. Jetzt bin ich mir da nicht mehr so sicher. Ist es gut? Dass einem die Zeit verfliegt? Und erst vor Kurzem habe ich deshalb auf einmal anders über die Zeit nachgedacht. Wieso leben wir in der Zeit, in der wir leben? Was, wenn –

»Das reicht fürs Erste, Junior. Danke. Das haben Sie sehr gut gemacht. Noch eine letzte Frage, dann können Sie eine Pause einlegen. Würden Sie einen Moment die Augen schließen?«

Ich mache sie zu.

»Gut. Können Sie jetzt sehen?«

Sie haben doch gerade gesagt, ich soll die Augen schließen.

»Ich weiß, aber so war es nicht ganz gemeint. Überlegen Sie mal, worum ich Sie bitte. Können Sie auch mit geschlossenen Augen noch etwas sehen?«

Ich kann Sie nicht sehen. Auch sonst nichts hier oben.

»Das ist mir klar. Können Sie trotzdem irgendetwas sehen?«

Ich warte. Ich halte die Augen geschlossen. Ich bemühe mich, den Kopf freizubekommen. Ich konzentriere mich. Was soll ich denn sehen?

Ja, sage ich. Kann ich.

»Und was?«

In diesem Moment?

»Ja, in diesem Moment.«

Hen.

Terrance macht mir Zeichen, dass unser Plauderstündchen vorbei ist. Ich stehe auf und gehe nach unten. Die Befragung hat mich geschlaucht, deprimiert, durcheinandergebracht. Die Atmosphäre war unerwartet angespannt. Ich hatte eigentlich nicht vorgehabt, so viel zu reden. Doch als ich erst einmal auf dem Stuhl saß, war ich nicht mehr zu bremsen. Seine Fragen, sein Schweigen, wie gezielt eingesetzt, um die gewünschten Informationen aus mir herauszuholen. Je mehr ich ihn um mich habe, desto weniger traue ich ihm.

Draußen folge ich unserem schmalen Trampelpfad zur Scheune. Ich hake die Kette aus, hebe den Holzriegel hoch und betrete die Scheune. Die Hühner laufen so wie immer ziellos herum. Manche spähen zu mir hoch, andere tun so, als sei ich Luft. Auch wenn es nicht nötig ist, fülle ich ihr Körnerfutter auf. Ich merke, wie sich in meinem Kopf die Gedanken weiter jagen, und ich fühle mich nicht besser, sondern schlimmer. Mir tut die Schulter weh. Wieso habe ich ihm von diesen Geflügelfarmen erzählt? Ich betrachte meine eigenen Hühner. Sie werden nicht wie die auf den Farmen gequält. Diese Hühner hier werden ordentlich gefüttert. Sie werden gut versorgt. Sie haben Platz. Freiheit.

Durch das einzige kleine Fenster in der Scheune spähe ich zum Haus hinüber. Oben in Terrance' Zimmer bewegt sich etwas. Er ist da drinnen. Ich sehe so lange hinüber, bis seine Jalousie heruntergeht. Ich bin froh, dass ich die Scheune habe. Ich bin froh, dass ich diesen Rückzug hier habe, wenn ich nicht drüben im Haus sein will, wenn ich meine Ruhe brauche und mit meinen Gedanken allein sein will. Ich bin froh, dass ich mich um die Hühner kümmern muss, dass ich so gewissenhaft für sie sorge. Ich kenne sie gut. Sie sind mir vertraut, vorhersehbar.

Ich schlendere an der Rückseite der Scheune entlang und wandere von dort in die Rapsfelder weiter. Diese Sitzung mit Terrance hat in mir etwas ausgelöst, das immer noch weiterarbeitet. Müssen wir nicht als Individuen selbst über unser Leben entscheiden und uns einbringen, um ein nützliches Mitglied der Gesellschaft zu sein? Brauchen wir nicht ein Mindestmaß an Herausforderung und Entfaltung?

Das bringt mich unwillkürlich auf die Installation. Ist das meine Berufung? Meine Herausforderung? Ist das die Entfaltungsmöglichkeit? Wenn nun jemand anders an meiner Stelle ausgewählt worden wäre? Dann hätte mein Leben natürlich eine andere Richtung genommen. Und wenn ich nun gar nicht durch ein Losverfahren dazugekommen wäre? Wenn es in Wahrheit beschlossene Sache gewesen wäre? Ich sollte Terrance zur Rede stellen, zur Abwechslung säße dann er einmal auf dem Schleudersitz.

Als ich wieder ins Haus komme, ist Terrance immer noch oben. Ich rufe nach ihm.

Hallo!

Keine Antwort.

Ich gehe zu meinem Sessel im Wohnzimmer hinüber. Ich greife zu meinem Screen. Ohne lange zu überlegen, rufe ich Hen bei der Arbeit an. Beim dritten Klingelton meldet sie sich.

Hey, sage ich. Ich bin's.

»Was gibt's? Du rufst mich doch sonst nicht bei der Arbeit an. Was ist los?«

In ihrem Ton schwingt Besorgnis mit.

Wir haben heute Vormittag eine Weile geredet, sage ich, das heißt, ich habe geredet. Terrance hat mich zum Reden gebracht. Ausgiebig. Jetzt ist er oben in seinem Zimmer. Hen, das ist mir nicht geheuer, das alles ist mir nicht geheuer. Ich weiß nicht, was da läuft. Was da mit mir geschieht. Und mit ihm. Mit dem Ganzen hier.

»Wieso nicht geheuer? Worüber habt ihr denn gesprochen?«

In erster Linie über die Arbeit. Aber es war … seltsam. Ich hab einfach nur versucht, ihm zu erzählen, was er hören wollte. Und ich hab versucht, mich zu entspannen und zu sagen, was mir in den Sinn kam. Ich verstehe nur nicht, was das Ganze soll.

Sie schweigt. Sie sagt nichts, doch ich höre Geräusche im Hintergrund, wahrscheinlich ihre Kollegen.

Wie läuft's bei der Arbeit?

»Viel zu tun«, sagt sie. »Nichts Neues.«

Ich habe nachgedacht. Vielleicht sollten wir jemandem von dem, was hier läuft, erzählen. Von Terrance, wieso er hier ist, und über OuterMore und wo ich hinsoll.

»Ich weiß nicht, ob das eine so gute Idee ist«, antwortet Hen.

Wieso nicht? Ist es dir denn geheuer, dass –

Ich höre ein Knarren und drehe mich um. Terrance steht hinter mir, nur ein paar Schritt von mir entfernt. Ich hatte keine Ahnung, dass er heruntergekommen ist. Bis gerade eben hat er kein Geräusch gemacht.

»Junior? Was hast du?«, fragt sie.

Nichts. Ich mach dann mal besser Schluss.

»Okay, bis dann.«

Ich trenne die Verbindung und lege das Screen wieder auf den Tisch.

»Wie geht's den Hühnern?«

Er weiß, wo ich gewesen bin. Wahrscheinlich hat er mich die ganze Zeit überwacht, hat gesehen, wie ich das Haus verlasse, wie ich die Eingangstreppe hinuntergehe, zur Scheune hinüber und hinein. Zu dem Zweck ist er hier.

Die Hühner sind wie immer, sage ich. Ich hab ihnen noch etwas Futter gegeben.

»War das Hen, mit der Sie gerade gesprochen haben?«

Ja.

»Rufen Sie Hen öfter am Arbeitsplatz an?«

Kommt drauf an, aber nein, eher selten.

»Alles in Ordnung?«

Sicher. Sie hat viel zu tun.

»Wir müssen alles daransetzen, dass es ihr gut geht. Das ist wichtiger als alles andere. Ihnen sag ich das offen, Junior, aber das bleibt unter uns. Oft trifft es nämlich in einer solchen Situation den zurückbleibenden Partner am schwersten.«

Na ja, das ist verständlich, sage ich. Kommt ja nicht alle Tage vor.

»Wohl wahr. Diese Situation ist belastend, ungewiss, neu. Wir haben eine Menge Forschung in die Frage investiert, wie sich eine etwaige längere Abwesenheit auf die Partner auswirkt. Und da schneie ich hier so bei Ihnen herein, bringe Ihren Alltag durcheinander. Deshalb wollte ich unter vier Augen mit Ihnen sprechen, um mit Ihnen zu verabreden, dass wir bei allem Hens Wohlergehen im Auge haben. Sollten Sie also das Gefühl haben, dass sie sich eigenartig verhält oder etwas zu Ihnen sagt, das Sie verdutzt, geben Sie mir am besten Bescheid. Sofort. Hat sie etwas Ungewöhnliches zu Ihnen gesagt?«

Nein, sage ich.

»Gut. Ach ja, Junior, tut mir leid, vor unserer Sitzung heute Morgen habe ich noch was vergessen. Meine Schuld. Keine große Sache, aber am besten erledigen wir das gleich. Dauert keine Minute.«

Was denn?

»Wie gesagt, Kleinigkeit. Ich muss nur etwas bei Ihnen anbringen. Einen winzigen Sensor.«

Zwischen zwei Fingern hält er einen hellbraunen Sticker hoch. Er ist dünn, klein, nicht viel größer als eine Münze, und ähnelt einem runden Heftpflaster, biegsam und weich.

»Es ist leicht und völlig harmlos. Sie werden es gar nicht spüren.«

Ich will das nicht tragen, sage ich.

»Ist wirklich nichts dabei. Aber es ist wichtig. Es überwacht Ihren Blutdruck, Ihre Herzfrequenz, solche langweiligen Dinge.«

Und wie lange soll ich das dran lassen?

Er tritt hinter mich. »Keine Minute, und Sie haben vergessen, dass es überhaupt da ist, glauben Sie mir.«

Ich bekräftige meine Weigerung, doch da hat er mir den Sensor schon fest in den Nacken gedrückt, direkt unter dem Haaransatz. Die Stelle fühlt sich warm an, verbunden mit einem leichten Zwicken. Ich hebe die Hand und taste danach.

»Das war's auch schon. Weiter nichts. Ist erledigt.«

Und hält das? Oder löst es sich, wenn ich schlafe oder auch unter der Dusche?

»Da passiert nichts. Das bleibt dran. Vergessen Sie's einfach.«

Okay, sage ich, ohne die Hand von dem weichen Scheibchen am Hals zu nehmen.

»Ich hoffe, Sie sind mir nicht böse, aber ich habe Sie eben mit Hen am Telefon gehört. Meine unmaßgebliche Meinung: Es wird das Beste sein, wenn Sie über das hier Stillschweigen wahren, vorerst zumindest. Man weiß nie, wie andere reagieren, wenn sie hören, was für ein Glückspilz Sie sind. Schließlich ist hier weit und breit nicht viel los, daher könnten Sie damit für Unmut sorgen. Eifersucht ist unter solchen Umständen eine weitverbreitete Reaktion. Ist einfach menschlich.«

War nur so ein Gedanke, sage ich.

»Außerdem«, fügt er hinzu, »ist es eine Art Spiel, ein Geheimnis zu bewahren. Das hier ist unser Spiel, okay? Sehen Sie's einfach mal so. Nur ein Spiel. Und Spiele sollen einem Spaß bereiten.«

Terrance lässt mich ein Weilchen in Ruhe, »ein bisschen Zeit, um mich zu sammeln«. So sitze ich seit vielleicht einer Viertelstunde oder zwanzig Minuten in meinem Sessel, blicke zur Wand und versuche, mich zu sammeln. Nachzudenken.

Und dann steht er schon wieder mit diesem Lächeln neben mir.

»Statt Ihnen so viele Fragen über Ihre Arbeit zu stellen«, sagt er, »ist mir die Idee gekommen, gleich selber hinzufahren und es mir anzusehen, vielleicht auch mit ein paar Arbeitern ins Gespräch zu kommen, um mir einen Eindruck von den Ortsansässigen zu verschaffen.«

Darauf bin ich nicht scharf. Er soll sich nicht noch mehr in mein Leben einmischen.

Aus einer Laune heraus mache ich ihm einen Vorschlag.

Was halten Sie davon, zusammen rüberzufahren, wenn Sie wollen, gleich jetzt.

»Nein, nicht nötig, Junior. Ich hätte ein schlechtes Gewissen, Sie mit dieser Schulter aus dem Haus zu holen.«

Ich kann immer noch laufen, entgegne ich. Meinen Beinen fehlt nichts. Und da Sie wissen wollen, wie es bei mir in der Fabrik ist, ziehen wir am besten gleich los.

»Na schön, Sie sind der Boss«, antwortet er. »Meinetwegen. Wieso nicht?«

Wir verlassen zusammen das Haus und steigen links und rechts in meinen Truck ein. Fabrik, sage ich, nachdem ich den Motor angeworfen habe.

Zur Antwort blinkt und piept das Navigationssystem einmal kurz.

»Tut es noch weh?«, fragt er, als wir auf die Straße abbiegen.

Die Schulter?

»Ja, frage nur, weil die Straße vielleicht holprig ist. Ist schließlich nicht dasselbe, wie sich daheim in Ihrem Sessel auszuruhen.«

Schon in Ordnung, sage ich. Wahrscheinlich besser, ein bisschen rauszukommen. Es ist gut, ab und zu das Haus zu verlassen, alles andere ist nicht gesund, weder physisch noch mental.

»Seit wann haben Sie diesen Truck?«, fragt er.

Schon geraume Zeit. Der ist nicht neu.

»Aber gut in Schuss.«

Fahrzeuge halten lange, wenn man sie pfleglich behandelt.

»Wie alles andere auch«, sagt er.

Zum ersten Mal bin ich außerhalb des Hauses mit Terrance zusammen. Als ich so neben ihm im Truck sitze, sehe ich ihn bewusster als sonst. Der Truck bringt uns zu unserem Fahrziel, was mir Gelegenheit gibt, ihn ein wenig zu mustern, so wie sonst umgekehrt er mich. Er hat abgenagte Fingernägel, dünne Handgelenke, keinen nennenswerten Bartwuchs. Man könnte ihn glatt für gerade mal zweiundzwanzig, dreiundzwanzig Jahre halten. Aber um diese Position innezuhaben, muss er älter sein, mindestens dreißig. Man sieht es ihm nur nicht an. Es ist das lange Haar, das Babyface.

»Und? Wie ist es denn so im Betrieb?«

Die Felder mit ihren hohen gelben Blüten fliegen an uns vorbei.

Wie ist was so?, frage ich.

»Der Betrieb. Ich bin neugierig«, sagt er, dreht sich dabei zu mir um und klemmt sich das linke Bein unters Gesäß. »Ich fühle mich wohl in Ihrer Gesellschaft, und Henriettas, aber dort kenne ich keinen. Sagen Sie mir, was mich erwartet.«

Waren Sie schon mal in einer Saatgut- oder Getreidefabrik?

»Nein.«

Ist im Grunde nur ein großes Gebäude. Ein paar Gebäude. Alle miteinander verbunden.

Ich bin entschlossen, die Unterhaltung wieder auf ihn zu bringen. Ich bin es leid, dass sich immer alles um mich drehen soll.

Was haben Sie denn so im Lauf der Jahre gemacht? Vor OuterMore?, frage ich.

»Alles Mögliche. Hab eine Weile gebraucht, bis ich bei etwas Feuer gefangen habe. Für mich muss es eine Passion sein, wieso sollte ich es sonst machen?«

Dazu sage ich nichts. Ich weiß nicht, ob ich für den Betrieb eine Passion empfinde. Es ist ein Job. Ein Job, bei dem ich mich gut anstelle. Ich brauche einen Job, deshalb arbeite ich dort. Es ist nicht gerade ein Traumberuf.

An dem Punkt wechselt er das Thema, ich weiß nicht, wieso.

»Hen ist noch nicht viel rumgekommen oder weggewesen?«

Nein, sie braucht das nicht. Sie ist kein Globetrotter. Sie ist ganz zufrieden, wo sie ist, mit ihrem Platz im Leben. Und daran ist nichts verkehrt.

»Natürlich nicht«, sagt er. »Nicht das Geringste. Ich hab sie gestern Abend Klavier spielen gehört. Sie spielt gut.«

Ich kenne niemanden, der ihr das Wasser reichen könnte.

Ich habe da eine Frage, sage ich. Und ich will eine ehrliche Antwort.

»Sicher, nur zu.«

Wie habe ich es mir vorzustellen, das Etwas, das meinen Platz einnehmen soll, solange ich weg bin? Das mit Hen zusammenleben wird.

Da hast du's! Zum ersten Mal bin ich ihm gegenüber so direkt. Zum ersten Mal spreche ich es an. Den Ersatz. Keine Ahnung, wieso ich ihm gerade jetzt damit komme, aber ich hatte plötzlich den unwiderstehlichen Drang zu fragen.

»Es wird streng genommen nicht Ihren Platz einnehmen, sondern nur für Sie frei halten, so wie ein Aushilfslehrer, der für einen Kollegen einspringt und ein paar Stunden unterrichtet, damit die Schüler nicht im Stoff zurückfallen.«

Okay, sage ich.

Aber es ist nicht okay. Ich finde es überhaupt nicht okay.

»Verständlich, dass Sie neugierig sind. Ihr gutes Recht, danach zu fragen.«

Ich kapier's einfach nicht, fahre ich fort. Ich hab's versucht, aber es will mir nicht in den Kopf.

»Es wird genauso aussehen wie Sie, Junior. *Haargenau* wie Sie. So sehr, dass nicht einmal Sie den Unterschied zwischen Ihnen beiden erkennen können.«

Ich wende den Blick von Terrance ab, um mein Spiegelbild im Fenster zu betrachten. Es ist einfach unmöglich, einen Menschen derart genau zu kopieren. Das kann nicht sein.

»An Ihrer Stelle wäre ich genauso skeptisch. Das Ganze geht auf frühere Technologien zurück, aus der Zeit, kurz bevor Sie und ich auf die Welt kamen, als 3-D-Druck auf allen Gebieten Einzug hielt. Die erste richtig große Errungenschaft war der 3-D-Druck von maßgefertigten Knochen und Gelenken für Patienten, die Prothesen benötigten. Diese Entwicklung nahm im Gesundheitssektor ihren Anfang. Diese Knochen wurden zwar hergestellt, andererseits waren sie nicht ganz und gar künstlich.«

Also nicht ganz echt, aber auch nicht ganz und gar Imitate?

»Könnte man so sagen, ja. Sie wurden aus Kalzium und anderen organischen Substanzen in Verbindung mit synthetischen Materialien produziert. Die Technologie wurde einfach immer besser. Dann kam die virtuelle Realität als Freizeitbeschäftigung auf. Was wir jetzt machen, ist nur die logische Weiterentwicklung der virtuellen Realität. Dabei war uns, glaube ich, nicht klar, wie rasant sich alles entwickeln würde, wie schnell die

VR ins Hintertreffen geraten und wohin die Reise gehen würde. So läuft es vermutlich immer, eine Erfindung ebnet der nächsten den Weg. Wachstum und Fortschritt liegen in der menschlichen Natur. Das war schon immer so. Was eben noch unmöglich schien, wird nicht nur machbar, sondern gerät seinerseits schnell in Vergessenheit, sobald das nächste unmögliche Ziel angepeilt wird.«

Dann sind wir wohl der gemeinsame Nenner.

»Sie meinen, die Menschheit?«

Klar, sage ich. Seit Ihrer Ankunft hier denke ich immer öfter darüber nach. Darüber, wie wir leben. Was wir für selbstverständlich nehmen. Wir vertrauen auf den Fortschritt.

Terrance nickt. »Genau. Selbst Ihr Truck. Es ist noch gar nicht lange her, wahrscheinlich, als Ihre Eltern Kinder waren, da fuhr man noch selbst sein Auto. Heute können wir kaum fassen, wie gefährlich und leichtsinnig es ist, wenn ein fehlbares Individuum mit einem Metallkoloss bei hundert km/h die Autobahn entlangrast, doch einige Generationen hindurch war das ganz normal, alle besaßen Autos und fuhren sie selbst. Niemand hat sich was dabei gedacht.«

Und obwohl es so rasante Veränderungen gibt, bleibt vieles beim Alten.

»Stimmt. Wie der OuterMore-Slogan besagt.«

Geh weiter, werde besser, sage ich.

Einen Moment lang reagiert er nicht.

»Sie kennen unseren Slogan?«

Denke schon, antworte ich. Ich muss ihn wohl irgendwo gesehen oder von Ihnen gehört haben.

Terrance blickt aus seinem Fenster. »Ich wusste gar nicht, wie riesig in der Gegend hier die Rapsfelder sind.«

Fast alles Ackerland wurde auf Rapsanbau umgestellt. Sehen Sie mal, sage ich, vor uns, da ist es.

Seit wir unterwegs sind, ist es die erste Unterbrechung im endlosen Blütenmeer, die drei Silo-Türme der Fabrik.

»Oh, Sie haben recht, ganz schön groß«, sagt er, »sieht alt aus, fast wie stillgelegt.«

Die Fabrik hat schon bessere Tage gesehen.

Wir biegen von der Straße ab und fahren durch das ramponierte Maschendraht-Tor auf den geschotterten Parkplatz dahinter. Diese Fahrt vom Haus zu diesem Gelände mache ich schon seit Langem jeden Tag. Wir finden eine Lücke am Ende einer von mehreren Reihen mit Trucks.

Heute nehmen wir den Haupteingang, sage ich, aber für mich ist das nicht normal. Ich gehe sonst durch die Hintertür für die Arbeiter rein.

Terrance holt sein Screen heraus, für Notizen oder Fotos, vermute ich, oder auch beides.

Als wir eintreten, ertönt ein Glockenklang. Terrance folgt mir in dichtem Abstand. Es ist niemand zu sehen. Nicht einmal Mary scheint da zu sein. Seltsam, denke ich. Ich hatte sie an ihrem Empfangstisch erwartet. Sie ist die Rezeptionistin. Normalerweise ist sie um diese Zeit auf ihrem Posten, um Leute zu begrüßen oder Anrufe entgegenzunehmen.

Da lang, sage ich.

Ich führe ihn durch den Eingangsbereich nach hinten zur ersten Laderampe. Auch hier ist kein Mensch zu sehen.

»Es ist größer, als ich es mir vorgestellt habe. Eine Menge zu sehen«, sagt Terrance. »Schätze, ich muss morgen noch mal vorbeischauen, damit mir nichts entgeht. Da lang zur Toilette?«, fragt er und deutet auf den Flur zu unserer Linken.

Ja, dort lang, am hinteren Ende.

»Gleich wieder da.«

Ich bin nicht oft in diesem Teil des Betriebs. Schon gar nicht, um hier herumzustehen. Heute ist besonders wenig los. Wo sind sie alle? Neben meinem Fuß fällt ein Tropfen auf den Boden. An einer feuchten Stelle an der Decke bilden sich ein paar Tropfen. Der nächste braucht Zeit, bevor er schwer genug ist, doch am Ende kommt er herunter.

Mary, sage ich und blicke auf, als ich sie am Ende des Flurs kommen sehe. Hey, Mary.

Sie bleibt stehen und sieht mich an.

»Junior. Mein Gott! Wie geht es Ihnen? Ich fasse es nicht, dass Sie da sind.«

Sie kommt auf mich zu. »Sieh sich das einer an! Hen hat angerufen und uns von Ihrer Schulter erzählt. Wie fühlen Sie sich?«

Ganz gut. Tut nur noch ein bisschen weh, aber das wird schon.

»Was machen Sie hier?«, fragt sie und zieht mich zu einer behutsamen Umarmung an sich. Ich muss mich zu ihr herunterbeugen. Sie passt auf meine Schulter auf. »Ich hab nicht damit gerechnet, dass Sie schon wieder arbeiten können, so bald nicht.«

Nein, kann ich auch nicht. Für ein Weilchen falle ich aus.

Zwei Kollegen kommen vorbei; beide nicken Mary zu, aber keiner bleibt zum Reden stehen.

»Natürlich fehlen Sie uns. Wir haben Sie vermisst.

Aber wir schaffen das. Nehmen Sie sich alle Zeit, die Sie brauchen.«

Hat sich heute irgendjemand nach mir erkundigt und sich gewundert, wo ich bleibe?

»Heute?«

Sie schlägt in einer übertriebenen Geste nach einer Fliege, die ihr um den Kopf schwirrt. »Ehm, nicht, dass ich wüsste. Hat es einen besonderen Grund, dass Sie heute vorbeischauen? Sie sollten sich schonen.«

Ich bin nur mit Terrance hergekommen, sage ich. Er sieht sich bei uns um.

Inzwischen sind ein paar Fülltrichter eingeschaltet, und es wird laut. Es wird schwerer, sich zu verständigen.

»Terrance?«

Ja, Terrance. Ich muss jetzt brüllen. Hens ... Cousin. Er ist für eine Weile bei uns zu Besuch.

»Ja, richtig. Hen hat so was erwähnt. Also, jedenfalls nett, Sie zu sehen. Ich hoffe, Sie sind bald wieder ganz der Alte«, sagt sie. »Nie vergessen, Hauptsache, gesund.«

Wir waren ungefähr eine Stunde lang im Betrieb. Aber ich merke auf einmal eine Veränderung, die wahrscheinlich vom Stress oder vom Schlafmangel herrührt: Bis vor Kurzem fühlte sich eine Stunde noch wie eine Stunde an, doch nun hat sich die Zeit beschleunigt. Oder verlangsamt?

Wie kann sich die Wahrnehmung so schnell, in wenigen Tagen, so stark verändern? Terrance hat sich eine Weile allein an den Laderampen umgesehen, doch solange ich bei ihm war, sagte er immer wieder nur: »Sehen Sie sich das hier an; sehen Sie sich das da an. Und wie finden Sie das?« Er hat mich über Gerätschaften und Maschinen ausgefragt.

Als wir schließlich gingen, war ich gereizt und angespannt. Auf dem gesamten Heimweg hat er in sein Screen getippt, während ich aus dem Fenster sah. Er machte auch einen Anruf, und es klang, als spreche er über mich. Nach unserer Heimkehr erhoffte ich mir ein bisschen Zeit für mich, doch da wollte er schon wieder mit mir reden.

Und wieder sind wir in seinem improvisierten Verhörraum. Wie beim letzten Mal sitzt er hinter mir. Als wir von der Fabrik zurückkamen, war Hen schon zu Hause. Ich wollte ihr davon erzählen, doch Terrance war immer in Hörweite, drängte sich immer dazwischen.

»Wie fühlen Sie sich? Was macht die Schulter?«, fragt Terrance.

Ich merke eigentlich nichts, sage ich.

»Tatsächlich? Keine Schmerzen?«

Nein, keine Schmerzen.

»Gut, gut. Das sind die Tabletten. Sie helfen. Haben Sie einen trockenen Mund?«

Ich kämpfe mit mir, was ich ihm sagen soll, wie viel ich ihm preisgeben soll.

Ich glaube nicht, antworte ich, aber mir ist aufgefallen, also, ich fühle mich … geistig wach, energiegeladen, als hätte ich zu viel Kaffee getrunken, aber dabei nicht hibbelig.

Es ist was anderes. Es ist mehr als energiegeladen. Es geht tiefer, aber das sage ich ihm nicht.

»Das ist interessant«, antwortet er. »Freut mich zu hören.«

Nur eine Sache ist seltsam, fahre ich fort. Heute Morgen habe ich versucht, mir etwas ins Gedächtnis zu rufen, etwas, das mir mit sechzehn passiert ist, als ich noch zur Schule ging, doch ich konnte es nicht. Ich konnte mich nicht an die Einzelheiten erinnern. Ich wusste zwar, worum es bei dieser Erinnerung gehen musste, aber das war's. Könnte es sein, dass sich diese Tabletten, die Sie mir geben, auf mein Gedächtnis auswirken?

Terrance sieht mich mit ernster Miene an. »Ich weiß nicht, ob ich Sie richtig verstanden habe. Wenn Sie diese Erinnerung nicht abrufen konnten, woher wollen Sie dann wissen, dass es sie gibt?«

Das ist ja das Seltsame: Ich weiß es nicht. Ich weiß

nur, dass sie existiert. Ich weiß, dass es da eine wichtige Erinnerung gibt, aber ich komme nicht dran.

Hen erscheint in der Tür. Schwer zu sagen, wie viel sie gerade mitbekommen hat.

»Sie dürfen nicht dabei sein«, schnauzt Terrance, als er sie sieht.

»Wieso stellen Sie ihm solche Fragen? Er steht unter erheblichem Stress, und Sie machen es nicht besser, sondern nur noch schlimmer.«

»Hen, bitte, das ist nicht der richtige Zeitpunkt.«

»Was Sie tun, ist nicht fair.«

Terrance erhebt die Stimme, zum ersten Mal. »Ich hab gesagt, es reicht! Lassen Sie uns in Ruhe.«

Hey, sage ich, immer sachte. Sie hat dasselbe Recht, hier zu sein, wie wir!

»Junior, ich benötige Zeit mit Ihnen allein und ungestört. Hen, Sie machen alles nur schlimmer. Also, das ist eine höfliche Bitte.«

»Du machst das gut, Junior, beantworte einfach seine Fragen nach bestem Wissen. Ich bin unten.«

Sie wendet sich zum Gehen, ohne noch etwas zu Terrance zu sagen.

»Ihnen beiden geht eine Menge durch den Kopf«, sagt er, »und nun bin auch noch ich im Haus und komme Ihnen in die Quere. Schon kapiert. Aber es ist nur zum Besten aller. Sie kommt drüber weg. Ich würde mir über ihre Reaktion keine Sorgen machen. Ich überprüfe jetzt ein paar Dinge, um sicherzustellen, dass alles in Ordnung ist. Blutdruck, Herzfrequenz und so.«

Er steht auf, greift zu einem kleinen Gerät. Er befestigt etwas an meinem Zeigefinger. Es piept.

Was ist das?, frage ich.

»Ein Monitor. Nichts Besonderes.«

Er hält meine andere Hand und spreizt meinen Zeige- und meinen Mittelfinger. Dann dreht er sich um und holt etwas aus einer Tasche. Er hält etwas in der Hand, das wie eine kleine Spritze aussieht. Jetzt nimmt er wieder meine freie Hand und berührt mit der Nadel das Häutchen zwischen den Fingern.

»Sie spüren gleich einen kurzen Piks«, sagt er. »Ich nehme nur eine Probe.«

Ich überlege, ob ich Nein sagen und ihn daran hindern soll, doch es geht so schnell, und ich kann nichts mehr machen. Er führt die Spitze der dünnen Nadel in das weiche Gewebe zwischen meinen Fingern ein. Ich ziehe reflexartig die Hand zurück.

Autsch!

»Tut mir leid, aber schon vorbei. Empfindliche Stelle, nicht wahr?«

Er tritt hinter mich, bleibt aber stehen.

»Können Sie sich einen Moment nach vorne beugen?«

So?

Ich beuge mich im Sitzen vor.

»Ja, stützen Sie die Arme einfach auf die Oberschenkel. Okay, das war's schon.«

Ich spüre seine Hände am Rücken, sie streichen mir die Wirbelsäule herunter.

»Sehr schön, das ist gut. Haben Sie schon mal irgendwann mit dem Gedanken gespielt zu verreisen, Junior?«

Verreisen? Sie meinen, die angenehme Art zu reisen, wo ich selbst entscheiden kann, wo ich hinwill, statt wegen einer aufgezwungenen Verlosung unsere Atmosphäre zu verlassen?

Er lacht leise. »Ja, genau.«

Nein, eigentlich nicht.

»Finden Sie es nicht gut, mal rauszukommen, etwas Neues kennenzulernen, und sei es nur, mal für ein paar Tage von der Farm wegzukommen, Sehenswürdigkeiten zu besuchen, um den Horizont zu erweitern?«

Darüber habe ich noch nie nachgedacht. Das hat mich noch nie gereizt. Ich hatte immer zu tun – am Arbeitsplatz und zu Hause.

Außerdem gefällt es mir hier. Und mit Hen. Ich muss mich um ein Haus und um die Hühner kümmern.

»Verstehe. Und was ist mit Henrietta? Ist es Ihnen schon mal in den Sinn gekommen, dass sie sich mehr wünschen könnte?«

Wie gesagt, sie liebt es hier. Sie hätten mal sehen sollen, woher sie kommt, wie sie gelebt hat, bevor wir zusammenkamen.

»Wie sah ihr Leben denn aus, bevor Sie beide zusammenkamen? Eben im Truck haben Sie erwähnt, dass sie knapp bei Kasse war.«

Auf einmal habe ich leichte Kopfschmerzen irgendwo tief hinter den Augen.

Ich weiß nur, was sie mir darüber erzählt hat, antworte ich.

»Nämlich was?«

Es war nicht gut. Sie hatte nicht viel, da, wo sie herkommt. Sie ist in einem heruntergewirtschafteten Farmhaus aufgewachsen. Sie waren bettelarm.

»Was wissen Sie über ihre Vergangenheit?«

Das ist unwichtig. Ich wusste einfach immer, dass ich mit ihr zusammen sein will. Ich wusste, wir passen zueinander, und es wird funktionieren. Ihre Vergangenheit spielte für mich keine Rolle.

»Aber Sie sagten doch –«

Wieso fragen Sie nach Hen? Wieso ist das wichtig?, will ich wissen und fasse mir an die Schläfe.

»Ich muss mir ein vollständiges Bild von Ihnen machen. Und was wäre da wichtiger als Hen?«

Nichts, sage ich. Fürs Erste hab ich vom Reden genug.

»Es wäre am besten, wenn wir noch ein Weilchen hier oben blieben.«

Nein, ich will nicht länger mit Ihnen reden, wiederhole ich, lauter als beabsichtigt.

»Stimmt etwas nicht? Wieso massieren Sie sich die ganze Zeit den Kopf?«

Ich hatte gar nicht gemerkt, dass ich mir immer noch die linke Schläfe massiere. Als er es erwähnt, höre ich auf.

Leichte Kopfschmerzen. Ich würde jetzt gerne nach unten gehen.

»Schon gut, schon gut. Steht Ihnen frei, es zu beenden. Sie sind hier nicht in Geiselhaft. Schon in Ordnung.«

Als ich aufstehe, werfe ich meinen Stuhl um und stürme die schmale Speichertreppe hinunter, bevor er noch etwas sagen kann.

Mein Interview mit Terrance war verwirrend. Wir kamen vom Hölzchen aufs Stöckchen, und besonders als er mich zuletzt nach Hen ausfragte, war ich verstört. Ich weiß, er hätte weitergebohrt, hätte ich dem nicht ein Ende gesetzt. Es passt mir nicht, dass er sich derart für sie interessiert. Mir ist nicht wohl bei der Sache. Wenn ich darüber nachdenke, kommt mir das mit diesen förmlichen Befragungen insgesamt unnötig vor. Kann er nicht einfach ein paar Tage hier herumhängen, beobachten, wie ich lebe, sich anhören, was ich sage, und dann verschwinden? Reicht das nicht?

Es ist schon spät. Ich müsste müde sein, bin es aber nicht. Allmählich habe ich eine Theorie über Terrance. Eine Theorie darüber, wieso er in Wahrheit hier ist, wieso er all diese Fragen stellt. Ich glaube nicht, dass er mir, uns, gegenüber ehrlich ist. Er verheimlicht uns etwas.

Ich gehe in die Küche, schnappe mir ein Bier. Ich habe einen trockenen Mund, aber das verrate ich ihm nicht. Es könnte von den Pillen kommen, oder von der Hitze. Das Bier hilft. Ein paar Minuten lang schreite ich vor dem Kühlschrank auf und ab, sammle mich. Ich trinke das Bier aus. Mache ein zweites auf. Hen ist unten im Keller und spielt Klavier.

Vorsichtig schleiche ich die Treppe hinunter. Ich

schaffe es unbemerkt bis nach unten. In einigem Abstand bleibe ich hinter ihr stehen, trinke schluckweise aus der Flasche, sehe ihr zu, lausche. Sie ist wirklich beachtlich. Sie spielt so gut, so flüssig. Es hat etwas so Anrührendes, wie sie spielt. Es verstärkt meinen Wunsch, sie zu beschützen, für sie da zu sein, genau so, wie sie vorhin für mich eingetreten ist. Sie ist extra auf den Speicher hochgekommen, um zu sehen, ob mit mir alles in Ordnung ist. Sie hat mich verteidigt. Was wäre ich ohne sie? Es ist ein beängstigender Gedanke, und ich verbanne ihn aus dem Kopf. Ich kenne das Lied, das sie spielt. Es freut mich, wenn ich etwas wiedererkenne, das sie spielt. Dann genieße ich es mehr. Vor einiger Zeit habe ich es noch häufiger von ihr gehört, in letzter Zeit seltener.

Ich nehme noch einen ausgiebigen, gierigen Schluck. Das Bier tut meinem Kopf gut. Ich sehe ihr zu.

Vielleicht bin ich doch nicht so mittelmäßig, wie ich immer dachte. Keine geringfügige Überlegung. Anregend, interessant. Die Möglichkeit habe ich noch nie in Betracht gezogen. Es muss die Kombination aus dem Bier, aus meinem Gespräch mit Terrance und der Wirkung sein, die Hens Song gerade auf mich hat. Ich gehe noch ein paar Schritte näher an sie heran, bis ich direkt hinter ihr stehe. Sie weiß immer noch nicht, dass ich da bin. Sie hat noch keine Note falsch gespielt. Sie stockt nicht oder bleibt stecken. Weder verspielt sie sich, noch verpatzt sie einen Einsatz. Es ist unglaublich. Sie ist unglaublich. Die Dinge klären sich. Nicht die Sache mit der Verlosung oder mit OuterMore. Ich stelle ganz grundsätzliche Erwägungen an, schätze kritisch ab, betrachte, was ich habe, mit neuen Augen, denke anders über mein Leben.

Ich leere mein Bier, stelle die Flasche leise zu meinen Füßen ab und gehe noch einen Schritt näher heran. Ich bin nicht in Eile. Jetzt bin ich direkt in ihrem Rücken. Ich lege ihr die Hand auf die Schulter. Sie zuckt zusammen und trifft die falsche Taste. Sie hört zu spielen auf und legt die Hände in den Schoß.

Spiel weiter, sage ich. Es ist schön. Du spielst so gut.

»Du hast mir einen Schrecken eingejagt.«

Ich wollte dich einfach nur sehen. Ich möchte bei dir sein. Ich hab dich den ganzen Tag kaum gesehen.

Ihre Haut ist feucht unter meinen Händen, ich fühle den Schweiß.

»Es war wieder so ein bizarrer Tag von einer ganzen Reihe bizarrer Tage«, sagt sie. »Immer noch kein Regen. Macht mir allmählich Angst.«

Das will ich nicht. Du sollst dich nicht ängstigen. Niemals.

»Ich weiß. Ich weiß. Hast du es gern, wenn ich spiele?«

Ja, allerdings. Du spielst so gut.

Sie dreht sich auf der Bank zu mir um. »Ich sage dir jetzt was: Ich spiele eigentlich nicht zu meinem Vergnügen, wusstest du das? Ich spiele nicht für mich. Ich spiele, weil … weil du es möchtest. Ich spiele für dich.«

Was sie mir da sagt, ist wichtig, doch ich merke, dass sie noch nicht fertig ist, dass sie weiterreden will, mir noch mehr zu sagen hat.

Red weiter, ermuntere ich sie.

»Du magst mein Klavierspiel. Und wie bei so vielen

Dingen glaubst du, das sei gut für mich, ist es aber nicht. Es hilft mir nicht dabei, mich besser zu fühlen. Ich sitze nicht einmal gerne hier unten. Und du bekommst von alledem nichts mit. So oft hatte ich gehofft, du würdest begreifen, wie ich mich fühle, aber das passiert einfach nicht. Das ist so entmutigend, zermürbend. Solange wir hier sind, einen um den anderen Tag, bist du überzeugt, ich sei glücklich. Ehrlich gesagt, bin ich selten glücklich, und ich will dir nicht alles sagen. Das sollte gar nicht nötig sein. Wäre es auch nicht, wenn du mir Beachtung schenken würdest, wenigstens ein winziges bisschen. Wenn du dir ernsthaft und nicht nur oberflächlich Gedanken über mich machen würdest. Ich will als eigenständige Person gewürdigt werden und nicht nur als deine Frau. So sollte es nämlich eigentlich sein.«

Ihre Stimme ist fest, weder laut noch zittrig. Ihr Ton ist entschieden, ruhig und nüchtern.

Es liegt also an mir?, hake ich nach. Ich tue etwas, wodurch du dich so fühlst?

»Es geht eher darum, was du nicht tust.«

Ich höre dir zu, sage ich. Ich bin froh, dass du ehrlich mit mir bist, aber was du da sagst, ist nicht gut. Es behagt mir nicht, dass du dich so fühlst. Du hast noch nie darüber mit mir gesprochen, nicht mal ansatzweise.

»Nein, ich konnte nicht. Aber in den letzten Jahren, seit Terrance zum ersten Mal aufgetaucht ist, habe ich vielleicht nicht viel geredet, aber ich hab viel nachgedacht. Über uns. Diese Gespräche jetzt mit dir sind für mich der erste Schritt, um rauszufinden … was immer ich rausfinden muss.«

Du kannst jederzeit mit mir reden, Hen. Wann immer dir danach ist, sage ich.

»Danke«, antwortet sie.

Sie legt mir die Hand auf den Arm.

»Wenn es nun nie kommt?«, sagt sie. »Das Gewitter. Der Regen. Wir tun so, als müsste es kommen, naturgemäß, weil es noch immer irgendwann gekommen ist, aber wenn es diesmal ausbleibt und es immer und ewig so weitergeht? Was dann? Ich weiß nicht, ob ich ewig einfach so weitermachen kann, selbst wenn jeder das denkt. Ich glaube, das kann ich nicht.«

Bevor ich etwas erwidern kann, steht sie auf, stößt mit beiden Beinen ihre Bank zurück und geht ohne ein einziges weiteres Wort.

Wieder allein. Glücklicherweise. Ich brauche mehr Zeit zum Nachdenken. Im Wohnzimmer, im Sessel, meinem Sessel, im Dunkeln. Ich gewöhne mich an meine Einsamkeit bei Tage und bei Nacht.

Eine Weile habe ich auf die Geräusche von Terrance und Hen über mir gehorcht, die nacheinander ins Bad gehen, den Wasserhahn laufen lassen, die Klospülung bedienen, im Flur miteinander reden, sich zum Schlafen zurückziehen. Es hat einen regen Austausch zwischen ihnen gegeben, allerdings nicht in dieser förmlichen Weise wie zwischen Terrance und mir auf dem Speicher. Jetzt sind sie beide im Bett und schlafen.

Meine Schulter ist schon viel besser. Terrance hat mir eine weitere Dosis Tabletten gegeben. Morgen ist ein großer Tag, habe ich beschlossen. Terrance ist nicht ganz und gar ehrlich mit mir, und ich habe vor, herauszufinden, was er verbirgt. Wie kann ich die Sache aufklären, solange ich nicht einmal weiß, wonach ich suchen soll?

Ich habe nicht das Gefühl, so bald schlafen zu können. Noch nicht. Ich bin nicht müde. Ich bin hellwach. Meine Augen haben sich an das Dunkel gewöhnt. Ich schließe die Augen, öffne sie, schließe sie, öffne sie. Offen. Geschlossen. Offen. Geschlossen.

Wenn ich nicht schlafen kann, denke ich an Hen. Ich muss immer wieder daran zurückdenken, wie wir ihr Klavier entdeckt haben. Da hatten wir schon einige Tage im Haus gewohnt. Die letzten Bewohner hatten es unten im Keller stehen gelassen. Unter einer verstaubten Decke versteckt. Ein Klavier. Es war in einem jämmerlichen Zustand. Ich habe keine Ahnung, wie es da runtergekommen ist und wieso. Wahrscheinlich fand irgendjemand, dass es reif für den Sperrmüll ist, aber nicht der Mühe wert, es zu entsorgen.

Ich habe mich gefreut, als ich es fand. Ich wusste, dass Hen als Kind in der Schule Klavier gespielt hatte. Ich ging davon aus, dass sie liebend gerne wieder anfangen würde. Es war ein weiteres Zeichen dafür, dass wir mit dem Kauf dieses Hauses die richtige Entscheidung getroffen hatten. Als ich ihr eröffnete, was ich gefunden hatte, konnte sie offensichtlich meine Begeisterung nicht teilen. Das war enttäuschend.

Du scheinst nicht sonderlich interessiert zu sein, sagte ich, nachdem ich sie mit geschlossenen Augen nach unten geführt und die Abdeckung heruntergenommen hatte.

»Es ist cool«, sagte sie. »Aber ich spiele eigentlich nicht mehr.«

Kannst du jetzt aber, hielt ich dagegen.

»Ja, vermutlich schon. Es ist nicht gut in Schuss. Und außerdem hier unten im Keller.«

Tut mir leid, dass das kostenlose Klavier in keinem guten Zustand ist, Hen, aber jetzt gehört es dir, und du wirst es lieben.

Ich habe das Instrument dann für sie gereinigt, aber

wir konnten es nie richtig stimmen. Hen hat es eine Zeit lang probiert und irgendwann aufgegeben.

Wir werden uns dran gewöhnen, sagte ich. Von ein bisschen Missklang geht die Welt nicht unter.

Gut. Sie sind wach«, sagt Terrance. »Ich hab mich bemüht, keinen Lärm zu machen, aber ich konnte nicht ewig leisetreten.«

Kein Problem, beruhige ich ihn. Ich muss ohnehin aufstehen. Wie spät ist es?

Mir steigt Essensgeruch in die Nase, Gewürze, und ich höre etwas in der Pfanne brutzeln.

»Gleich neun, Schlafmütze«, sagt er, »Sie haben geschlafen wie ein Murmeltier. Ich hätte ja gewartet, aber … Hier, die sind überfällig.«

Er hat sich ein Geschirrtuch über die Schulter geworfen. In seiner ausgestreckten Hand hält er mir drei weiße Kapseln hin.

Drei?

»Dieselben Tabletten wie gestern. Gegen die Schmerzen.«

Es wird mir bewusst, dass ich sie gar nicht mehr brauche.

Ich hab kaum noch Schmerzen, sage ich, nehme sie in die Hand und überlege mir, ob ich sie schlucken soll. Er wartet. Ich stecke sie mir in den Mund. Sie schmecken entfernt nach Gummi.

»Da haben Sie ja richtig gut ausgeschlafen. Wunderbar! Genau das brauchen Sie jetzt.«

Ich schlage das dünne Laken, mit dem ich mich zudecke, zurück und schwinge die Beine seitlich über den Sessel.

Ja, sage ich. Bin mir nicht sicher, ob ich tatsächlich allzu lange geschlafen habe.

»Ich glaube, Sie gewöhnen sich an den Sessel. Ich weiß nicht, ob ich das könnte. Manchmal kann ich selbst in einem bequemen Bett nicht schlafen.«

Ich gähne, streiche mir über die Stirn und versuche, wach zu werden. Heute Morgen sind, an der gleichen Stelle wie gestern, diese leichten Kopfschmerzen wieder da.

Ich kann mich nicht erinnern, eingeschlafen zu sein, sage ich.

»Ich hoffe, Sie haben nichts dagegen, aber ich war schon früh auf den Beinen und dachte, ich mache was zum Frühstück.«

Ich spähe zur Küche hinüber und beobachte Terrance. Er steht am Herd und redet, ohne sich umzudrehen. Wo ist Hen? Ich stehe auf, gehe in die Küche. Der Eierkarton ist geöffnet auf der Arbeitsplatte, außerdem das Schneidebrett, mein Kochmesser und eine Rührschüssel. Meine Gusseisenpfanne hat er auf dem Herd. Rührei? Er trägt meine Küchenschürze.

»Ich hoffe, ich hab genug gemacht.«

Normalerweise essen wir kaum etwas zum Frühstück, sage ich. Wo steckt Hen?

»Weiß auch nicht, was sie gerade macht. Frühstück ist die eine Mahlzeit, die jeder essen sollte. Überhaupt kam mir der Gedanke, dass Sie mehr essen müssen, um bei Kräften zu bleiben. Haben Sie abgenommen? Ein ordentliches Frühstück bringt Sie in die Gänge. Treibstoff für den Tag. Wirft den Metabolismus an. Solange Sie weg sind, werden Sie regelmäßig frühstücken. Drei ausgewogene Mahlzeiten für jeden. Wo lassen Sie die Eierschalen?«

Der Geruch vom Essen auf dem Herd widersteht mir. Er hat etwas zu den Eiern gegeben, das ich nicht kenne.

Was haben Sie da reingetan?

»Ich hab sie ein bisschen aufgepeppt. Mit Gewürzen. Für sich genommen sind Eier ein bisschen fade.«

Ich ziehe eine Schublade auf und hole eine Tüte Kaffee und einen Filter heraus.

»Tut mir leid, ich hätte den Kaffee als Erstes machen sollen. Sollte ich allmählich wissen.«

Wollen Sie auch welchen?, frage ich.

»Nein, keinen Kaffee für mich.«

Terrance pfeift, während er die Eimasse in der Pfanne mit einem Holzlöffel rührt. Ich gieße gerade das Wasser in den Behälter der Kaffeemaschine, als Hen hereinkommt.

»Terrance macht Frühstück?«, fragt sie.

»Mit Vergnügen. Aufs Frühstück verzichte ich nur ungern. Außerdem bin ich schon eine ganze Weile auf.«

Wo warst du?, frage ich Hen.

»Draußen, spazieren. Ich war früh wach.«

»Haben Sie Hunger?«, fragt er sie.

»Ja, und ob. Morgen«, sagt sie und berührt mich auf dem Weg zum Spülstein am Arm.

»Kaffee?«

»Nicht nötig. Ich denke, ich trinke erst einen bei der Arbeit«, sagt sie.

Wirklich? Du trinkst doch immer als Erstes eine Tasse zu Hause, bevor du gehst.

»Ich versuche, meinen Konsum ein bisschen einzuschränken. Ich möchte ein paar Dinge ändern.«

Eine Tasse hier und eine bei der Arbeit bringt dich nicht um.

»Nein, ich weiß. Aber ich passe.«

Am Kühlschrank stößt sie mit Terrance zusammen, entschuldigt sich. Er legt ihr die Hand an den Rücken.

»Das ist fertig.«

»Ich hole die Teller«, sagt Hen. »Riecht gut. Was haben Sie reingetan?«

»Ein paar Extras. Hoffentlich schmeckt's. Ich hab einfach mit dem, was da war, experimentiert. Nach schweißtreibendem Sport kommt der Hunger und mit dem Hunger der Appetit.«

Ich bin immer noch in denselben Shorts, in denen ich geschlafen habe. Kein Hemd. Ich habe keinen Hunger. Mein Magen ist verkrampft. Ich habe immer noch keinen klaren Kopf.

Ich bleibe bei einem Becher Kaffee, sage ich.

»Sicher?«, fragt Terrance. »Ich hab das Frühstück vor allem für Sie gemacht. Ich finde wirklich, Sie sollten was essen.«

»Wo er schon mal was zu essen gemacht hat …«, redet mir Hen gut zu und deckt für drei, »solltest du, denke ich, auch was essen.«

Ich habe noch keinen Hunger, und ich will auch nicht schon wieder sitzen. Ich hab ja schon die ganze Nacht gesessen. Ich bin kein kleines Kind, entgegne ich in etwas zu scharfem Ton, doch was soll's.

Sie tauschen einen Blick und sehen mich an. Mit den Freiheiten, die er sich herausnimmt, überspannt er den Bogen, und ich lasse ihm das nicht durchgehen. Er ist ein Fremder. Ein Fremder in meinem Haus.

»Wie Sie meinen«, sagt Terrance. »Sie müssen es wissen.«

Terrance bringt die Pfanne zum Tisch. Er teilt zwei Portionen aus und leert die Pfanne, bis auf die angebackenen Stellen. Die schmutzige Pfanne stellt er wieder auf den Herd.

»Hoffe, es schmeckt einigermaßen«, sagt er.

»Sieht toll aus«, sagt Hen.

Der Kaffee ist noch nicht ganz durchgelaufen, aber ich unterbreche den Vorgang, ziehe die Kanne heraus und gieße mir einen Becher ein. Mit dem Rücken zum Tisch kann ich sie nur essen hören, Besteck auf Porzellan, Kaugeräusche.

»Wirklich köstlich«, sagt Hen. »Mein Gott, schmeckt toll.«

»Nicht zu stark gewürzt?«

»Nein, ganz und gar nicht. Ich liebe es.«

Ich drehe mich um und lehne mich an die Arbeitsplatte.

Ich will nicht, dass er um sie ist. Sind Sie in etwa zehn Minuten startklar?, frage ich Terrance.

»Ich dachte, eigentlich kann genauso gut ich ihn an der Fabrik absetzen«, sagt Hen, »nachdem du ihn gestern gefahren hast. Dann brauchst du heute nirgendwohin zu gehen.«

Aber die Fabrik liegt nicht bei dir auf dem Weg. Du müsstest einen Umweg machen.

»Nicht nötig, dass du das Haus verlässt, wo du Ruhe brauchst.«

Ich nehme einen Schluck Kaffee. Heißen Kaffee. Heißen Kaffee an einem weiteren heißen Morgen. Er könnte ja einfach mit dem eigenen Wagen fahren. Aber dann würde er mir mit der Ausrede kommen, er wolle die Gelegenheit nutzen, um mit Hen zu reden. Und in dem Moment sehe ich ihn, mitten auf der Arbeitsplatte.

Einen Hornkäfer. Der sich nicht rührt. Und mich ansieht.

»Sind Sie sicher?«, fragt Terrance. »Ich möchte Ihnen nicht zur Last fallen.«

Weder Terrance noch Hen haben ihn gesehen. Ich bin froh. Sie würden nur versuchen, ihn auf der Stelle zu vernichten.

»Du hast hier im Haus einiges zu tun, oder, Junior?«, fragt Hen. »Junior?«

Ja, sage ich. Ich hatte mir ein paar Arbeiten im Haus vorgenommen.

»Ich hole Terrance nach der Arbeit wieder ab.«

Also erst in einigen Stunden?

»Das ist toll«, antwortet er.

Terrance hat seinen Teller leer gegessen. Er steht auf und bringt ihn zum Spülstein.

»Den wenigsten Menschen bietet sich eine solche Chance. Und zwar weil die meisten nicht zu schätzen wüssten, was Sie zu schätzen wissen, nämlich, seine kostbaren Tage nicht für selbstverständlich zu nehmen. Genießen Sie das Gefühl. Und bevor ich es vergesse, mir ist aufgefallen, dass die Dusche ein bisschen tropft. Als ich fertig war und das Wasser abgestellt habe, hat es weitergetropft. Nichts Ernstes, ich wollte es nur erwähnen.«

Noch ein Schluck Kaffee.

Ich seh's mir an, sage ich.

»Das war wirklich gut. Lassen Sie Ihren Teller einfach stehen«, sagt Hen. »Junior verlässt ja heute nicht das Haus. Er kann den Abwasch machen.«

Ich muss mehr für Hen tun. Das habe ich heute Morgen mitbekommen. Ihre Schweigsamkeit, ihre Stimmungsschwankungen. Ich hab nicht genug getan. Ich muss ihr zeigen, dass ich mich kümmere, dass ich es mitbekomme und mich sorge. Bevor ich gehe, muss ich ihr das zeigen.

Abgesehen davon, dass ich die Pfanne etwa zehn Minuten lang in heißem Wasser mit Stahlwolle scheuern muss, ist nach dem Frühstück schnell aufgeräumt und sauber gemacht. Es wäre viel schneller gegangen, hätte Terrance die Pfanne einfach eingeweicht, statt sie wieder auf den Herd zu stellen. Ist zwar nicht weiter tragisch, aber ärgerlich schon.

Als ich fertig bin, tut mir die Schulter weh. Ich habe mir für den Tag viel vorgenommen. Ich habe hier jede Menge zu tun. Meine Zeit wird knapp. Mir bleiben immer weniger Tage. Ich spüre es in den Knochen. Es drängt. Der Tag hat nicht mehr genug Stunden. Bisher schon nicht, aber jetzt erst recht. Es ist traurig, gleichzeitig aber auch spannend.

Trotz meiner Verletzung muss ich heute produktiv sein. Es ist schließlich nur meine Schulter. Hen soll sich nicht um alles Mögliche sorgen müssen, wenn ich weg bin. Meine Erledigungsliste ist endlos. In der Vergangenheit hat mich das immer in Versuchung geführt, die

Dinge aufzuschieben. Wo sollte ich anfangen? Aber jetzt, da ich weiß, dass ich gehe, stehe ich unter großem Leistungsdruck. Jetzt. Heute. Ich habe Aufgaben, Pflichten, Arbeiten zu erledigen. Was wäre das Leben ohne das alles? Leichter, aber keineswegs befriedigender. Wir müssen uns einbringen und uns Herausforderungen stellen. Wir müssen alle liefern.

Einige Arbeiten liegen auf der Hand. Sie springen einem ins Gesicht. Die Treppenpfosten brauchen einen neuen Anstrich. Im Wohnzimmer kommt an einer Stelle die alte Tapete herunter. In manchen Räumen sind gelbe und braune Flecken an der Decke. Der Teppich unter dem Sofa und den Sesseln sieht ein bisschen schäbig aus. Keine Aufgaben, die mich überfordern würden. Keine größeren Projekte. Es sind viele, aber alles Kleinigkeiten.

Und die Dusche soll tropfen. Wie Terrance sagt, kann man allem etwas Positives abgewinnen. Herausforderungen muss man annehmen und dann Prioritäten setzen.

Den wenigsten Menschen bietet sich eine solche Chance, hat er gesagt. *Und zwar weil die meisten nicht zu schätzen wüssten, was Sie zu schätzen wissen, und das heißt, seine kostbaren Tage nicht für selbstverständlich zu nehmen. Genießen Sie das Gefühl.*

Ich bekomme zunehmend den Eindruck, dass Terrance den Zustand meines Hauses kritisch sieht, dass er insgeheim abfällig über uns urteilt. Über mich. Bis jetzt hat er es nicht geradeheraus gesagt, sondern nur ein paar Bemerkungen fallen gelassen. Es ist eher sein Gesichtsausdruck, wenn er einen Riss in der Wand oder eine gesprungene Fensterscheibe sieht.

Ich werde mich bei meinen Entscheidungen nicht von Terrance' Missbilligung leiten lassen.

Wie mag wohl sein Haus aussehen? Ich habe keine Ahnung. Bestimmt könnte ich, wenn ich eine Weile darin wohnen würde, auch ein paar Mängel finden. Überall findet sich unter den Teppich gekehrter Dreck.

Ich werde machen, was ich will. Was ich für wichtig halte. Ich habe auch schon einen Plan im Kopf. Hier bestimme immer noch ich.

Ich weiß, hier ist alles alt, es ist mein Haus. Es ist mein Haus, es sind meine Sachen, ich nehme doch an, es ist immer noch meins. In letzter Zeit bin ich darüber ins Grübeln gekommen. Ein paar der Sachen, zum Beispiel die Möbel, das Geschirr in der Küche, kommen mir nicht so vertraut vor, wie man annehmen müsste. Ich esse jeden Tag von diesem Geschirr, aber es hat keine Geschichte zu erzählen, jedenfalls nicht so wie andere Sachen, die uns gehören. Ich weiß zwar, dass das alles uns gehört, aber ich hänge nicht besonders daran. Vermutlich noch so ein unerwartetes Symptom für den Stress in dieser ganzen Situation.

Nachdem ich die Pfanne endlich sauber habe, lasse ich alles auf dem Abtropfgestell trocknen. Ich drehe den Hahn zu. Ohne das laufende Wasser ist es auf einmal still.

Ich gehe in unser Schlafzimmer hoch und setze mich auf unser Bett. Hen hat es ungemacht und zerwühlt hinterlassen. Ich vermisse es, nachts hier zu sein. Ich vermisse es, neben meiner Frau in meinem Bett zu schlafen. Ich trete in den Flur und gehe ins Bad. Ich stelle mich vor den Spiegel. Ich korrigiere meine Körperhaltung, indem ich die Schultern straffe. Ich drehe mich zur Seite, dann wieder nach vorn. Ich reiße den Mund so weit wie möglich auf. Ich brülle. Ich brülle noch einmal, lauter, so laut ich kann.

Ich hebe den rechten Arm und spanne ihn an. Ich bin stark, aber nicht in Bestform. Es war mir nicht wichtig, schon seit Jahren nicht. Es brauchte nicht viel, um ein bisschen Muskelmasse aufzubauen. Ich muss nur meine Gewohnheiten etwas ändern und vielleicht ein paar Übungen einbauen, die meine Schulter nicht belasten. Ich weiß, Liegestützen oder Klimmzüge sind im Moment nicht drin, aber wahrscheinlich könnte ich ein paar Rumpf- oder auch Kniebeugen machen. Ich sehe keinen Hinderungsgrund. Ich habe es selbst in der Hand, Änderungen vorzunehmen. Selbstverbesserung.

Ich hebe die Hand und taste nach dem Sensor, den mir Terrance in den Nacken gepappt hat. Er fühlt sich größer an, als dehnte er sich aus. Aber das ist natürlich nicht möglich. Ich wüsste gerne, ob der Sensor ein Signal empfängt, dass es mir besser geht. Gegenüber dem ersten Moment, in dem er ihn bei mir angebracht hat, fühlt er sich wärmer an. Fast, als würde er glühen.

Ich mache eine Kniebeuge. Dann eine zweite. Ich fahre damit fort – fünfzehn, sechzehn, siebzehn –, bis mir die Beine brennen. Ich bin froh, dass ich die Kniebeugen hinbekomme, ohne dass mir davon die Schulter wehtut. Bei den letzten beiden zittere ich im Rumpf, doch ich bringe sie zu Ende. Ich warte ein paar Minuten, um mich auszuruhen. Dann schicke ich noch einmal zwanzig hinterher. Und dann nochmals fünfzehn.

Ich bin schweißgebadet und keuche. Mit dem Ergebnis bin ich zufrieden.

Ich kehre in die Küche zurück. Der Käfer hat sich immer noch nicht bewegt, keinen Zentimeter. Er hockt einfach da auf der Arbeitsplatte. Ich weiß es, weil ich ihn beobachtet habe. Von den Übungen hämmert mir das Herz wie wild in der Brust, es pocht zum Bersten. Ich mag dieses Gefühl, wie es so fühlbar pocht, unablässig, aus eigener Kraft.

Was macht Normalität aus? Ich glaube, wenn man fünfzig Menschen fragen würde, bekäme man fünfzig unterschiedliche Antworten. Zweifellos gäbe es auch Übereinstimmungen. Aber wer bestimmt, was normal ist? Wer steckt die Grenzen für das Reguläre ab? Ich habe Zeit für diese metaphysische Knobelei, weil ich ganz allein hier in meinem Haus bin. Ich habe die Zeit, den Raum und frische Geisteskräfte.

Soweit ich zurückdenken kann, bis zu dem Moment, als ich Hen zum ersten Mal begegnet bin, damals auf der Straße, schon da habe ich sie gespürt – die drückende Last der Mittelmäßigkeit. Aber jetzt nehme ich eine Veränderung wahr. Endlich bin ich ganz da! Hier und jetzt! Ich mache Erfahrungen, habe Wünsche, treffe Entscheidungen, baue Beziehungen auf, schaffe neue Erinnerungen. Und ich bin mir dessen bewusst, dass dies alles gleichzeitig geschieht. Wie kann das durchschnittlich und alltäglich sein?

Ich habe mich immer für gewöhnlich gehalten, doch wie's aussieht, habe ich mich getäuscht. Gewöhnlich ist unmöglich. Realistischer ist die Annahme, dass wir alle außerordentlich sind, dass auch ich einzigartig, unverwechselbar bin, dass es dieses Ich nie zuvor gegeben hat und niemals geben wird.

Ich bin ein Individuum. Ohnegleichen und unvorstellbar. Ich bin unmöglich. Ich, wie ich in meinem Haus stehe, meine ungewisse Zukunft bedenke und Überlegungen zu meinen eigenen Erfahrungen anstelle.

Aber was ist mit Hen? Wer war ich, bevor ich Hen begegnet bin?

JUNIOR?«
»Hey Junior?«
»Junior, was machst du da?«
Ich drehe mich um. Hen und Terrance sind von der Arbeit zurück. So früh? Sie stehen in der Küche und sehen mich an. Wann sind sie eingetroffen? Ich habe weder den Wagen noch die Haustür gehört.
Hey, sage ich, seid ihr gerade zurück?
»Was machst du da?«
»Sie haben einfach nur so dagestanden«, sagt Terrance. »Und auf die Arbeitsfläche gestarrt. Alles in Ordnung mit Ihnen?«
Alles gut, sage ich.
Vielleicht ist es schon später, als ich dachte. Ich muss jedes Zeitgefühl verloren haben, was passieren kann, wenn man mit einem Mal auf einer neuen Ebene denkt, agiert und begreift. Ich habe meinen Tag sinnvoll genutzt, um mein Potenzial zu entfalten, und das ist ein gutes Gefühl. Ich bin mit mir und dem, was ich an einem einzigen Nachmittag erreicht habe, zufrieden.
»Mir tun die Unterarme höllisch weh«, sagt er. »Sie hatten recht. Das ist Knochenarbeit, die Sie da in der Fabrik verrichten.«
Er bindet sich den Pferdeschwanz neu und zieht ihn straff.

Sie haben doch nicht etwa wirklich da malocht? Sie haben bei meiner Arbeit ausgeholfen?

»Sie konnten wohl jede Unterstützung brauchen«, sagt Hen. »Du weißt ja, wie es zugeht, wenn sie nicht genug Leute haben.«

»Ja«, pflichtet Terrance bei, »und weil Sie wegen Ihrer Verletzung ausfallen und die auf die Schnelle keinen Ersatz finden konnten, bin ich eben eingesprungen. Ich war dabei, mich ein bisschen umzusehen, aber dann meinten sie, dass sie meine Hilfe brauchen könnten, und so hab ich angepackt.«

Meiner Meinung nach ist er für diese Arbeit physisch nicht geeignet. Er würde nicht lange durchhalten. Er würde schlappmachen.

Was für eine Arbeit haben die Ihnen denn gegeben?, frage ich.

»Ich musste diese weißen Säcke aufhalten, während sie mit Saatgut oder Getreide befüllt wurden, und sie dann stapeln.«

Ah, sage ich.

Hen räumt das Geschirr, das ich abgewaschen habe, ein, doch dann hält sie plötzlich inne. Sie verlässt die Küche ohne ein Wort. Ich höre, wie sie die Treppe hochgeht.

Dann haben Sie meine Arbeit gemacht, sage ich, das Befüllen der Säcke.

»Und sie haben mich gefragt, ob ich morgen wiederkommen könne, um für Sie einzuspringen.«

Tatsächlich?, sage ich.

Ich merke, wie ich rot anlaufe.

Hen ruft mich von oben und fragt, ob ich mal eben

zu ihr hochkommen könne, um ihr bei etwas zur Hand zu gehen.

Einen Moment, sage ich zu Terrance.

Ich brauche länger als gewöhnlich, um es die Treppe hinaufzuschaffen. Es liegt nicht nur an meiner Schulter, sondern auch an den Beinen. Sie sind müde von den Übungen heute Morgen. Ich muss mich mit dem gesunden Arm am Geländer festhalten und die Stufen mit einem Fuß auf einmal nehmen. Als ich in unser Zimmer komme, bin ich außer Atem. Hen steht am Fenster und blickt hinaus. Als sie mich hört, dreht sie sich zu mir um.

Alles in Ordnung?, frage ich.

»Ja. Ich wollte nur sichergehen, dass *dir* nichts fehlt. Ich habe befürchtet, dass es da unten unbehaglich wird, nur ihr beide. Mal wieder. Ich habe heute kein gutes Gefühl dabei, dass er hier ist.«

Ist schon okay, sage ich.

»Da bin ich mir nicht so sicher.«

Wie meinst du das?

»Er wird jeden Moment hier oben sein und uns stören.«

Raus damit, du willst mir doch was sagen.

»Wonach hat er dich eben gefragt?«

Er hat mir erzählt, wie sein Tag verlaufen ist. Sie haben ihn in der Fabrik aus irgendeinem Grund einsacken lassen.

»Aber wahrscheinlich hat er dir nicht alles gesagt.«

Wie meinst du das?

»Heute Morgen konnte ich nichts sagen. Aber ich habe ihn zur Fabrik mitgenommen, damit er mit mir redet. Ich habe Angst um dich.« Sie tritt vom Fenster zurück und senkt die Stimme. »Was hier abläuft, tut mir leid. Ich habe nicht immer den Mund aufgemacht, das war nicht in Ordnung. Aber ich darf nicht. Er könnte uns in diesem Moment abhören, aber es ist dir gegenüber nicht fair.«

Ich fühle mich eigentlich gerade ziemlich gut, sage ich.

»Du begreifst nicht. Hörst du mir nicht zu? Du brauchst nicht die ganze Zeit bei ihm zu sitzen und zu reden. Das ist nicht recht. Darum sollte es eigentlich nicht gehen.«

Ist das so? Tue ich einfach nur, was er mir befiehlt?

Ist er nicht deswegen hier, erwidere ich, um Informationen zu sammeln, deinet- und meinetwegen? Und ich habe tatsächlich mehr Energie als sonst. Ich fühle mich kräftig und agil, ich fühle mich …

Ich trete näher und lege ihr die Hand an die Hüfte. Sie fährt herum und wendet sich wieder dem Fenster zu.

Ich weiß nicht, was du von mir willst. Ich kann nicht einfach aufstehen oder mich hinlegen und ausruhen, so wie es mir passt, nicht so leicht wie du. Ich habe Verpflichtungen. Ich bin es, der geht. Vor meiner Abreise habe ich noch eine Menge zu tun.

»Ach, vergiss es«, sagt sie. »Keine Ahnung, wieso ich dich unbedingt hier raufgebeten habe. Vergiss es.«

Dann geh ich mal wieder runter, wenn das alles ist.

»Gut. Geh nur. Raus. Und mach die Tür hinter dir zu.«

Ich bin wieder in der Küche, nunmehr aufs Neue verwirrt und irritiert.

Was hat sie bloß? Was redet sie da? Ich hasse es, wenn Hen auf einmal so ist. Wenn sie wütend ist, aber mir ausweicht. Egal, was nicht stimmt, sie erwartet immer, dass ich es ihr aus der Nase ziehe, was alles nur noch schwerer und schlimmer macht. Es ist rücksichtslos von ihr. Kindisch. Sie muss endlich erwachsen werden. Wo kommen nur diese Launen her? Sie haben sich wie die meisten schlechten Angewohnheiten mit der Zeit eingenistet.

Terrance sitzt am Tisch. Eine Papierserviette ist in dünne Streifen gerissen. Als ich mich setze, wischt er sie beiseite. Ich merke auf Anhieb, dass er uns oben belauscht hat. Er versucht zwar, es zu kaschieren, tut so, als sei er gerade an seinem Screen, also anderweitig beschäftigt gewesen, aber ich sehe es ihm an.

»Alles in Ordnung?«, fragt er.

Ja, sage ich.

»Sicher?«

Ja. Also, wo waren wir stehen geblieben? Sie sagten gerade etwas, als ich raufgegangen bin. Über die Fabrik.

»Ich wollte Sie fragen, wie Sie die Fabrik finden, wenn Sie da sind, aber nicht arbeiten.«

Ich arbeite immer, wenn ich in der Fabrik bin. Dazu bin ich ja da.

»Ich meine nur, während der Pausen. Zwischendurch oder zu Mittag. Gehen Sie in die Kantine?«

Nein, eigentlich nicht. Meistens bleibe ich für mich.

»Und wieso?«, hakt Terrance nach.

Ist leichter, als Small Talk zu machen.

»Und wie ist es mit dem Essen? Essen Sie auch alleine?«

Ja, meistens schon.

»Und wieso? Aus einem besonderen Grund?«

Manche Leute können schon ekelhaft sein.

Er greift zu seinem Screen und stellt etwas ein, vielleicht ein Aufnahmegerät.

»Inwiefern?«, fragt er.

Ich hab mir angewöhnt, die Männer in der Kantine zu beobachten und ihnen zuzusehen, wie sie ihre Sandwiches fast in einem Bissen herunterschlingen, sodass sie das Brot mit dem Aufstrich zu einem widerlichen Brei zermalmen. Und was sie nicht herunterschlucken, bleibt ihnen zwischen beigefarbenen Zähnen und entzündetem Zahnfleisch kleben. Tut mir leid, aber so ist es nun mal. Und nicht nur, wie sie essen. Ich habe einen Kollegen gesehen, der in der Pause mit sperrangelweit geöffnetem Mund eingeschlafen ist. Mir wurde übel von dem Anblick. Meistens bemerken wir so etwas gar nicht. Und eines Tages kam mir die Frage hoch, wieso eigentlich nicht. Das war, als ich sah, wie sich einer der Jungs nach dem Essen den Mund mit einer Serviette abgewischt, sich dann mit derselben Serviette die verschnupfte Nase geschnäuzt, die Serviette zusammengeknüllt auf seinen Teller geworfen hat, wo sie sich dann von allein langsam auffaltete, als legte sie es darauf an, gesehen zu werden. Und in dem Moment hab ich gemerkt, was wir alle gemeinsam haben: Jeder von uns ist durch seine eigenen unausrottbaren Marotten vulgär. Denken Sie nur an Ohrenschmalz und Fingernägel und Eiter. Ich hab schon beobachtet, wie Typen auf den Boden spucken und einfach weggehen. Und das alles machen wir ganz unbewusst.

Ich hole Luft und merke, dass mir Terrance wie gebannt zuhört. »So was höre ich von Ihnen zum ersten Mal«, sagt er.

Ist ja auch nicht so, dass ich ein Leben lang rumsitze und mich drüber aufrege, antworte ich. Es … fällt mir einfach nur auf. Besonders am Arbeitsplatz passiert so was andauernd.

Terrance macht sich daran, etwas in sein Screen zu tippen.

Ich bin geschafft, sage ich. Ich denke, ich sollte allmählich schlafen gehen.

Jetzt befragt er sie. Hen und Terrance reden über wer weiß was für Dinge. Anders als mich, hat er sie nicht in den Speicher mit hochgenommen. Sie sitzen einfach in der Küche. Ich bin im Wohnzimmer. Es klingt lockerer und entspannter als die Gespräche zwischen ihm und mir.

Ich hatte gehofft, heute früher einzuschlafen, aber jetzt ist kein Gedanke mehr daran. Ich stehe von meinem Sessel auf und nähere mich ihren Stimmen. Ich stehe im Flur, unweit der Küche. Ich höre zu. Sie reden leise, weil sie wissen, dass ich in der Nähe bin und ich ihnen gesagt habe, dass ich schlafen gehe.

Ich würde gerne sehen, wie Hen und Terrance reden, sehen, wo sie sitzen, welchen Platz sie jeweils am Tisch einnehmen, aber wenn ich hineinginge, würden sie das Gespräch unterbrechen. Sie wollen allein sein. Terrance versucht ständig, mit Hen allein zu sein.

»Aber hat denn irgendjemand von uns wirklich die Freiheit, die wir uns vorgaukeln?«, fragt sie.

»Ich glaube schon, ja«, antwortet Terrance.

»Denken Sie doch nur einmal an die Einflüsse und Zwänge, die sich darauf auswirken, was wir tun, wie wir uns verhalten, wie wir uns kleiden, was wir denken. Es ist schwer, wenn nicht gar unmöglich, sich dem zu entziehen.«

»Andererseits wissen wir, was wir tun«, erwidert er. »Wir können Einflüsse annehmen oder zurückweisen.«

Ich fahre mir mit der Hand ans Auge, weil ich merke, dass es zuckt. Ich übe sanften Druck darauf aus.

»Wissen Sie, was ich mein Leben lang immer zu hören bekam? Hier komme ich her, hier kenne ich mich aus, und hier gefällt es mir, und ich soll für das, was ich habe, dankbar sein«, sagt Hen. »Und er hat immer nur gesagt, in der Stadt würde ich es hassen, sie würde mir nur Angst machen. Stimmt das überhaupt? Oder wurde mir das immer nur eingetrichtert?«

Von Terrance kommt darauf nur ein *Hm,* das wie eine Frage klingt.

»Ich habe diese fixe Idee«, erklärt Hen, »diese Fantasievorstellung, es selber herauszufinden und selbst zu entscheiden, dass es mir reicht. Dass ich so nicht mehr weitermachen kann. Dass ich etwas anderes will. Etwas für mich. Mich entschließe, wegzugehen, wissen Sie?«

Wegzugehen? Was will sie damit sagen? Schließlich ist nicht sie diejenige, die geht, sondern ich. Hen muss nirgendwohin. Ich drücke mir immer noch auf das zuckende Auge und höre angestrengt zu.

»Was würde Sie das denn kosten?«, fragt er.

»Zu gehen?«

»Ja.«

»Ich müsste den Mut aufbringen, etwas Drastisches zu tun, von dem ich nicht zurückkann. Und in meiner Fantasievorstellung würde ich gar nicht erst versuchen, meine Gründe aufzuzählen, es überhaupt zu begründen und zu rechtfertigen, ich würde das genaue Gegenteil tun.«

»Was ist das Gegenteil davon, es zu rechtfertigen?«, fragt Terrance.

»Ich würde einfach gehen. Ich würde es nicht offen erklären. Mich nicht erklären zu müssen ist stärker. Wieso sollte es an mir sein, es ihm begreiflich zu machen? Er sollte von sich aus begreifen, was passiert ist. Allerdings würde ich trotzdem einen Abschiedsbrief hinterlassen. Einen Brief mit seinem Namen auf dem Umschlag. Aber mit einem leeren Blatt. Es stünde nichts drin. Er würde zugleich nichts und alles sagen. Kann es eine klarere Botschaft geben?«

Terrance antwortet etwas, das ich nicht hören kann. Ich trete aus meinem Versteck hervor. Terrance erschrickt, als er mich sieht. Er stockt und starrt mich an. Hen trägt ihr schwarzes Tanktop und sitzt an ihrem gewohnten Platz am Küchentisch, Terrance auf meinem Stuhl, neben ihr. Er trägt wieder meine Schürze.

»Junior«, sagt er. »Ich dachte, Sie schlafen.«

Nein, ich bin noch nicht müde, antworte ich.

»Hunger? Hab was zu essen gemacht.«

Terrance steht auf. Was, so frage ich mich, ist wohl das Schlimmste, was Terrance je passiert ist? Was bedauert er am meisten? Was hat ihn am tiefsten beschämt? Was hat ihm am meisten wehgetan?

Er kommt auf mich zu. Er sieht mir in die Augen.

»Sie sind ein bisschen gerötet«, stellt er fest.

Er tastet mir an beiden Seiten den Hals ab, meine Drüsen. Ich zucke zurück. Dass er mir so nahe kommt, mich berührt, damit habe ich nicht gerechnet. Er zieht irgend so ein Instrument aus der Gesäßtasche.

»Tut mir leid, würde nur gern mal eben bei Ihnen Fieber messen. Dauert nur eine Sekunde.«

Bevor ich protestieren kann, steckt er mir dieses Ding ins Ohr.

Er zieht es heraus und wirft einen Blick drauf.

»Gut. Kein Grund zur Sorge. Und Sie fühlen sich wirklich gut?«

Ja, besser denn je.

»Ausgezeichnet.«

Er legt mir die Hand auf die Brust und drückt sie mir fest auf die Haut. Er nimmt sie nicht weg.

»Ihr Herz fühlt sich auch gut an«, sagt er. »Kräftig.«

Er hat mich noch nie so berührt. Ich bin verblüfft.

»Bitte essen Sie doch was! Ich mache mir immer noch ein bisschen Gedanken über Ihr Gewicht.«

Im Moment nicht. Später vielleicht, wenn ich in der Nacht aufstehe. Ich werde des Öfteren wach.

»Morgen werde ich etwas Leckeres kochen. Hen, nach Ihrer Schicht können wir einkaufen fahren. Ich hab morgen wahrscheinlich etwa um dieselbe Zeit Feierabend.«

»Sicher, wieso nicht«, sagt sie, sieht dabei jedoch mich an.

Wollen Sie wirklich morgen wieder zur Fabrik?

»Ja«, sagt er. »Und danach mit Hen Einkäufe machen.«

Ich fasse es nicht, wie mir das bis jetzt entgehen konnte. Bis zu diesem Moment. Es trifft mich wie ein Schlag ins Gesicht. Ich sehe, was er versucht. Ich sehe, wo das hinführt. Ich hatte schon so eine Ahnung, aber jetzt fällt es mir wie Schuppen von den Augen. Ich sehe, wozu er hier ist, bei uns wohnt, uns beobachtet, so viele Fragen stellt. Es passt so viel besser ins Bild als das, was er uns die ganze Zeit weismachen will. Er hat mich, uns, die ganze Zeit belogen.

Er ist es. Terrance wird mein Ersatz.

Terrance ist in sein Zimmer raufgegangen. Hen und ich sind allein in der Küche. Jetzt ist die Gelegenheit, ihr zu sagen, was hier wirklich läuft. Allerdings muss ich vorsichtig sein. Ich will sie nicht ängstigen.

Und? Habt ihr beide euch gut unterhalten? War es interessant? Habt ihr euch näher kennengelernt?

»Ich bin erschöpft«, sagt sie.

Was meinst du, weshalb er unbedingt will, dass ihr beide zusammen einkaufen geht?, frage ich. Und mit dir zur Arbeit fährt? Die ganze Zeit mit dir zusammen ist?

Sie schüttelt langsam den Kopf. Sie ist wirklich gerädert. Ich sehe es daran, wie sie die Schultern hängen lässt. »Woher soll ich wissen, wieso er was macht? Lass gut sein.«

Ist es nicht seltsam, in welchem Maße er hier aushelfen will? Schließlich ist er nicht unser Gast.

»Ist er wohl.«

Du hast mir doch gesagt, ich soll kritischer und selbstbewusster sein und nicht alles tun, was er sagt. Wir haben ihn nie eingeladen. Wir kennen ihn nicht.

»Schätze, er will einfach was Nettes tun.«

Du meinst im Ernst, er will was Nettes tun? Das glaubst du doch selber nicht. Das höre ich dir an.

»Schon möglich, dass er ein bisschen angibt, dass er Eindruck machen will.«

Hen reibt sich die Augen. Sie ist kaputt. »Na schön. Was, glaubst du, geht hier vor?«

Ich habe Angst, es so direkt zu sagen. Ich bin noch nicht bereit, es zur Sprache zu bringen, das mit Terrance und dem wahren Grund, weshalb er hier ist.

Ich finde es nur ziemlich seltsam, dass jemand mit der Ehefrau eines anderen einkaufen gehen und seine ganze Zeit mit ihr verbringen will. Gehst du mit?

»Ich hab ihm schon zugesagt. Du bauschst die Sache auf, Junior.«

Glaubst du, er sagt uns die Wahrheit?, frage ich. Über alles?

Sie streicht sich mit der Hand durchs Haar. »Soweit er kann, ja.«

Dann gibst du mir also recht, dass er uns etwas vorenthält? Dass er uns nicht alles sagt?

»Ich wünschte, du würdest dir um ihn nicht so viel Gedanken machen. Du steigerst dich da zu sehr in etwas hinein.«

Ich steigere mich nicht in etwas hinein, halte ich ihr entgegen. Ich fange nur langsam an zu begreifen.

Halten Sie die Arme hoch, so«, sagt Terrance und hebt die Arme über den Kopf, um es vorzumachen. Ich habe Hen am Küchentisch zurückgelassen. Terrance hat mich nach oben gerufen, und ich finde mich auf dem glühend heißen Dachboden wieder. Ich möchte seine Anordnung infrage stellen, ihm eine Abfuhr erteilen, mich widersetzen, doch einmal mehr habe ich erbärmlicherweise gehorcht.

»Ich hab noch ein paar winzige Sensoren bei Ihnen anzubringen.«

Wozu?

»Je mehr Daten wir –«

Jaja, immer mehr Daten. Ist das alles für den Ersatz?

»Das ist alles für Hen, Junior. Vergessen Sie das nicht. Wir wollen, dass der Ersatz so lebensecht wie möglich ist. Ja, genau da«, sagt er und drückt mir einen in die linke Achselhöhle. »Und, zack, noch einen hier.«

Einen weiteren pappt er mir in die rechte Achselhöhle. Der zweite zwickt, und ich zucke zurück.

Scheiße, sage ich.

»Oh, tut mir leid. Fertig. Schon erledigt«, sagt er. »Nehmen Sie Platz. Fühlen Sie sich gut, entspannt, gelassen?«

Es ist spät, später als bei allen anderen Befragungen, die wir bis jetzt hatten.

Ich kann den Raum nicht sehen, sage ich. Das ist irritierend.

»Schließen Sie einfach die Augen, wenn Ihnen das lieber ist.«

Terrance tritt hinter mich. Ich höre, wie er auf seinem Stuhl Platz nimmt.

»Es ist besser so. Richten Sie Ihren Fokus nach vorn. Wie fühlen Sie sich?«

Gut, klar im Kopf, sage ich. Stark, produktiv. Ich habe einen Fokus. Ich habe einiges begriffen.

Er tippt etwas in sein Screen.

Ich habe nachgedacht, sage ich. Ich weiß nicht, wie die Sache funktionieren soll. In letzter Zeit fühle ich mich anders, unverwechselbar.

»Interessant. Demnach haben Sie sich vorher gewöhnlich gefunden. Worum geht es Ihrer Meinung nach bei dieser Veränderung?«

Um mich, sage ich. Es geht um mich.

Und auch um dich, denke ich. Aber das behalte ich für mich. Fürs Erste.

Ich bin mir meiner selbst bewusster geworden. Aufgrund der Situation. Jetzt, wo ich weiß, dass ich gehe, sehe ich die Dinge anders. Ich nehme kleine Dinge wahr, die mir früher entgangen wären.

»Wie zum Beispiel?«

Wie die Sonne auf dem Dach unserer alten Scheune glänzt. Das habe ich heute Morgen gesehen, ich habe einfach dagestanden und hingeschaut. Ich fand es bewegend. Es war schön – es war wirklich schön. Normalerweise mache ich mir keine Gedanken darüber, ob eine Landschaft schön ist oder nicht, aber gegen dieses

Gefühl konnte ich nichts machen. Ich sah es und erkannte, dass es schön war. Aber wissen Sie was? Es hat mich traurig gestimmt.

»Traurig?« Ich höre ihn tippen. Er versucht, es leise zu tun, aber ich höre es trotzdem. »Wieso?«

Keine Ahnung. Ich kann es mir nicht erklären.

»Vielleicht, weil Schönheit vergänglich ist?«

Nein, sage ich. Das Gegenteil ist der Fall. Schönheit ist nicht vergänglich. Schönheit ist ewig. Aber ... ich nicht. Ich bin vergänglich. So sieht's nämlich aus.

Er hört schlagartig mit Tippen auf.

»Das ist ziemlich tiefsinnig. Seit meinem ersten Besuch legen Sie wirklich mehr Selbstwahrnehmung und Innerlichkeit an den Tag. Dazu fällt mir Baudelaire ein: ›Ich kann mir keine Art von Schönheit vorstellen, in der nicht auch Melancholie zu finden ist.‹«

In dem Moment beschließe ich, es zu sagen. Ich werde zur Sprache bringen, was ich als wahr erkannt habe.

Ich bin unersetzlich. Egal was es ist, wie ähnlich es mir sieht oder wie sehr es nach mir klingt. Was auch immer es ist, es wird niemals ich sein.

»Gegen Selbstwertgefühl ist nichts einzuwenden. Das ist gesund. Wir ermutigen ausdrücklich dazu. Es beeinträchtigt unser Unternehmen nicht.«

Das hat nichts mit Selbstbewusstsein oder Selbstwertgefühl zu tun. Es ist ein Erwachen, ein Wissen, ein Gewahrsein. Ich bin nicht wie andere. Das habe ich bis jetzt immer gedacht, aber da lag ich falsch. Sie können mich nicht reduplizieren. Das habe ich erst begriffen, als –

»Also, Junior. Halten Sie mich nicht für unhöflich,

wenn ich Ihnen so ins Wort falle, aber ich hatte eigentlich gehofft, unsere Unterhaltung heute Abend könnte sich ein bisschen mehr auf Sie *und* Henrietta konzentrieren. Wie läuft es bei Ihnen beiden denn so als Paar? Bitte nehmen Sie mir meine Offenheit nicht übel, aber in letzter Zeit meine ich, eine etwas gereizte Stimmung zwischen Ihnen beiden zu spüren, ich mag mich täuschen, oder ist da was dran?«

Ich sitze senkrecht.

Zwischen uns?

»Ja. Ich bin nur neugierig, weiter nichts. Bei all dem, was hier läuft. Haben Sie beide viel miteinander geredet? Ich kann mich natürlich irren, aber wie ist denn so die Stimmung zwischen Ihnen und Hen? Wie's aussieht, verbringen Sie nicht allzu viel Zeit miteinander und reden auch nicht allzu viel.«

Da irren Sie. Die Stimmung ist gut. Alles bestens. Alles bestens zwischen uns. Es ist meine Pflicht, dafür zu sorgen, dass zwischen uns alles in Ordnung ist. Das ist meine Sache.

»Das ist gut. Kein Problem, wenn ich falschlag. Und hat sie in letzter Zeit gut geschlafen?«

Soweit ich weiß, ja.

Das gefällt mir nicht. Es gefällt mir nicht, wie er sich nach Hen erkundigt.

»Gut. Es ist nur, tauschen Sie beide sich über alles aus? Wissen Sie immer, was bei ihr läuft, wie sie sich fühlt?«

Wieso?

Terrance hat wieder mit dem Tippen angefangen; ich höre, wie er in sein Screen hämmert.

Wieso stellen Sie diese Frage?

»Mich interessiert Ihre Beziehung, wie Sie miteinander umgehen und kommunizieren. Eine Beziehung lebt ganz wesentlich von offener und ehrlicher Kommunikation. Erzählen Sie mir vor allem von Ihrer Frau.«

Ich bin dagegen machtlos. Mein Puls ist beschleunigt.

Ich will über die Vorgänge hier Auskunft von ihm fordern. Ihm sagen, er solle mein Haus verlassen. Ihm sagen, er habe kein Recht, hier zu sein.

»Erzählt sie Ihnen, was sie mag?«

Wer?

»Ihre Frau, Junior.«

Sie meinen, was sie gerne isst?

»Nein, nicht, was sie gerne isst.« Er lacht. »Ihre Vorlieben, im Bett. Sagt sie es Ihnen? Oder tun Sie einfach intuitiv, was ihr gefällt?«

Ich wische mir Schweiß von der Stirn und vom Nacken.

Was haben Sie gesagt?

»Junior. Nicht so verklemmt! Ich bin einfach nur neugierig.«

Das ist Privatsache. Es steht Ihnen nicht zu, danach zu fragen. Das geht nur Hen und mich was an. Was erlauben Sie sich, mir eine solche Frage zu stellen? Wofür halten Sie sich –

»Schon gut, schon gut. Ganz ruhig«, fährt er mir dazwischen. »Ich muss Ihnen noch etwas ums Handgelenk machen. An Ihrem gesunden Arm.«

Was? Was denn?

»Es verringert die Perspiration. Es verhütet, dass Sie dehydrieren. Strecken Sie die Hand vor sich aus. So.«

Er zeigt es mir.

»Kommen Sie schon«, sagt er. »Stellen Sie sich nicht so an.«

Er holt eine Metallspange hervor und lässt sie mir ums Handgelenk zuschnappen. Sie ist eng. Auf einer Seite hat sie eine Öse, an der man etwas anderes befestigen könnte.

»So, das war's schon. Es steht Ihnen frei zu gehen.«

Ich betrachte die Schelle, glänzend und neu. Sie ist unbenutzt. Das Metall ist kalt. Aus irgendeinem Grund, den ich mir nicht erklären kann, fühlt es sich gut an.

Ich muss unter die Dusche. Dringend. Ich bin verschwitzt und ungepflegt. Noch nie war ich derart empört, fühlte ich mich dermaßen respektlos behandelt.

Dieses Gefühl hat sich immerzu verstärkt, seit Terrance in unser Leben getreten ist, und seit Hen nun gesagt hat, ich müsse nicht alles tun, was dieser Mann mir sagt, lässt mich der Gedanke nicht mehr los. Wieso gestehe ich ihm so viel Kontrolle über mich zu? Ich bin nach wie vor an mein Haus gefesselt. Bis jetzt bin ich noch nicht wieder irgendwohin gegangen. Ich hätte das kommen sehen müssen. Jetzt sehe ich nichts anderes mehr. Hen hat versucht, mir etwas zu sagen. Das weiß ich. Ich weiß, sie hätte mir noch mehr zu sagen, tut es aber nicht. Oder darf es nicht. Mit jedem Tag, mit jeder Stunde, mit jeder Minute begreife ich mehr. *Das geschieht alles Hen zuliebe. Vergessen Sie das nicht. Wir wollen schließlich, dass der Ersatz so lebensecht wie möglich wird,* trichtert er mir ein.

Ich triefe vor Schweiß. Ich stehe im Badezimmer, versuche, meine Gedanken zu ordnen, zu begreifen, was vor sich geht, zu erkennen, was ich dagegen tun, aktiv dagegen unternehmen kann. Ich bin mir nicht so sicher, ob wir auch nur eine weitere Nacht mit Terrance unter einem Dach verbringen sollten. Er ist eine Bedrohung. Er ist unser Feind.

Aber wenn wir weggehen würden, was dann? Würde er uns verfolgen? Vermutlich. Er würde uns verfolgen, so wie ich an jenem Tag verfolgt wurde, als ich in die Felder lief und die brennende Scheune entdeckte. Er würde uns finden. Sie würden uns finden. OuterMore. Was auch immer das ist. Nein, wir können hier nicht weg. Das würde nur alles noch schlimmer machen.

Erzählt sie Ihnen, was sie mag?, hat er gefragt.

Ich muss nachdenken. Oder ich muss es aufgeben, nachzudenken. Ich bin mir nicht sicher, was am besten ist. Ich möchte diese Befragungen vergessen. Terrance vergessen. Zu schlafen versuchen. Und am Morgen noch einmal alles überdenken. Ich drehe die Dusche auf, das heiße Wasser, und ziehe die wenigen Sachen aus, die ich trage.

Ich gehe nicht direkt hinein, sondern stehe nackt vor dem Spiegel. Ich hebe den gesunden Arm hoch über den Kopf. Ich spanne den Bizeps. Ich halte die Spannung. Dann spanne ich die Bauchmuskeln, so fest ich kann. Ich drehe mich hin und her und mustere meine äußeren schrägen Bauchmuskeln.

Es steht Ihnen frei zu gehen, hat er gesagt.

Ich wische den Dampf vom Spiegel ab. Mein Gesicht ist jetzt nur wenige Zentimeter vom Spiegel entfernt. Ich blähe die Nasenflügel. Ich reiße die Augen so weit auf, wie ich kann. Ich bin ein mit Makeln behaftetes, abstoßendes Individuum wie alle anderen auch. Minderwertig, unvollkommen. Was sonst. Wie konnte ich mir einbilden, ich wäre anders?

Ich reiße die Augen so lange auf, bis sie wehtun. Ich

mache weiter. Ich mache weiter, bis mir die Tränen in die Augen steigen.

Terrance will zu viel wissen. Er will alles über mich wissen. Er wird niemals alles über mich wissen. Ich bin gut zu Hen gewesen. Wie hätte ihr Leben ausgesehen, wären wir uns nie begegnet? Ich hätte andere haben können, hätte ich gewollt. Ist mir egal, ob wir uns streiten, das hier ist ihr Leben, hier wohnt sie, mit mir. Für dieses Leben hat sie sich klar entschieden. Sie hat sich für mich entschieden. Das heißt, sie ist glücklich. So wie die Dinge sind.

Der Spiegel ist erneut beschlagen. Mit dem Zeigefinger zeichne ich die Umrisse eines Käfers in den Dampf. Ich ziehe die Linien so langsam und so fest, dass es auf der nassen Fläche quietscht. Ich weiß, was Terrance vorhat, wenn er mich zur Installation wegschickt, wenn er mein Leben übernimmt. Er möchte vom Gästezimmer am Ende des Flurs in mein Schlafzimmer ziehen. Er will mich möglichst gut kennenlernen, um an meine Stelle zu treten. Aber daraus wird nichts. Er wird niemals ich sein.

Ich trete in die Dusche. Ich halte das Gesicht in den Strahl.

Obwohl die Dusche an ist, höre ich sie in Terrance' Zimmer reden. Sein Zimmer ist direkt nebenan. Es ist Hen. Sie ist gerade mit ihm da drinnen. Ich kann nicht verstehen, worüber sie sprechen. Ich gehe dichter an die Kachelwand heran, kann aber immer noch nicht besser hören. Worüber reden sie? Ich drehe das heiße Wasser stärker auf, bis es fast brühend heiß ist. Über mich. Ich bin mir sicher, sie reden über mich. Sie sind von mir besessen.

Als ich es nicht mehr aushalte, drehe ich die Dusche ab und trete auf die Matte, um mich abzutrocknen. Bei meiner verletzten Schulter nehme ich mich in Acht. Meine verletzte Schulter. Der Grund, weshalb ich nicht in meinem eigenen Bett bei Hen schlafen kann. Der Grund, weshalb ich allein, im Sitzen, unten schlafen muss. Der Grund, weshalb es für Terrance so leicht ist, einzuspringen und Hen langsam, aber sicher immer näherzukommen.

Ich drehe mich vor dem Spiegel um, damit ich meine Schulter inspizieren kann. Ich weiß nicht, wieso, aber seit dem Unfall habe ich sie mir noch nie wieder angesehen. Wieso bin ich nie auf den Gedanken verfallen, sie zu untersuchen? Es ist ein Verband dran, seit dem Unfall derselbe. Er wurde nicht gewechselt.

Ich zupfe an dem Pflasterstreifen, mit dem der Verband befestigt ist. Langsam ziehe ich ihn ab. Ich lasse mir Zeit damit, alle vier Pflasterstreifen zu entfernen. Ich lasse den Verband zu Boden fallen. Ich streiche mir mit der Hand über die Haut. Die weiche Haut. Es gibt keine Narbe an meiner Schulter. Keinerlei Anzeichen für eine Verletzung. Meine Haut ist makellos. Keine Naht, keine Male.

Terrance hat es mir erzählt. Das weiß ich. Als ich einen Tag nach dem Unfall erwachte. Er erklärte mir, der Arzt habe »einen kleinen Eingriff« vorgenommen. Was für ein Eingriff, und sei er noch so klein, würde keinerlei Narbe hinterlassen? Wenn es keine Wunde gab, wozu dann der Verband?

Es klopft an der Tür. Ich trete mit dem Fuß auf den Verband am Boden.

»Wer ist da?«, frage ich.

»Ich bin's, Hen«, meldet sie sich.

Sie öffnet die Tür ein Stück. »Bist du bald fertig? Du bist schon eine Ewigkeit da drinnen.«

Ich hab geduscht, sage ich. Gehst du schon zu Bett?

»Ja«, sagt sie. »Komm noch zum Gute-Nacht-Sagen rüber, bevor du runtergehst.«

Gern, sage ich. Alles klar.

Ich schließe die Tür hinter ihr. Dann kehre ich zum Spiegel zurück, stehe eine Weile davor, betrachte meine Schulter, meinen Rücken, meinen Hals, meine Arme. Die Sensoren, die er angebracht hat, um Daten zu sammeln, sind intakt.

Ich weiß nicht, wie lange ich so dastehe. Bis ich genug gesehen habe. Bis ich von selbst ganz trocken bin. Mein Handtuch hängt unberührt am Haken an der Innenseite der Tür.

Als ich die Tür zu Hens Zimmer, zu unserem Schlafzimmer, öffne, liegt sie im Bett. Sie steht auf, ohne etwas zu sagen. Sie schließt die Tür hinter mir, nimmt mich bei der Hand und führt mich zum Bett. Sie entkleidet mich, erst das T-Shirt, dann die Shorts. Sie lässt beides zu Boden fallen. Sie legt mich aufs Bett. Dann schlüpft sie selbst aus Shirt und Shorts. Zuletzt zieht sie sich das Höschen bis zu den Knöcheln herunter und tritt heraus.

Sie kommt zu mir aufs Bett. Sie steigt rittlings auf mich. Sie fasst sich mit der Hand zwischen die Beine und führt mich in sie hinein. Sie beugt sich vor, nimmt meine Hände und legt sie sich auf den Rücken. Ich versuche, ihr Gesicht zu berühren, doch sie schiebt meine Hände wieder an die ursprüngliche Stelle zurück. Sie beugt sich vor, ihr Kopf ruht rechts von mir auf der Matratze. Sie stemmt sich mit den Händen gegen die Wand am Kopfende des Betts. Sie stöhnt. Ich auch. So bleiben wir, bis sie gekommen ist und sich keuchend zur Seite rollt. Wir haben uns nicht geküsst.

Sie liegt auf dem Rücken und blickt zur Decke.

»Wieso bleiben Paare zusammen?«, fragt sie ein paar Minuten später.

In Langzeitbeziehungen?, frage ich nach.

»In Ehen«, antwortet sie.

Weil sie sich lieben, sage ich. Weil sie sich aneinander binden. Aufeinander verlassen. Sie finden darin Halt und Sicherheit.

»Nein. Sie bleiben zusammen, weil es von ihnen erwartet wird, weil sie es nicht anders kennen. Weil sie versuchen, es zusammenzuhalten, durchzustehen, und am Ende leben sie unter einer Art geistig seelischer Anästhesie. Sie machen weiter, dabei sind sie abgestumpft, und je mehr ich darüber nachdenke, desto schlimmer finde ich es, so zu leben. Sie sind einander gleichgültig und halten trotzdem daran fest. Das ist unmoralisch.«

Ich glaube nicht, dass ich abgestumpft bin. Und gleichgültig.

Die Ehe ist kein leichtes Unterfangen, sage ich. Mit einem anderen Menschen jahrelang zusammenzuleben, das kostet Mühe und guten Willen. Man kann nicht einfach aufgeben, wenn es schwierig wird.

Sie dreht sich auf die Seite.

»Ich weiß, dass du das, was du da sagst, logisch findest. Ist es theoretisch vielleicht ja auch. Aber mir geht es nicht darum, aufzugeben, wenn es schwierig wird. Ich rede davon, krampfhaft weiterzumachen, wenn alles nur noch ein fauler Kompromiss ist.«

Ein fauler Kompromiss, wiederhole ich in Gedanken.

Du willst damit hoffentlich nicht sagen, dass es zwischen uns nur noch ein fauler Kompromiss ist? Das kann ich nur hoffen. Sieh nur, was wir gerade getan haben. Du hast das genossen, oder etwa nicht?

Sie berührt mich am Arm.

»Da mach dir keine Sorgen. Es war gut. Es hat seinen Zweck erfüllt.«

Hen, in diesen letzten Tagen habe ich etwas Echtes zu dir empfunden. Dieses neue Gefühl war unglaublich, ich kann es nur nicht beschreiben.

Sie legt mir die Hand auf den Bauch.

»Dann versuch's«, ermuntert sie mich. »Wie fühlt es sich denn an?«

Wo soll ich anfangen, Hen? Es ist so viel, es gibt so viele Dinge, so viele Menschen. Denk doch nur mal an die Rapsfelder und dieses Blütenmeer und alles, was darin lebt. Das Getreide in der Fabrik. Und dann denk nur mal an die Stadt und alles, was es dort gibt, die Geschäfte und Wohnungen und Autos. Denk allein schon an all die Screens, die alle haben, egal, woran du denkst, egal was, es gibt immer viel zu viel davon. Aber dich gibt es nur ein einziges Mal, und das grenzt schon an ein Wunder.

Sie sagt nichts, rückt jedoch näher und legt mir den Arm um die Taille. Sie schmiegt sich an mich und küsst mir die nackte Brust. So verharrt sie. Daran möchte ich mich erinnern, wenn ich weg bin.

»Gestern Nacht hatte ich einen Albtraum«, sagt sie ein paar Minuten später. »Es hat sich so real angefühlt. Dieser war besonders schlimm, ich hatte vom ersten Augenblick an Angst. Ich wusste, dass es nur ein Traum ist, es war ein Klartraum, ich konnte tun und lassen, was ich wollte, ich konnte ihn sozusagen lenken, was es aber nicht besser gemacht hat. Ich war in diesem großen Raum. Ich sah sämtliche Wände, ich war mir der Größe bewusst, aber gleichzeitig wusste ich, dass der

Raum endlos weiterging. Der Raum war unbegrenzt, nur dass ich nirgends sonst hinkonnte.«

Das klingt schrecklich, sage ich.

»Und das Schlimmste – ich möchte, dass du das verstehst –, ich war nicht allein. Das ist das Schlimmste. Ich war nicht allein.«

Sie sind beide im Bett und schlafen. Hen und Terrance schlafen. Sollte ich auch. Ich weiß nicht, wie spät es ist, aber auf jeden Fall spät, mitten in der Nacht. Ich bin noch nicht müde. Es ist ruhig im Haus, aber nicht still. Seit ich die ganze Nacht hier unten sitze, habe ich eins gelernt: Selbst um diese Zeit ist es in keinem Haus vollkommen still, nicht, wenn man genau hinhört.

Ich sehe jetzt klar, wenn ich im Dunkeln sitze, denn mein Verstand ist geschärft. Dabei fühle ich mich die ganze Zeit, mit jeder Stunde, die vergeht, immer authentischer, mit mir im Reinen. Ich begreife immer mehr über mich selbst, über den Menschen, der ich bin, Dinge, auf die ich bis dahin nicht geachtet habe.

Nach Hens Bemerkungen über die Ehe schwirrt mir der Kopf. Sie hat mir gesagt, wie sie sich fühlt, was ihr zu schaffen macht, doch irgendwo tief in meinem Innern weiß ich, Hen und ich sind ein Team. Trotz allem, was sie gesagt hat, ist jeder von uns durch den anderen besser. Das macht eine Ehe aus. Das hätte ich ihr deutlicher sagen sollen, als sie das Thema zur Sprache brachte. Wir haben unterschiedliche Rollen, unterschiedliche Stärken, aber wir stützen uns aufeinander. Ich kann das, was ich am besten kann, weil ich weiß, dass sie immer da sein wird. Wir brauchen einander.

Ich bin das Schiff, das durch die Wellen pflügt. Hen ist der Anker. Hen ist mein Anker. Mein Halt.

Ich schiebe meinen Liegesessel zurück und drehe ihn mit der Sitzfläche zur Wand um. So ist es mir lieber. Wenn jetzt jemand hereinkommt, kann er nicht auf Anhieb mein Gesicht sehen und wissen, ob ich finster dreinblicke oder lächle, ob ich die Augen geöffnet oder geschlossen habe. Er muss erst herüberkommen, in die gegenüberliegende Zimmerecke, um mich zu sehen. Ich meine Terrance. Terrance kann meinen Gesichtsausdruck nicht sehen. Jedenfalls nicht sofort.

Was ist ein Schiff ohne Anker. Es wird von jeder Strömung mitgerissen und kommt vom Kurs ab. Irgendwann irrt es dann auf dem Meer herum. Auch das hätte ich ihr sagen können, als wir im Bett lagen, dann hätte sie sich viel besser gefühlt. Da bin ich mir sicher. Um ihr unsere Bindung ins Gedächtnis zu rufen.

Meine Theorie ist eigentlich keine Theorie mehr. Eine Theorie ist ungewiss, das, was ich entdeckt habe, kann dagegen nur wahr sein. Das verstehe ich jetzt. Und ich habe vor, es zu beweisen. Terrance ist nicht unser Freund. Ist er von Anfang an nicht gewesen.

Sollte ich das Hen sagen oder nicht? Ich wüsste gern, ob sie es schon weiß. Je sicherer ich mir bin, dass er eine Bedrohung darstellt, desto weniger bin ich geneigt, es ihr zu sagen. Es wird ihr nur Angst machen, sie in Rage bringen, was ich ganz bestimmt nicht will. Sie wird nicht schlafen können. Sie wird sich sorgen.

Ich werde es ihr nicht sagen. Ihr zuliebe nicht. Was sie nicht weiß, macht sie nicht heiß.

Terrance will für sich, was ich habe. Deshalb schläft

er im Obergeschoss und ich hier unten. Deshalb kocht er für uns. Deshalb kauft er ein. Deshalb geht er für mich zur Arbeit. Deshalb studiert er alles an mir. Er will meine Frau. Er will mein Leben.

Dazu darf ich es nicht kommen lassen. Werde ich auch nicht.

Was ist ein Schiff ohne Anker?

»Junior. Kommen Sie schon, Junior. Es ist Zeit. Jetzt. Gehen wir. Wachen Sie auf.«

Ich öffne die Augen. Es ist Morgen. Es ist noch früh. Draußen wird es gerade erst hell. Terrance steht vor mir. Er lächelt nicht. Ich habe kein Hemd an. Ich entdecke einen Saugglockensensor an meiner Brust.

Was ist das denn? Was soll das werden?

»Junior. Können Sie mich hören? Was machen Sie da? Nun kommen Sie schon.«

Er sieht anders aus. Was ist es? Er trägt keinen Anzug. Das ist es. Er ist in Shorts und einem kurzärmeligen Hemd. Moment mal, es ist mein Hemd. Er trägt *mein* Hemd. Auch meine Shorts.

Was soll das?, frage ich.

Er klatscht in die Hände. »Junior, wenn Sie so weitermachen, ist der halbe Vormittag rum. Sie müssen aufstehen. Sie können Ihre letzten Tage nicht verschlafen.«

Wieso tragen Sie meine Sachen?

»Was? Sie meinen, das hier? Es ist heiß. In meinen Sachen war mir einfach zu heiß. Hen meinte, ich sollte mir was von Ihnen borgen, Sie hätten bestimmt nichts dagegen. Sie meinte, Sie würden es mir selber anbieten, wenn Sie wach sind. Jetzt kommen Sie schon, aufgestanden!«

Er beugt sich über mich und hilft mir mit einem festen Griff an den Oberarmen hoch. Ich fühle mich schwach auf den Beinen, und ich brauche einen Moment, um mein Gleichgewicht zu finden.

»Sie erwähnten, Sie hätten hier im Haus eine Menge zu tun, und ich mach mich jetzt auch auf den Weg«, sagt er über die Schulter hinweg, während er geht. »In der Pfanne auf dem Herd ist Ihr Frühstück. Sehen Sie zu, dass Sie ordentlich essen. Und nehmen Sie Ihre Tabletten.«

Hen, sage ich.

Ich denke an gestern Abend. Ich erinnere mich, was ich zu tun habe, worauf ich mich konzentrieren muss.

Wo ist sie?, frage ich.

»Sie wartet schon im Wagen. Und ich mach mich jetzt auf.«

Er geht zur Haustür und verlässt das Haus, während ich dastehe und ihm hinterhersehe. Ich begebe mich ans Fenster und blicke hinaus. Er steigt neben Hen in den Wagen. Eine Minute später fahren sie los, und ich schaue den beiden hinterher.

Ich bin nicht der destruktive Typ. Aber ich muss es tun. Die Dinge sind außer Kontrolle geraten, und ich muss etwas tun, um meine Autorität wiederherzustellen. Ich sehe mich dazu gezwungen. Für Hen.

Er will, dass ich esse, also tue ich es nicht. Er will, dass ich meine Tabletten nehme, also nehme ich sie nicht. Er erwartet, dass ich alles tue, was er sagt, aber ich denke nicht dran. Ich werde ihm nicht mehr seinen Willen tun.

Ich habe eine Weile gebraucht, um ihm hinter die Schliche zu kommen. Doch ich weiß jetzt, was nottut, um das Kräfteverhältnis umzukehren. Bis sie heimkommen, muss ich alles vorbereitet haben. Ich verbringe einige Zeit mit Auskundschaften, Blickwinkel auszuprobieren, erst dann suche ich mir die beste Stelle aus. Sie bietet sich einfach an. Von dort aus werde ich mehr in Erfahrung bringen als von irgendwo sonst. Darum geht es – alles auf den Kopf zu stellen, zu beobachten, zu lernen. Es geht darum, gleiche Bedingungen zu schaffen. Wieso sollte nicht ich einmal der Beobachter sein, so wie er es mit mir macht? Das hier ist mein Leben.

Ich habe nur einen Versuch. Ich darf es nicht vermasseln. Zwei Mal messen, einmal schneiden. Es geht schließlich nicht nur darum, was ich sehen kann, sondern auch darum, keine Aufmerksamkeit auf mich zu ziehen. Ich verlasse das Bad und kehre in Terrance' Zimmer zurück. Ich betrachte die Wand. Ich sehe die Stelle, wo es hinsoll. Ich messe es aus, markiere es. Dann gehe ich wieder ins Bad, zur anderen Seite der Wand. Es ist perfekt – eine Stelle zwischen zwei Sprüngen in den Fliesen. Unmöglich zu bemerken. Zumindest wenn man nicht gezielt danach sucht, womit nicht zu rechnen ist.

Ich hole meine Bohrmaschine und bringe sie ins Bad. Ich bin nervös, kann es kaum erwarten, anzufangen. Ich mach's sofort. Nur für den Fall, dass jemand nach Hause kommt und sich wundert, dass ich hier oben bin, drehe ich den Wasserhahn auf. Es wird so klingen, als ob ich mir Gesicht oder Hände wasche oder mich rasiere oder dusche. Alles ganz normale Gründe, um ins Bad zu gehen.

Ich setze den Bohrer an der Stelle auf, an der ich das Loch in die Wand bohren möchte, genau über der Rückseite des WC. Das ist die Stelle. Ich habe drei Bohrkronen mitgebracht. Ich fange mit dem kleinsten an. Wenn nötig, kann ich das Loch dann immer noch größer machen. Ich hole die Krone aus der Brusttasche meines Hemds. Mir zittern die Hände. Ich lasse sie fallen, bevor sie eingerastet ist.

Keine Ahnung, weshalb ich so nervös bin. Ich habe gar keinen Grund. Das hier ist mein Haus. Es ist mein Bohrer. Das alles gehört mir. Und es wird nur ein kleines, fast unsichtbares Loch sein. Nichts weiter dabei.

Ich wische mir die Hände an der Hose ab und hole Luft. Ich drücke den Abzugshebel ganz sachte, um die

Maschine so gerade eben anzuwerfen. Der Motor heult auf. Die Bohrkrone geht leicht in die Wand. Ich übe keinen allzu großen Druck aus. Kein Grund zur Eile. Es dauert länger als gedacht. Doch dann spüre ich, wie die Wand auf der anderen Seite nachgibt. Ich ziehe den Bohrer heraus und puste ins Loch. Ich gehe mit dem Gesicht heran und sehe hindurch. Es ist nicht groß, aber es erfüllt seinen Zweck.

Schon erstaunlich, wie viel man durch ein so kleines Loch sehen kann. Ich sehe sein Bett. Seine Kissen. Eine seiner Taschen. Endlich eine Verschiebung der Machtbalance.

Hallo, sage ich. Willkommen daheim.

Hen ist gerade zur Tür hereingekommen. Sie sieht gerädert aus. Terrance ist noch draußen im Wagen. Sie bleibt stehen, als ich sie begrüße. Sie sieht mich an.

»Was machst du?«, fragt sie und mustert mein Gesicht.

Ich hab auf euch gewartet, sage ich. Schön, dich zu sehen. Ich bin froh, dass du zu Hause bist.

Ich gehe zu ihr, beuge mich vor und küsse sie auf die Wange.

Du bist mein Anker, denke ich. Der Halt und die Sicherheit, die ich brauche, um der zu sein, der ich bin.

»Junior? Ist alles in Ordnung? Du siehst irgendwie anders aus, als stündest du neben dir«, stellt sie fest.

Terrance kommt zur Tür herein. Er hat meine Arbeitsweste an, diejenige, die ich in der Fabrik aufbewahre. Er blickt von Hen zu mir. »Junior?«, fragt er. »Wie haben Sie den Tag verbracht? Geht's Ihnen gut?«

Ja, alles bestens, sage ich. Mir geht's gut.

»Hier, nehmen Sie die«, sagt er und reicht mir weitere zwei Tabletten aus einem Fläschchen, das er aus der Tasche zieht.

Ich spüre sie auf der Hand. Ich sage nichts, sondern stecke sie mir in den Mund. Er wartet und beobachtet mich, bis er glaubt, ich würde schlucken.

»Gut«, sagt er. »Ich hoffe, es macht Ihnen nichts aus, aber ich habe heute Abend noch eine Menge zu tun, deshalb gehe ich schon mal hoch. Außerdem möchte ich Hen nachher noch befragen. Macht es Ihnen was aus, allein zu Abend zu essen?«

Nein, sage ich. Wir sind es gewohnt, allein zu essen.

Er ist schon halb oben, als er sich umdreht und noch einmal fragt: »Sind Sie sicher, dass es Ihnen gut geht, Junior?«

Ja, klar. So wie immer.

Und bevor ich noch etwas sagen kann, folgt ihm Hen nach oben und ist ebenfalls verschwunden.

Und genau dafür habe ich das Loch gebohrt. Für einen Moment wie diesen. Wenn er in seinem Zimmer ist und denkt, ich merke nichts. Wenn er denkt, es liege alles in seiner Macht.

Ich bin ihnen geräuschlos gefolgt. Oben schleiche ich mich ins Bad und ziehe die Tür hinter mir zu. Ich kauere mich breitbeinig auf die Toilette und spähe in das winzige Loch in der Wand.

Sie sitzen sich gegenüber. Von Angesicht zu Angesicht. Es ist nicht dunkel im Zimmer. Es brennt Licht. Terrance sitzt auf seinem Bett, Hen auf einem Stuhl, den er vom Schreibtisch herangezogen hat. Er ist ihr viel näher als mir in unseren Befragungsstunden. Und ihr gegenüber. Anders als bei mir. Ich höre sie zwar, aber nicht deutlich genug, um zu verstehen, was sie sagen.

Im Moment redet vor allem sie. Er tippt in sein Screen, das er auf dem Schoß hält. Ab und zu nickt er. Zwei Mal hält er sein Screen heran, als nähme er Maß, so wie bei mir.

Der Sensor in meinem Nacken kribbelt, schon seit heute Morgen, ich habe nur nicht darauf geachtet. Das Gefühl, ein warmes Gefühl, als ob es schnurrte, verstärkt sich. Ich stelle fest, dass Kratzen hilft. Ich kratze mich an der Haut und am Sensor selbst. Ich kratze mich jetzt, während ich die beiden beobachte, diesen Fremden, der mit meiner Frau dort drinnen sitzt. Schwer zu sagen, wo meine Haut aufhört und der Sensor beginnt.

Ich bezweifle, dass sich Hen im Klaren darüber ist, was da gespielt wird, über das ganze Ausmaß seiner Täuschung. Hen ist Arglist ganz und gar gegen die Natur, erst recht, wenn es um mich geht. Doch was auch immer sie dort bereden, sie hat eine Menge zu erzählen. Er nickt. Gut möglich, dass auch sie misstrauisch geworden ist. Vielleicht spürt sie sogar, dass ich Terrance hinter die Schliche komme und sie beide jetzt gerade im Visier habe, um sie zu beschützen.

Ich habe so getan, als hätte ich die Pillen, die er mir gegeben hat, geschluckt, dabei habe ich sie, kaum dass er auf der Treppe war, ausgespuckt. Seine Medikamente helfen nicht. Sie schaden mir. Es sind keine Schmerztabletten. Das nehme ich ihm nicht mehr ab. Ich glaube, sie haben Einfluss auf mein Denken. Ich glaube, sie sollen mich daran hindern, meinen Verstand zu gebrauchen, mich wehrloser, gefügiger, gehorsamer machen. Die Medikamente haben meinen Intellekt heruntergefahren, meine Intuition betäubt. Ich soll nicht dahinterkommen, was hier wirklich läuft.

Sie zeigt auf etwas auf ihrem Screen. Er nickt. Ich habe einen schweren Kopf. Er legt sein Screen weg und rutscht auf seinem Bett nach vorn, bis er auf der Kante sitzt.

Er beugt sich zu ihr vor. Dann hat er die Hand auf ihrem Knie.

Ich sehe mir das nicht länger mit an. Das ist meine Frau. Er fasst sie an. Er ist zu weit gegangen. Ich muss etwas unternehmen. Bevor es zu spät ist.

Ich springe auf und haste aus dem Bad. Ich reiße die Tür auf und stürze ins Zimmer.

Schluss, sage ich.
Er blickt auf, sie dreht sich zu mir um.

»Junior!«, sagt Hen.

Sie wirkt verblüffter als Terrance. Sie hat Tränen in den Augen, die ich durch das Loch im Badezimmer nicht sehen konnte.

Ich hab euch gesehen, sage ich. Ich habe ihn gesehen. Ich weiß, was Sie vorhaben.

Dabei zeige ich mit dem Finger auf Terrance. Ich zittere.

Das ist nicht in Ordnung. Sie haben es zu …

weit getrieben, liegt mir auf der Zunge, doch ich bringe kein Wort mehr heraus. Mir krampft sich der Magen zusammen.

»Sie sehen gar nicht gut aus, Junior«, sagt Terrance.

Sie sind ein schlechter Mensch, sage ich.

Mir zittern die Beine. Da stimmt etwas nicht. Mit mir stimmt etwas nicht.

»Wir werden über alles sprechen«, sagt er. »Aber jetzt müssen Sie sich erst einmal beruhigen.«

Nein!

Ich will auf Terrance zugehen, doch ich stolpere und muss mich an der Wand festhalten. Hen fährt sich mit der Hand ans Gesicht. Terrance macht vorsichtig einen Schritt in meine Richtung.

»Diese Pillen, die Sie bekommen«, sagt er. »Die bremsen Sie aus.«

Schmerztabletten, sage ich. Sie haben behauptet, es wären Schmerztabletten.

Er greift zu seinem Screen, tippt etwas hinein, hält es hoch und macht ein Foto.

»Junior, bitte«, sagt Hen.

Ich warte nicht bis Freitag, sage ich.

Meine Worte kommen langsamer heraus als gewollt.

Ich bin nicht mehr interessiert. Ich mach das nicht. Freitag, haben Sie gesagt, aber ich lass es nicht dazu kommen. Ich gehe nicht zu dieser … Installation.

Ich sehe Hen an. Sie wirkt weder ängstlich noch wütend, sondern besorgt.

»Keine Sorge«, sagt er und legt sein Screen aufs Bett. »Es ist an der Zeit, es Ihnen zu sagen. Es gibt keinen Freitag. Und es gibt keine Installation. Das heißt, nicht für Sie, Junior.«

Es ist das Letzte, was ich höre, bevor ich zusammenbreche.

AKT DREI

FORTGANG

Ich sitze unten in meinem Sessel, weiß jedoch nicht, wie ich hierhergekommen bin. Mein Sessel steht wieder an der ursprünglichen Stelle. Ich bin nicht mit dem Gesicht zur Wand. Und Terrance trägt wieder seinen Anzug.

Langsam kommt die Erinnerung zurück. Der Spion, den ich im Bad durch die Wand gebohrt habe. Mein Beobachtungsposten. Für mich. Für Hen.

»Es tut mir leid. Ich weiß, Sie müssen sich … unwohl, geschwächt, benommen fühlen.«

Er liegt falsch. Ich fühle mich nicht so. Keineswegs. Ich fühle mein Herz. Ich bin lebendig. So fühle ich mich. Ich fühle mich lebendig.

»Es ist so weit, Junior. Es tut mir leid, dass ich nicht immer ganz ehrlich zu Ihnen war. Nichts im Leben geschieht willkürlich oder durch Zufall. Das alles hier wurde akribisch für Sie geplant und umgesetzt. Sie haben den Test bestanden.«

Ich öffne die Augen. Ich blinzle. Ich brauche einen Moment, um deutlich zu sehen. Ich versuche, den Kopf zu bewegen, doch es geht nicht. Ich brauche Hen. Ich weiß, sie ist da, aber ich kann sie nicht sehen. Wo ist sie?

»Was in Ihrem Interesse ist, zu Ihrem Wohlergehen – das stand von Anfang an bei diesem ganzen Unternehmen im Vordergrund. Sie haben sich so gut geschlagen. Es ist erstaunlich. Sie sind erstaunlich.«

Was zum Teufel ist hier los? Meine Augen gewöhnen sich ans Zimmer. Draußen ist es dunkel, doch rings ums Haus sind mehrere Scheinwerfer an und werfen ihr Licht durch die Fenster. Im Zimmer stehen Kameras auf Stativen. Und alle sind auf mich gerichtet.

Erst als ich versuche, die Arme zu bewegen, merke ich, dass mir die Hände gefesselt sind. Die Metallschelle, die mir Terrance am Handgelenk angelegt hat, ist jetzt mittels einer Kette an einer zweiten Metallschelle befestigt, die vorher nicht da war. Sie befindet sich an meinem anderen Handgelenk. In blankem Entsetzen folge ich der Kette und sehe, dass sie mit Schellen an meinen Fußgelenken verbunden ist. Ich bin in Ketten. Ich bin ein Gefangener. In meinem eigenen Haus.

Meine Frau, sage ich. Wo ist Hen?

»Sch, alles gut. Keine Angst. Wir sind ja da.«

Ich nehme alle Kraft zusammen und hebe die Hände. Sie fühlen sich bleischwer an.

»Es gab andere Möglichkeiten, wie das hier hätte ablaufen können, doch letztendlich fanden wir es nur logisch, dass Sie es an diesem Punkt erfahren und das Ende selber sehen. Wenn man bedenkt, wie weit wir gekommen sind, erscheint das nur fair. Außerdem ist es für uns, für unsere Forschung von Nutzen. Unsere Forschung steht bei diesem ganzen Unternehmen im Mittelpunkt. Wir müssen belastbare Wahrscheinlichkeiten für künftige Projekte ermitteln.«

Ich weiß Bescheid, ich hab's durchschaut.

Meine Stimme klingt heiser, schwach.

Alles, setze ich nach. Ich weiß, was für ein Spiel Sie treiben.

»Tatsächlich?«, fragt Terrance.

Sie wollten nicht, dass ich es begreife, aber ich bin schlauer, als Sie dachten.

Er lächelt. »Ja, ich glaube Ihnen, dass Sie schlauer sind, als ich dachte. Ich glaube nur nicht, dass Sie irgendetwas durchschauen. Wer bin ich denn, Junior? Sagen Sie's mir.«

Der Ersatz, antworte ich. Sie sind mein Ersatz. Wenn ich weggeschickt werde, sollen Sie meine Stelle einnehmen. Sie wollen hier bei Hen bleiben.

»Sie glauben also, ich sei Ihr Ersatz«, sagt er in sein Mikrofon an seinem Screen.

Ich hasse ihn. Ich hasse alles an ihm. Alles, was ich sage, nimmt er auf.

Wo ist Hen?, frage ich. Hen muss das hier hören. Sie muss es erfahren.

»Sie ist da.«

Er zeigt nach hinten. Ich versuche, ihm über die Schulter zu blicken. Ich entdecke eine kleine Gestalt in einem Sessel. Es ist Hen.

»Sehen Sie? Hen ist hier. Sie war die ganze Zeit eingeweiht, Junior. Sie weiß alles.«

Hen! Keine Sorge, Hen, sage ich zu ihr. Ich lasse nicht zu, dass etwas Schlimmes passiert. Ich gehe nirgendwohin. Versprochen. Hen? Was hast du?

Sie sitzt mit eingezogenen Schultern, die Hände an den Bauch gepresst, in ihrem Stuhl. Wieso kommt sie nicht zu mir? Haben die sie auch gefesselt?

»Es tut mir leid«, formt sie mit den Lippen, löst die Hände und hält sie sich vors Gesicht.

Jetzt sehe ich, dass sie nicht gefesselt ist. Sie kann ungehindert aufstehen, wenn sie will. Sie hält sich selbst zurück.

Nichts weiter? Mehr hat sie mir nicht zu sagen? Mehr nicht?

Ich wende mich wieder Terrance zu.

Sie lügen! Wenn Sie mich hier wegschaffen, werden Sie mein Leben übernehmen. Aber stellen Sie sich das nicht zu einfach vor! Ich lass das nicht zu! Machen Sie mich los. Ich bin nicht Ihr Gefangener, verdammt noch mal. Das können Sie nicht tun!

Als Terrance antwortet, ist er die Ruhe selbst. »Können Sie mir sagen, was Sie gerade empfinden, Junior? Beschreiben Sie's. Ich meine, physisch. Wie fühlen Sie sich im Kopf?«

Im Kopf? Was soll die Frage? Sie können mich mal! Nehmen Sie mir die Dinger hier ab!

Draußen, vor der Eingangsveranda höre ich Geräusche. Höre Leute reden. Da ist noch etwas außer den Lichtern. Jemand. Schritte. Knarrend geht meine Haustür auf. Zwei Männer, beide in dunklem Anzug, kommen herein. Sie haben eng anliegende dunkle Handschuhe an. Sie gehen einfach zu beiden Seiten der Tür in Stellung.

Was soll das?, frage ich. Wer sind Sie? Was haben Sie in meinem Haus zu suchen?

»Keine Sorge. Die gehören zu mir«, erklärt Terrance.

Hen?, rufe ich. Was hat er zu dir gesagt? Wieso sitzt du einfach so da?

»Hier rein«, ruft Terrance Richtung Tür. »Bringen Sie ihn bitte rein.«

Wen reinbringen? Wer ist da draußen?

Jetzt nähert sich noch ein Mann. Als ich ihn sehe, zerspringt etwas in mir. Ein solches Gefühl schlägt alles, was mir je widerfahren ist. Bange Verständnislosigkeit, aus der im nächsten Moment blanke Panik wird. Kaum hat er die Schwelle übertreten, bleibt der Mann stehen und sieht mich an.

Das muss ich träumen. Es ist unmöglich. Das kann nicht wirklich gerade passieren. Scheinbar aber doch. Irrtum ausgeschlossen. Es ist hier. Es sieht so echt aus. Nicht künstlich, kein Fabrikat. Lebensecht in jeder Hinsicht, steht es in meinem Haus. Ich stehe da an der Tür und sehe mich an.

Der Ersatz. Mein Ersatz. Ich versuche zu begreifen, was das jetzt heißt. Terrance hat also nicht gelogen. Er hat nicht vor, meinen Platz einzunehmen. Eine Replik, so wie er gesagt hat. Sie existiert wirklich. Sie ist hier.

Wie gebannt starre ich es an. Ich habe das Gefühl, den Boden unter den Füßen zu verlieren. Es hat mir die Sprache verschlagen.

»Junior, ich weiß, wie Sie sich im Moment fühlen müssen«, sagt Terrance. »Aber bitte versuchen Sie, ruhig zu bleiben. Sehen Sie mich an. Hier. Konzentrieren Sie sich, bitte. Bleiben Sie ruhig.«

Ab jetzt spricht Terrance direkt in sein Screen. Ich kann nicht hören, was er sagt. Mir ist egal, was er sagt. Er ist jetzt nicht von Belang.

Was da vor mir steht, ist in jeder erdenklichen Weise identisch mit mir. Es könnte nicht realer oder menschlicher aussehen. Ich senke den Blick auf die eigenen Hände. Die Adern an meinen Händen, die Linien in meinen Handflächen, meine Fingerabdrücke. Sind die etwa nicht unverwechselbar? Sie gehören zu mir. Nur zu mir. Wie kann es eine genaue Replik, ein Faksimile von mir geben? Das ist nicht möglich.

»Hallo«, sagt es.

Die Stimme. Es ist meine Stimme. Nicht meiner Stimme ähnlich, sondern gleich. »Junior«, sagt Terrance, »ich möchte Sie mit … Junior bekannt machen.«

Für einen Augenblick erfasst mich ungläubiges Staunen. Der Ersatz beäugt mich. Nickt mir zögernd zu. Plötzlich packt mich die blanke Wut. Ich will es nicht sehen. Ich will es hier nicht haben. Nicht in meinem Haus. Nicht bei meiner Frau. Ist mir egal, wie echt es aussieht – es ist nicht echt. Es ist nicht ich.

Nein, sage ich. Nein!

»Wir müssen Sie jetzt mitnehmen«, sagt Terrance, »aber es ist wichtig, dass Sie da gewesen sind und es gesehen haben, die Umkehrung hautnah erlebt haben. Wir wollten, dass Sie auch an diesem Schritt teilhaben, und Ihnen dabei helfen, es zu begreifen. Sie schauen jetzt der Wahrheit ins Gesicht. Ihrer eigenen Wahrheit. Wir wollten sehen, wie Sie reagieren würden.«

Meine Wahrheit ist hier!, brülle ich. In diesem Haus, bei Hen!

»Nein, das ist falsch. Sie sind nicht … er. Es tut mir leid, dass wir Sie im Lauf dieses Unternehmens täuschen mussten. Aber ich muss Ihnen leider sagen: Sie sind es. Sie sind der Ersatz. Er ist der echte Junior.«

Hen?, rufe ich. Hen!

Ich flehe sie an, nicht nur mit meinen Worten, sondern auch mit den Augen, mit allen Fasern meines Seins. Sie weicht meinem Blick aus und starrt auf ihren Schoß. Sie sitzt einfach nur da. Wieso weigert sie sich, mich anzusehen?

Ich beobachte, wie dieses Etwas einen Schritt auf sie zugeht. Sie hebt den Kopf und starrt es an, staunend, beinahe mit Ehrfurcht.

»Hen«, sagt es. »Hen.«

»Hallo«, antwortet sie. Und wischt sich die Augen.

Halt den Mund!, schreie ich. So tu doch jemand was dagegen!

Es sieht sie an. Ich ertrage das nicht. Dieses grauenvolle Gefühl übersteigt meine Kräfte.

»Ich kann es noch nicht fassen«, sagt es. »Du bist es. Ich kann kaum glauben, dass ich hier bin, Hen.«

Es redet mit meiner Frau. Redet mit meiner Frau, als sei es ich, als sei es der Echte von uns. Redet mit meiner Frau, während ich hier in Hand- und Fußschellen sitze.

»Es ist lange her«, sagt Hen. »Bist du's wirklich?«

Sie steht auf, streckt die Hand aus, berührt es. Sie berührt sein Gesicht, seine Hände. Dann beugt es sich vor und küsst sie. Auf den Mund. Sie steht da. Sie hält es nicht davon ab. Es legt die Arme um sie.

Nein, wir wollen das nicht, rufe ich Terrance zu. Wir sind damit nicht einverstanden! Holen Sie's von ihr weg! Vergessen Sie den Deal! Ich gehe nirgendwohin!

Terrance begibt sich zu einem der Männer in Handschuhen und flüstert ihm etwas ins Ohr.

»Sie sollen auch nirgendwohin. Sie sind da gewesen,

wo wir Sie von Anfang bis Ende haben wollten. Verstehen Sie, Junior? Sie haben Ihre Dienste geleistet. Wir werden noch jahrelang über Sie schreiben und debattieren. Ich habe Sie bei meinem allerersten Besuch hierher mitgebracht, an dem Tag, an dem er, der echte Junior, seinen Abschied nahm, um auf der Installation zu leben.«

Er deutet mit dem Kopf in Richtung des Etwas, das dasteht und meine Frau umarmt.

»Sie werden das nicht begreifen können, aber das war der Tag, an dem Ihre Mission begann, der Tag, an dem der echte Junior ging. Sie haben die Frontscheinwerfer an meinem Wagen gesehen, nicht wahr? Das war Ihr erster bewusster Gedanke. So haben wir es geplant: Diese Scheinwerfer markieren Ihren Anfang. Alles Weitere lag dann bei Ihnen.«

Das ist nicht wahr, protestiere ich. Sie lügen! Hen, sag ihm, dass er lügt!

»Es ist die Wahrheit«, beharrt Terrance. »An die Zeit vor den Jahren mit Hen haben Sie kaum Erinnerungen, richtig?«

Er lässt mir Zeit zu überlegen.

»Das war Absicht. Wir wollten, dass Sie sich auf die Gegenwart konzentrieren. Und die spärlichen deutlichen Erinnerungen, die Sie an die Vergangenheit haben? Wie zum Beispiel Ihre erste Begegnung mit Hen, Ihre Hochzeit, Ihr Einzug ins Haus, die Jahre in der Fabrik? Die haben wir Ihnen gegeben. Wir haben viele Stunden mit dem echten Junior verbracht, bevor er wegging, und ihn nach seinem Leben mit Hen befragt. Diese Erinnerungen haben wir von ihm. Es sind in

Wahrheit seine. Sie waren ihm wichtig, also haben wir dafür gesorgt, dass sie Ihnen wichtig sind.«

Er zeigt auf das Etwas. Alle starren mich an. Alle im Raum. Außer Hen. Sie muss entsetzt und wütend sein. Verwirrt. Für sie muss es ein ähnlicher Schock sein wie für mich.

»Ich hatte gehofft, wenn ich mitmache, wenn ich mich einverstanden erkläre, könnte es uns helfen«, sagt Hen. »Junior und mir. Ich meine, dem echten Junior und mir.« Sie sieht das Etwas an, das sie umarmt. »Ich dachte, während er auf der Installation ist, würde es unserer Beziehung helfen, einen Ersatz für ihn zu haben, eine Replik von ihm. Ich dachte, ich wüsste dann zu schätzen, was ich hatte, bevor er ging.«

Aber ich *bin* Junior, sage ich. Das weißt du doch.

Sie schüttelt den Kopf. »Nein«, sagt sie. »Es tut mir leid.«

Es kommt einen Schritt auf mich zu. »Mein Gott«, sagt es. »Ich fasse einfach nicht, dass es mir so ähnlich ist.«

Ich will auf ihn losgehen. Die Ketten hindern mich daran.

Es kommt noch näher heran. Es beugt sich herunter, geht auf die Knie. Es mustert mich aus nächster Nähe.

»Das ist unglaublich«, sagt es.

Es dreht sich zu Terrance um, dann zu Hen. »Ich kann noch gar nicht richtig fassen, dass ich tatsächlich zurück bin. Ich bin zu Hause«, sagt es.

Solltest du aber nicht!, brülle ich. Brauchst du nicht. Hau ab! Geh! Wird's bald!

»Beruhigen Sie sich«, sagt Terrance. »Es ist so weit. Wir müssen Sie jetzt mitnehmen.«

Aber das ist mein Zuhause! Sie können doch nicht ihn – dieses Etwas – bei ihr lassen! Sie will nicht damit zusammen sein!

Die Männer in Handschuhen kommen von beiden Seiten auf mich zu. Jeder packt mich an einem Arm und hält mich auf dem Sessel fest.

Fassen Sie mich nicht an! Hände weg!

Terrance kommt und bleibt vor mir stehen.

»Bevor es zu Ende geht, muss ich Ihnen für alles, was Sie getan haben, danken«, sagt er. »Sie sind der Erste Ihrer Art. Es wird Weitere geben, aber Sie werden für immer der Erste sein. Nach allem, was Sie hier, ganz auf sich gestellt, aus eigener Kraft und über Jahre hinweg vollbracht haben, wissen wir unendlich viel mehr, dank Ihnen wissen wir jetzt, was möglich ist. Das haben Sie vollbracht. Ich bin ja so stolz auf Sie.«

Das Etwas sieht zu mir herunter. »Danke«, sagt es. »Dafür, dass Sie sich um Hen gekümmert haben, während ich fort war. Dafür, dass Sie ihr geholfen haben, mich zu vermissen, den Echten von uns.«

Ich will aber nicht gehen! Ich will nicht ins All! Ich will bleiben!

»Sie reisen auch nicht ins All«, sagt Terrance. »Die erste Phase der Installation ist bereits abgeschlossen. Deshalb ist Junior zurück.«

Mein Atem ist auf einmal so schwer, von der Hitze, meinen gefesselten Handgelenken. Ich bekomme kaum richtig Luft. Ich habe Angst zu ersticken. Ich versuche, einen Blick von Hen zu erhaschen, ich will, dass sie mich ansieht, doch sie tut es nicht. Sie will nicht. Sie sieht nicht glücklich aus. Ich weiß es. Sie wirkt bestürzt. Niemand sonst merkt etwas, nur ich. Sie ist nicht glücklich mit ihm.

»Ihre Mission ist erfüllt. Sie haben genau das getan, was wir Ihnen zur Aufgabe gemacht hatten, und weit besser, als wir uns träumen ließen. Junior ist wieder da. Und es ist an der Zeit, dass er sein Leben zurückbekommt.«

Ich bin mir bewusst, wie sich mit jedem Atemzug meine Nasenflügel aufblähen und schließen. Es ist anstrengend, auch nur den Kopf aufrecht zu halten.

»Ruhen Sie sich aus«, sagt er und berührt mich sacht in der Mitte der Stirn, dicht über den Augen.

Alle im Raum fangen an zu klatschen. Der entsetzliche Applaus währt viel zu lang.

»Möchten Sie uns noch irgendetwas sagen?«, fragt Terrance.

Von draußen dringen neue Geräusche herein, dann grelle Lichter zu den Fenstern. Schritte vor der Haustür, Geflüster.

»Sie haben Ihr Bestes getan«, sagt er. »Es ist Zeit.«

Zeit wofür?, frage ich und biete alle meine Kräfte auf.

»Es ist Zeit, das hier zu beenden.«

Wo fangen wir an? Es gäbe so viel zu sagen. So viel zu besprechen, zu diskutieren, zu erzählen, miteinander zu teilen, zu erklären. Als ich weg war, habe ich oft an diesen Moment gedacht. Ich habe davon geträumt. Ich habe es mir vorgestellt: wir beide hier zusammen, wenn ich endlich zurück sein würde. Ich habe viel durchgemacht. Ich habe Hen so viel zu sagen.

Es gab keine Kommunikation zwischen uns, null, für den gesamten Zeitraum, über zwei Jahre lang. Zwei Jahre, vier Monate, drei Wochen und einen Tag, um genau zu sein. So viel zu sagen.

Stattdessen sitzen wir hier an unserem kleinen Tisch, den ich noch geschreinert habe, bevor ich ging, und reden kein Wort miteinander. Nicht gerade so, wie ich mir meine Heimkehr vorgestellt habe.

Ich schneide mir ein Stück Kartoffel, tunke es in etwas Soße und stecke es in den Mund. Ich lächle, während ich kaue. Es wird schon besser werden als vor meinem Abschied. Das wird schon, rede ich mir gut zu. Es muss.

»Ich weiß gar nicht, wo ich anfangen soll«, sage ich.

»Ja«, antwortet sie. »Geht mir genauso.«

Nach all dem Wirbel um meine Rückkehr und den Abgang von meinem Ersatz sind wir erschöpft. Besonders Hen. Sie ist gealtert. Ich lese es ihr vom Gesicht und den Augen ab. Ihr Gang ist schwerer, als ich es in Erinnerung habe.

Das alles war für uns beide ein bisschen viel. Es war laut und hektisch und auch traumatisch. Natürlich war es kein echter Tod, aber es war … nicht ohne. Sie nannten es »induzierte tödliche Entropie«. Und dann die vielen Menschen. Terrance und das übrige Team von OuterMore, die alles überwachten, Daten sammelten, Messungen durchführten, berichteten, eine ganze Fahrzeugflotte vor dem Haus. Als es vorbei war, wollte ich, dass sie so schnell wie möglich verschwinden.

Da sind wir nun also zum ersten Mal seit Jahren wieder allein. Dieses Schweigen kann nicht so weitergehen. Es muss gebrochen werden. Ich mache den Anfang.

»Sie konnten nicht mit Bestimmtheit sagen, wie ich mich fühlen würde, ob ich anfänglich überhaupt in der Lage wäre zu laufen«, sage ich. »Man muss schon mit seltsamen Auswirkungen auf den Körper rechnen, wenn man so lange da oben gewesen ist. Ich fühle mich immer noch ein bisschen wackelig auf den Beinen.«

»Mir scheint, du hast etwas abgenommen«, sagt sie.

»Ja. An den meisten Tagen mussten wir auf diese Tretmühldinger. Aber die Muskeln können trotzdem schrumpfen. Ohne den Druck der Schwerkraft leiden auch die Sehnen, die Bänder, es kann eine Weile dauern, bis der Körper sich wieder umgestellt hat. Die nächste Welle, die da raufgeht, braucht sich über die Rückgewöhnung an hier unten nicht mehr den Kopf zu zerbrechen. Die nächste Welle bleibt für immer.«

Hen legt die Gabel neben den Teller. »Man muss schon ganz schön Mut haben, um da mitzumachen.

Wegzugehen und zu wissen, dass man nicht zurückkommt. An einen Bestimmungsort zu gehen, von dem man sich keine Vorstellung machen kann.«

»Das kostet mehr als Mut«, bestätige ich. »Glaub mir. Da oben ist nichts so, wie man es kennt.«

Ich weiß, sie ist stolz auf mich, stolz darauf, dass ihr Mann an etwas so Bedeutsamem wie der Installation Anteil hat, an einem Probelauf, der einem physisch wie psychisch viel abverlangt. Aber es geht dabei auch um sie. Sie hat mich gehen lassen und in meiner Abwesenheit auf mich gewartet, mit diesem Ersatz, der ihr Gesellschaft geleistet hat. Das war ein beachtliches Opfer, vielleicht nicht ganz dasselbe wie bei mir, aber beachtlich. Ohne sie hätte ich es nicht geschafft.

»Ich hab jede Menge Videos gemacht, aber die vermitteln nur einen schwachen Eindruck davon.«

»Ich kann's mir nicht vorstellen«, sagt sie und schiebt ihren Teller weg. Sie hat keinen Bissen genommen, nur in ihrem Essen herumgestochert.

»Du hast offenbar auch ein wenig abgenommen«, sage ich.

»Für mich war es hier unten auch nicht ganz normal«, sagt sie.

Ich nicke. Ich weiß nicht recht, was ich sagen soll. Aber wenn sie versteht, welche Schwierigkeiten ich hinter mir habe, wird sie sich mit dem Opfer, das sie gebracht hat, besser fühlen.

»Das klingt sicher albern und platt, aber das einzige Wort, das mir dazu einfällt, ist *groß*. Drinnen war der Platz für uns sehr beschränkt, überall sonst, überall da draußen war endloser Raum. Schon seltsam, statt als

Teil einer wichtigen Mission habe ich mich abgeschnitten gefühlt. Obwohl wir alle so eng aufeinanderhockten, und das für so lange Zeit, habe ich mich einsam gefühlt. Das ist schwer zu beschreiben. Ich hatte Sehnsucht nach zu Hause.« Ich muss sie danach fragen. Ich habe darüber nachgedacht, sie aber noch nicht gefragt. »Wie war es, das Zusammenleben damit?«

Sie streicht sich über die Stirn und sieht mich dann eindringlich an. »Du willst wissen, wie es mir ergangen ist?«

Sie klingt so überrascht.

»Ja, denke schon«, erwidere ich.

»Anfänglich war es schwer. Viel schwerer, als ich gedacht hätte. Ich hab kaum ein Wort damit gesprochen. Ich bin ihm aus dem Weg gegangen. Wir waren ja nur zu zweit. Hat lange gedauert, Monate, aber dann hatte ich mich dran gewöhnt. Es konnte dazulernen und sich anpassen. Es hat mich in einem Maße wahrgenommen, das ich nicht für möglich gehalten hätte. Es war ehrlich um mich besorgt. Das weiß ich. Es ist eine emotionale Bindung zwischen uns entstanden – nicht so wie mit dir, aber mehr, als ich je vermutet hätte. Nach dem ersten Jahr haben wir Zeit miteinander verbracht und geredet. Es war offensichtlich, dass es mich verstehen wollte. Es hat zugehört.«

»Du hast dich also mit ihm verbunden gefühlt, weil es dir blind ergeben war? Wegen seiner einprogrammierten Ergebenheit?«

Sie schweigt einen Moment. »Nein, so würde ich es nicht sagen. Und ich war noch nie auf blinde Ergebenheit aus. Ich frage mich ernsthaft, wieso sie es abschalten mussten. Wieso konnte es nicht einfach weiterexistieren, nach allem, was er durchgemacht hatte? Nach allem, was er dazugelernt hatte?«

»Du hast es eben ›er‹ genannt, weißt du?«

»Tatsächlich?«

»Ja.«

Ich lege die Gabel hin und wische mir den Mund mit der Serviette ab. »Habt ihr jeden Abend zusammen gegessen?«

»Ja. Natürlich.«

Ich sage nichts. Ich hoffe, sie spricht weiter.

»Er war nicht du, Junior. Er hat so wie du gelebt, er hat dich manchmal imitiert, aber er war nicht du. Anfänglich habe ich mich so normal wie möglich benommen, aber es war schon seltsam. Und die Gespräche, sein Verhalten, das war frappierend. Es reagierte ziemlich genauso, wie du reagiert hättest. Aber manchmal eben auch anders.«

»Du meinst, besser?«, frage ich.

»Ich sagte, anders, weiter nichts.«

»Bevor ich wegging, haben sie mir so viele Fragen gestellt, ich sollte ihnen Erinnerungen beschreiben, aus unseren gemeinsamen Jahren, Einzelheiten über unsere Ehe, über dich, Dinge, die nur ich wissen konnte. Sie waren auf solche Details aus – was wir zueinander sagen, was wir machen, alles, was mir einfiel. Das müssen sie alles verwendet haben; sie haben ihm diese Erinnerungen eingepflanzt, auch wenn meine Erinnerungen ihm nicht dasselbe bedeuten konnten wie mir, wie uns. Ich muss meine Sache wohl gut gemacht haben, wenn du den Eindruck hattest, dass es sich meistens wie ich verhalten hat. Wenn du allerdings sagst, es hätte Zeiten gegeben, in denen es besser war als ich, was willst du –«

»Es war nicht mit dir identisch. Das ist alles. Nur das hatte ich gemeint. Ich habe nichts von besser gesagt. Das hast du gesagt.«

Ich seufze, reibe mir die Augen. Ich bin plötzlich müde, ausgelaugt. »Das nehme ich als Kompliment. Ich möchte nämlich nicht mit einem irren lebenden Computer identisch sein.«

»Junior?«, sagt sie.

»Was?«, frage ich, ein wenig laut und pointiert.

»Ich glaube, es hat mich aufrichtig gerngehabt, besonders gegen Ende. Anfänglich nicht. Da hat es einfach getan, wozu es konzipiert war. Aber gegen Ende ... keine Ahnung. Es fühlte sich wie ...«

»Ich glaube, das bildest du dir ein, Hen. Das alles sind sie von OuterMore mit uns durchgegangen, wenn du dich erinnerst. Sie haben vorausgesagt, dass du eine emotionale Beziehung zu ihm entwickeln würdest, aber das ist nicht real. Es war keine Person. Du klingst, als hättest du das vergessen«, sage ich.

»Wie es mich manchmal angesehen hat«, fährt sie fort, »oder auch, wenn es sich ärgerte oder auf Distanz ging. Ich habe von unserem Zusammenleben gelernt. Es hat mir zugehört.«

»Hen, so wurde es einfach nur programmiert. Das bedeutet noch nichts.«

»Mag sein. Aber es hat mir geholfen. Mehr sage ich ja gar nicht.«

»Nun, dann sind sie, schätze ich mal, mit den Ergebnissen zufrieden.«

»Du meinst, OuterMore?«

»Wer sonst.«

»Trotzdem ein Jammer«, sagt sie.

»Ein Jammer inwiefern?«

»Dass es nicht mehr existiert. Ich frage mich, ob es sich ersetzen lässt. Ich meine, wenn du redupliziert und ersetzt werden kannst, wieso dann nicht auch es?«

Allmählich geht mir die Richtung, die das Gespräch nimmt, gründlich gegen den Strich. Ich möchte über mich reden, darüber, wie es da oben gewesen ist. Darüber sollten wir reden.

»Wieso machst du dir so viel Gedanken über deinen künstlichen, digitalen Ehemann, wo dein echter Mann zurück ist? Egal, wie es in meiner Abwesenheit war, es ist vorbei. Jetzt ist es einfach wieder wie früher. Einfach nur du und ich«, sage ich und beuge mich vor, um sie auf die Wange zu küssen.

Sie steht abrupt auf, greift zu unseren Tellern und trägt sie ins Haus.

Ich trinke das Bier aus, das ich zum Essen aufgemacht habe. Ich stelle die leere Flasche auf den Tisch und blicke zum Feld hinüber.

»Du hättest es da oben gehasst«, rufe ich ihr nach, »so einsam und öde.«

Sie antwortet nicht.

»Ich werde dich nicht wieder verlassen. Stell dir vor, du hättest als kleines Mädchen davon erfahren – dass du eines Tages den Mann an deiner Seite darin unterstützt, etwas Unglaubliches zu tun, etwas von historischer Dimension. Ihm den Rücken frei hältst. Wäre damals kaum vorstellbar gewesen, was, Hen?«

Nichts. Keine Reaktion.

Veränderungen sind schwierig. Das wird schon. Sie braucht einfach nur Zeit. Das alles ist kaum zu glauben, zu begreifen. Da sitze ich nun auf einmal wieder zu Hause, hier bei Hen. Sie ist für mich da. Ihr Platz war immer an meiner Seite. Sie fängt sich schon. Jedenfalls hat sie mehr als genug Aufregung und Abenteuer gehabt. Sie war immer mein Anker. Wird sie immer sein, egal, was passiert.

Ich nutze meine erste Woche, um mich wieder einzugewöhnen. Es ist schwerer als gedacht. Wahrscheinlich sollte ich mich nicht darüber wundern, weil es nicht mehr so ist wie früher. Ich war lange weg. Illusorisch, zu glauben, ich könnte einfach so wieder in dieses Leben einsteigen, als sei nichts gewesen.

Bei der Arbeit läuft es gut. Ich bin wieder in der Fabrik. Tagsüber sacke ich Getreide und Saatgut ein. Mary hat mich nach Hens Cousin Terrance gefragt, aber darüber hinaus hat sie nicht die geringste Ahnung. Und auch keiner von den Kollegen. Für sie ist es, als wäre ich nie weg gewesen.

Zu Hause, mit Hen, herrscht immer noch ein Gefühl der Unsicherheit. Das Haus selbst ist in keinem besonders guten Zustand. Es liegt eine Menge Arbeit an. Ich lasse mir Zeit damit, was nottut, nach und nach anzugehen. Heute repariere ich im Wohnzimmer eine große Kerbe in einer Bodendiele. Hen ist mit mir im Raum, an ihrem Screen. Sie war schon hier drinnen, bevor ich angefangen habe. Sie bietet mir keine Hilfe an und fragt nicht einmal, was ich mache. Es verärgert mich, aber ich beschließe, nichts zu sagen. In diesen Tagen mache ich eine Menge allein. Dabei habe schließlich nicht ich das Haus so verkommen lassen.

»Brauche nicht lange«, sage ich. »Versuche nur, alles wieder wohnlich zu machen.«

Sie blickt für eine Sekunde von ihrem Screen auf. Sie sagt nichts. Ich verlasse das Zimmer und gehe in den Keller, um ein Blatt Schmirgelpapier zu holen. Als ich wieder raufkomme, ist das Screen noch da, Hen jedoch verschwunden. Ich nehme ihr Screen vom Tisch. Es ist gesperrt. Sie hat es so eingerichtet, dass es nur mit ihrem Fingerabdruck entsperrt werden kann. Das ist neu. Das war früher nicht.

Wir liegen im Bett. Es ist dunkel. Ich bin schon seit geraumer Zeit hier oben und versuche, einzuschlafen. Ich versuche, mich an einen möglichst geregelten Tagesablauf zu halten. Ich gehe immer zur selben Zeit ins Bett und stehe zur selben Zeit auf. Hen ist vor ein paar Minuten hereingekommen. Es ist ungewöhnlich spät für sie zum Schlafengehen. Früher ging sie immer mit mir zusammen zu Bett. Aber ich sage nichts.

Stumm schlüpft sie unter die Decke und kehrt mir den Rücken zu. Aber sie schläft noch nicht ein.

»Was hast du?«, frage ich mit einem frustrierten Unterton. »Willst du mir irgendwas sagen?«

»Nein.«

Wenigstens streitet sie nicht. Seit ich zurück bin, ist sie immer öfter so. Statt sich jeden Tag ein bisschen zu bessern und mir näherzukommen, wirkt sie zunehmend geistesabwesend, verschlossen, in sich gekehrt, kalt und distanziert.

Ich stehe auf und gehe durch den Flur ins Bad. Ich spritze mir eine Handvoll Wasser ins Gesicht und sehe in den Spiegel. Wie haben sie es fertiggebracht, dass es mir so zum Verwechseln ähnlich sieht? Ich öffne den Spiegelschrank, und etwas bewegt sich, bevor es herausfällt. Es ist ein Käfer, ein großer, einer von diesen gehörnten Rhinozeroskäfern. Bevor ich ihn zertreten kann, ist er wie der geölte Blitz unter dem Toilettenschrank.

Ich kehre in unser Schlafzimmer zurück und lege mich wieder hin. »Ich hab einen von diesen Käfern gesichtet«, sage ich, als ich mich zugedeckt habe. »Von diesen großen.«

»Die werden ständig mehr«, sagt sie. »Mehr als vor deiner Abreise. Anfänglich gingen sie mir gegen den Strich, aber man gewöhnt sich dran. Jetzt bemerke ich sie kaum noch.«

»Ich glaube, ich kann nicht schlafen«, sage ich ein paar Minuten später. »Ich denke über alles Mögliche nach.«

Das ist mein unverhohlener Versuch, ein Gespräch in Gang zu bringen. Doch sie lässt sich nicht darauf ein. Sie fragt nicht, worüber ich nachdenke. Sie dreht sich nicht zu mir um. Sie sagt kein Wort.

»Was willst du?«, fragt Hen plötzlich in meinem Rücken. Ich stehe vor der geöffneten Kühlschranktür. Ich dachte, ich wäre allein.

»Du hast mich erschreckt«, sage ich. Ihre Frage erwischt mich kalt. Ich bin nun schon seit vier Wochen zurück, und Hen hat seit Tagen, vielleicht sogar seit Wochen, kaum einmal mit mir gesprochen, mir kaum einmal eine Frage gestellt.

»Was willst du?«, wiederholt sie ihre Frage.

Ich richte mich auf und werfe die Kühlschranktür zu.

»Eine Kleinigkeit zu essen«, sage ich. »Ich möchte was essen. Und ich nehme es mir schon.«

»Ich meinte nicht, aus dem Kühlschrank. Ich meinte, das hier, uns.«

Mir war eigentlich klar, worauf sie hinauswollte – aggressiv und fordernd im Ton, mit kaum verhaltener Wut.

»Ich habe, was ich will«, sage ich. »Und auch ich meine damit nicht nur etwas aus dem Kühlschrank. Ich meine das hier, alles. Ich will nicht wieder irgendwo anders hingehen. Das war's.«

»Also das hier«, sagt sie und streckt die Arme hoch. »Das genügt dir?«

»Ich weiß nicht, was du mir sagen willst. Immerhin

bin ich derjenige, der weg*musste,* während du zu Hause bleiben konntest. Es war nicht leicht da oben, Hen.«

»Machst du dir jemals Gedanken darüber, wie das Leben für mich war? Ist? Davor, währenddessen und danach? Ist es dir je auch nur in den Sinn gekommen, dass ich nicht nur dazu da bin, mich um dich zu kümmern? Du bekommst nichts mit, du hast nicht einmal gemerkt, dass ich mich verändert habe.«

»Natürlich habe ich das bemerkt«, sage ich, »und ich hasse es, ich hasse es, so wie es zwischen uns ist. Ich will dich so, wie du vorher warst. Das will ich.«

»Ach ja? Ist das wirklich dein Wunsch? Das, was du willst?«

»Ja«, sage ich. »Du hast mit einem Monster zusammengelebt. Das ist vorbei. Kannst du dich endlich damit abfinden? Ich bin zurück. Wir haben alles, was wir brauchen, hier, wo wir sind, und ich werde niemals wieder weggehen. Keine Sorge. Wir haben unser Leben zurück.«

»Nein«, sagt sie. »Du hast dein Leben zurück. Dieses Leben hier ist nach deinem Geschmack.«

Ich rechne damit, dass sie weiterspricht, sich in Rage redet, schreit. Doch stattdessen geht sie.

»Hen!«, rufe ich ihr hinterher. »Hast du es gevögelt?«

Ich höre, wie die Haustür aufgeht.

Und dann knallt sie zu.

Ich wache urplötzlich auf. Ich war in einen tiefen, erholsamen Schlaf gefallen. Viele verworrene Träume. Ich war für mehrere Stunden weg. Ich brauche einen Moment, bis ich merke, dass ich allein im Zimmer bin. Hen ist nicht neben mir im Bett.

Ich taste hinüber auf ihre Seite. Kalt. Ist sie überhaupt ins Bett gekommen?

Durchs Fenster dringt ein Licht, ein heller Schein herein. Ich gehe hinüber, um nachzusehen, was es ist. Es ist ein Feuer. Ein kleines, dicht am Haus, aber ein Feuer. Hen, sie ist da draußen. Ich sehe sie, wie sie in kurzem Abstand vor dem Fenster steht und in die Flammen blickt.

»Hen!«, rufe ich. Dann renne ich die Treppe hinunter und zur Haustür hinaus.

»Was treibst du da?«, schreie ich, während ich zum Feuer renne. Auf der Eingangsveranda habe ich mir eine Schaufel geschnappt, mit der ich auf den brennenden Gegenstand in der Mitte schlage. Es ist Holz. Ich versuche, es zu zerhacken, und schaufle Erde darauf, um es zu ersticken.

»Bist du verrückt geworden? Du musst dich in den Griff bekommen!«

Mit dem Schuh trete ich ein großes Stück brennendes Holz weg. Es ist ihre Klavierbank. Die Bank, die ich für sie geschreinert habe. Vor Jahren. Hen muss sie aus dem Keller heraufgebracht haben.

»Was soll das, verdammt? Wieso verbrennst du die Bank?«

»Tut mir leid«, sagt sie. Ihre Augen funkeln. Sie starrt immer noch wütend in die letzte Glut. »Ich hätte es dir sagen sollen.« Sie sieht mich nicht an.

»Du musst dich in den Griff bekommen. Ich mein's ernst. Du bist gefährlich und destruktiv! Sieh mich an. Wir können so nicht weitermachen …«

»Du hast recht«, sagt sie, »können wir nicht.«

Ich gehe zur Arbeit. Ich komme nach Hause. Ich esse. Ich füttere die Hühner. Ich schlafe. In unser Leben ist wieder Routine eingekehrt. Doch es hat viele Monate gekostet, zu lange.

Es stehen noch ein paar Arbeiten an, einige im Haus, andere draußen. Wir essen zu Abend, manchmal zusammen, oft esse ich alleine. An den meisten Abenden sitzen wir in getrennten Zimmern und sehen auf verschiedenen Screens verschiedene Programme. Und am nächsten Tag dasselbe.

Doch ich habe mich wieder eingewöhnt. Ich habe mich an diese neue Normalität gewöhnt. Physisch und mental. Es gibt wenig Überraschungen. Ich beklage mich nicht. Mein Bedarf an Aufregung ist gedeckt – für den Rest des Lebens.

Der ständige Streit liegt jetzt hinter uns. Es herrscht Waffenstillstand. Kann mir nur recht sein. Die Ruhe ist gar nicht so schlecht. Schweigen ist mir alle Male lieber als Hickhack und Gezänk. Dafür bringen wir beide nicht mehr die Energie auf. Hen hat ihre Höhen und Tiefen, aber wer hat das nicht? Kein Mensch ist vollkommen und auch keine Beziehung.

Als ich aufwache, bin ich allein. Es ist noch früh am Morgen. Zum geöffneten Fenster sickert das erste Licht ein. Ich liebe diese Tageszeit. Vielleicht mehr als jede andere.

Ich recke beide Arme über den Kopf, wackle mit den Füßen, schwinge die Beine über die Bettkante.

»Guten Morgen«, sagt Hen. Ich drehe mich zu ihr um. Sie sitzt auf einem Stuhl an der Wand. Sie ist angezogen, hat sich jedoch ein rotes Handtuch um den Kopf gewunden, wohl um die nassen Haare. Ich kann mich nicht erinnern, wann sie mir das letzte Mal Guten Morgen gesagt hat.

»Wie lange sitzt du schon da?«, frage ich.

»Eine Weile, nicht allzu lang.«

Sie wirkt entspannt und ausgeruht. Gelassen. Unbeschwert.

»Ich bin froh, dass ich heute nicht zur Arbeit muss«, sage ich. »Vielleicht bleibe ich einfach noch ein bisschen liegen.«

»Ja, tu das«, sagt sie. »Wieso nicht? Ich habe etwas für dich. Aber ich lege es dir auf die Küchentheke.«

»Für mich? Kannst du es mir nicht geben, wenn ich aufstehe?«

»Nein«, sagt sie. »Ich gehe aus dem Haus.«

Sie steht auf, rubbelt sich den Kopf mit beiden Händen, bevor sie das Handtuch herunternimmt. Das feuchte Handtuch hängt sie über die Rückenlehne des Stuhls.

»Tschüs.«

»Ja, bis später«, sage ich und ziehe mir das Kissen über die Augen.

Ich schlafe aus, viel länger als sonst. Ich hätte nicht gedacht, dass ich, nachdem Hen gegangen ist, noch einmal einschlafen würde. Doch so sieht's aus. Ich hatte einen Sextraum über sie. Wir haben hier auf dem Schlafzimmerboden gevögelt. Wir haben es wild miteinander getrieben. Als ich aufwache, wünsche ich mir, sie läge neben mir, und ich könnte den Traum in die Tat umsetzen.

Ich glaube, unser kurzer, doch freundlicher Wortwechsel am frühen Morgen hat mich erleichtert. Vielleicht ist es ein erstes Zeichen dafür, dass sie zur Vernunft kommt und begreift, wie gut sie es hier hat. Ich habe mir für heute nichts vorgenommen, ich brauche das Haus nicht zu verlassen. Ich kann nach Lust und Laune herumhantieren. Es ist ein Tag wie für mich geschaffen.

Hen hat Kaffee aufgebrüht, bevor sie gegangen ist. Noch eine fürsorgliche Geste. Ich gieße mir einen Becher ein und lehne mich an die Theke. Bevor ich den ersten Schluck nehmen kann, fällt es mir plötzlich wieder ein. Ich hatte vergessen, was sie gesagt hat. Bis jetzt. Sie würde etwas für mich dalassen. Das hat sie gesagt. Und da ist es, auf der Arbeitsplatte, neben der Kaffeemaschine – ein Brief. Vorne auf dem Umschlag steht mein Name.

Ich stelle meinen Kaffee ab und nehme den Brief zur Hand. Ich hole mir ein Messer vom Trockengestell, um damit den Umschlag aufzuschlitzen. Es steckt ein Brief darin. Gefaltet. Ich ziehe ihn heraus. Ich falte ihn auf, sehe mir die Vorder- und die Rückseite an.

Seltsam. Es steht nichts drin. Nichts. Wie ich es auch drehe und wende. Das Blatt ist leer.

Ich habe den ganzen Tag draußen verbracht, die meiste Zeit in der Scheune, wo ich ein paar Dachziegel erneuert und die Nistkästen mit frischen Holzspänen versehen habe.

Als ich wieder ins Haus komme, sehe ich Hen. Sie sitzt im Wohnzimmer, mit dem Rücken zur Tür. Sie blickt aus dem Fenster. Sie war den ganzen Tag weg. Acht Stunden, oder länger? Ich habe nicht mitbekommen, dass sie zurück ist, und sie hat es mir auch nicht gesagt.

»Du hast mir einen Brief hinterlassen«, sage ich, »als du heute Morgen gegangen bist. Da stand nichts drin.«

Bevor ich noch etwas sagen kann, meldet sich Hen zu Wort, ohne sich zu mir umzudrehen.

Sieh mal, sagt sie. Wir bekommen Besuch.

Ich spähe an ihr vorbei aus dem Fenster, Richtung Straße, wo die grünen Scheinwerfer eines Autos die Einfahrt erleuchten.

Erwartest du jemanden?, fragt sie.

»Nein«, sage ich.

Wir beobachten, wie der schwarze Wagen die Einfahrt heraufkommt. Er parkt vor dem Haus. Kurz nachdem der Motor ausgeht, öffnet sich eine Tür. Terrance steigt aus und kommt zum Haus. Ich gehe hin und mache in dem Moment auf, als er anklopfen will.

»Junior«, sagt er. »Schön, Sie zu sehen. Hallo, Hen.«

Ich wende mich um. Hen steht wenige Schritte hinter mir. Sie hat die Hände gefaltet. Sie grinst Terrance freudig entgegen.

Hi, sagt sie. Nett, Sie wiederzusehen.

»Was führt Sie her?«, frage ich.

»Wir haben uns lange nicht gesehen, Junior. Ich wollte nur mal vorbeischauen und hören, wie's Ihnen so geht – Ihnen beiden. Mich selbst davon überzeugen, dass hoffentlich alles in bester Ordnung ist. Wenn Sie erst einmal zur OuterMore-Familie gehören, dann für den Rest Ihres Lebens.«

Wollen Sie nicht reinkommen?, fragt Hen.

»Nein, nicht nötig, ich sehe ja, dass alles gut ist, dass es keine Probleme gibt.«

Ja, uns geht es gut, sagt Hen. Ich wollte gerade Abendessen machen.

»Und Junior? Bei Ihnen auch alles klar?«

Ich tausche einen Blick mit Hen. »Ich würde sagen, so nach und nach tritt endlich wieder Normalität ein, ja.«

Ich meine es auch so. Hen lächelt mich an. Ich spüre die Zuneigung, die aufrichtige Wärme. Von nun an, denke ich, liegt das Schlimmste hinter uns, kriegen wir beide die Kurve. Wird Hen sich fügen.

»Dann will ich mal nicht länger stören«, sagt er.

Danke, dass Sie extra vorbeikommen, antwortet Hen.

»Es freut mich, dass es so prächtig bei Ihnen läuft«, sagt er, »dann Ihnen noch alles Gute.«

Dankenswerterweise hat Terrance seinen Besuch kurz gehalten. Hätte er sich Sorgen gemacht, wäre er vermutlich länger geblieben. Er war zufriedengestellt und ist gegangen.

Ich finde Hen in der Küche am Herd. Sie kocht etwas im Topf.

»Wie war dein Tag?«, frage ich. »Du warst lange weg.«

Ich trete hinter sie und lege ihr den Arm um die Taille.

Sie dreht sich zu mir um. Sie küsst mich auf den Mund. Ich mache unwillkürlich einen Schritt zurück.

Was hast du?, fragt sie.

»Nichts. Das war schön. Ich bin nur … ein bisschen überrascht.«

Statt etwas zu sagen, küsst sie mich erneut, diesmal länger.

Ich bin glücklich, sagt sie. Ich bin hier glücklich. Du machst mich glücklich.

»Das ist das Beste, was ich seit Langem gehört habe«, sage ich. »Hey, sollen wir heute Abend draußen essen?«

Ja, sagt sie. Wenn du möchtest.

Wir sitzen einander gegenüber. Wir essen und trinken und reden. Sie erkundigt sich, wie es bei der Arbeit war, stellt mir Fragen zu einigen Instandsetzungen, die ich am Haus erledigt habe. Ich erzähle ihr eine Geschichte über eine Maschine, die ich in der Fabrik repariert habe, und erkläre ihr, wie sie funktioniert und wie ich sie wieder in Gang bekommen habe. Sie hat jede Menge Fragen und lauscht aufmerksam meinen Antworten. Sie lacht über meine Witze.

Als wir mit dem Essen fertig sind, steht Hen nicht auf, um wie nach fast jeder Mahlzeit, seit ich wieder da bin, ihren Teller in die Küche zu bringen. Vielmehr reden wir weiter, so wie früher, als wir frisch verheiratet waren.

»Ich muss schon sagen, das wird ja immer besser, Hen.«

Du meinst, das Essen?, fragt sie und nimmt einen Schluck von ihrem Glas Wein.

»Das Essen, ja, aber ich meine, überhaupt alles heute Abend. Das hier. Du. Wie du heute Abend bist. In letzter Zeit warst du nicht ganz du selbst.«

Tatsächlich? Seit wann?

»Ehrlich gesagt, mehr oder weniger die ganze Zeit, seit ich zurück bin. Du warst so distanziert. Als lebtest du in deiner eigenen Welt.«

Ich weiß, sagt sie und stellt ihr Glas ab. Du hast recht. Tut mir leid. Ich war nicht ganz ich selbst. Aber heute fühle ich mich schon viel besser.

»Ja? Im Ernst?«

Ja, im Ernst. Ich bin für dich da. Das weißt du doch, nicht wahr? Es gefällt mir hier, und ich will, dass du glücklich bist.

Es ist eine Erleichterung, das aus ihrem Mund zu hören. Darauf habe ich gewartet, seit ich wieder zu Hause bin.

»Ich möchte, dass *wir* glücklich sind«, sage ich. »Zusammen.«

Natürlich, sagt sie. Wir werden immer zusammen sein.

Ich nehme ihre Hand.

»Vergiss, was ich neulich gesagt habe, an dem Abend, am Feuer«, sage ich. »Da war ich einfach nur frustriert. Ich mache dir eine neue Bank, für dein Klavier.«

Danke, sagt sie. Das wäre nett. Ich würde gerne wieder spielen.

Sie steht auf und stapelt unser Geschirr.

Möchtest du noch was aus der Küche?, fragt sie.

»Vielleicht noch ein Bier«, antworte ich.

Okay, und wenn ich zurück bin, kannst du mir von der Installation erzählen. Ich will alles darüber hören.

Sie nimmt unser schmutziges Geschirr und geht.

Es ist schon seltsam. So wie wir heute Abend miteinander umgegangen sind, fühle ich mich auf einmal jünger, leichter. Eine Last ist von mir abgefallen. Spannungen können sich einschleichen, aufbauen und dann in jedem Winkel unseres Alltags lauern. Dies ist ein großer Schritt hin zur Normalität und Berechenbarkeit. Wir alle brauchen Gewissheit. Und die haben wir hier. Wir haben hier alles, was wir brauchen.

Seit meiner Rückkehr habe ich mir angewöhnt, im Haus barfuß zu laufen. Auf der Installation durften wir nie die Socken ausziehen, außer beim Duschen. Jetzt trage ich nie mehr Socken. Meine Füße sind ein wenig schmutzig, aber das ist mir egal. Es gefällt mir. Es gefällt mir, die alten Holzdielen an den Fußsohlen zu spüren.

Ich könnte ewig so hier sitzen. So fühle ich mich

heute Abend. Es ist ein schöner Abend. Hinter dem Raps taucht die Sonne am Horizont unter. Fehlt nur noch Hen. Sie sollte hier draußen bei mir sein. Ich habe ihr immer noch so viel zu erzählen. Was braucht sie so lange? Ich warte noch ein paar Minuten, dann stehe ich auf.

Ich finde sie in der Küche, am Ausguss. Sie rührt sich nicht. Sie steht stocksteif da. Ich glaube, ich habe sie noch nie so reglos stehen sehen.

»Was machst du da?«, frage ich.

Sie antwortet nicht. Sie rührt sich nicht. Sie steht wie gebannt da.

»Hen?«

Sie starrt auf etwas im Ausguss.

»Hen! Hallo! Henrietta!«

Endlich reagiert sie. Sie hebt den Kopf, dreht sich um, streicht sich das Haar aus dem Gesicht und sieht mich mit einem Lächeln an.

Es ist faszinierend. Es bewegt sich nicht, es hockt einfach auf der Stelle.

»Wovon redest du?«

Tut mir leid, sagt sie, ich habe dein Bier nicht vergessen. Ich war nur einfach … abgelenkt.

Sie geht zum Kühlschrank, holt eine Flasche heraus und macht sie auf.

Hier, sagt sie, reicht mir das Bier, gibt mir einen Kuss auf die Wange und geht nach draußen.

Ein paar Sekunden lang bleibe ich stehen, genieße diese willkommene Geste der Zuneigung – eine weitere Bestätigung dafür, dass Hen wieder sie selbst ist, so wie sie wirklich ist.

Ich gehe zum Spülstein. Als ich hineinsehe, schrecke ich zurück. Ich werde mich nie an den Anblick gewöhnen. Da, neben dem Ausguss, ist wieder einer von diesen ekeligen, gehörnten Käfern. Den hat Hen angestarrt.

Mit einem Löffel vom Abendessen zerdrücke ich ihn am Boden des Beckens. Er knirscht unter dem Metall. Man muss sie dezimieren, alle. Sie haben hier nichts zu suchen. Widerwärtige Viecher. Ich drehe den Hahn auf und spüle die Reste des Ungeziefers in den Ausguss.

Ich lege den Löffel zurück und gehe nach draußen, um mit meiner Frau den Sonnenuntergang zu genießen.

DANKSAGUNGEN

Nita Pronovost, Alison Callahan, Samantha Haywood, Kevin Hanson, Jennifer Bergstrom, Jean, Jimmy, Lauren Morocco, Adria Iwasutiak, Felicia Quon, Sarah St. Pierre, Meagan Harris, Brita Lundberg, Stephanie Sinclair, Barb Miller, Ken Anderton, METZ, Florettes+2, Iceland, Charlie Kaufman, allen bei Simon & Schuster Canada, allen bei Scout Press, allen bei Transatlantic, meinen Freunden, meiner Familie.

Danke!

Eine Fahrt durch die Nacht –
so düster wie noch nie …

IAIN REID

THE ENDING

PSYCHOTHRILLER

Eine Frau fährt mit ihrem Freund Jake durch die winterliche Weite Kanadas. Trotz ihrer neuen Liebe denkt sie darüber nach, Schluss zu machen. Und während draußen die Dämmerung das einsame Land in Dunkelheit hüllt, werden drinnen im Wagen die Gespräche und die Atmosphäre immer unheimlicher: Weshalb hält die Frau einen Stalker vor Jake geheim, der ihr Angst macht? Warum gibt Jake nur bruchstückhaft etwas von sich preis?

Ein kaum greifbares Unbehagen steigt auf, nur eines ist klar: Das junge Paar steuert unaufhaltsam in die Katastrophe …

Der Überraschungshit des Kanadiers Iain Reid –
ein raffiniertes, stilistisch brillantes Psychodrama für
Liebhaber von Stephen King und Alfred Hitchcock.

DROEMER